Kai Lüdders

MAUERN

Kai Lüdders

MAUERN

Roman

VELUM

1. Auflage: November 2020

Herausgeber: Velum Verlag, Hamburg
Autor: Kai Lüdders
Satz und Umschlaggestaltung: Ligaturas, Hamburg
Gedruckt in Deutschland
ISBN 978-3-947424-08-5

Dieses Buch ist auch als E-Book erhältlich.

Dieses Buch ist allen Eltern gewidmet,
die ihre Kinder in einer angstfreien Gesellschaft
aufwachsen lassen wollen.

›Mauern‹ ist eine erfundene Geschichte. Namen, Orte und Handlung sind entweder der Fantasie des Autors entsprungen oder werden fiktiv gebraucht. Jegliche Ähnlichkeit mit tatsächlichen Ereignissen, Örtlichkeiten, lebenden oder toten Personen wäre rein zufällig.

Inspiriert von wahren Ereignissen.

Prolog
21. Oktober 2020

Frederick

Die Sonne ist nicht mehr zu sehen. Sie versteckt sich hinter den großen Eichen, die bereits ihre Blätter verlieren, und den unüberwindbaren Zäunen der Elbchaussee-Villen. Wer hier wohnt, hat keine Nachbarn. Ein parkähnliches Anwesen neben dem nächsten. Nur die größten Prachtbauten kann man von der Straße aus sehen. Furchteinflößende Kameras überwachen die herrschaftlichen Grundstücke. Der Wind bläst von der Nordsee kommend die Elbe entlang und tobt sich hier oben auf den Elbhügeln aus. Die Hecken sind ordentlich geschnitten.

Ein nagelneuer Porsche 911 rollt hinter mir aus der Einfahrt heraus und braust polternd davon. Nachbargrundstück. Die Einfahrt ist um die dreißig Meter von mir entfernt. Bloß nicht verdächtig sein. Bloß keine Blicke auf mich lenken.

Es war ein schöner Herbsttag heute, warm und klar. Erst später hat der frische Westwind die Luft abgekühlt. Oberhalb der Elbe hört man Schiffe tuten, die Autos schlängeln sich entlang der Elbchaussee stadtauswärts, die Fahrer bereit für den Feierabend in ihren schicken Häusern. Fröstelnd ziehe ich den Reißverschluss meiner Jacke zu. Kommt diese Kälte, die ich plötzlich spüre, von innen? Ich habe die ganze Nacht zuvor nicht geschlafen, bin aus Berlin von der Demonstration direkt hierhergefahren. Ich finde nicht mehr heraus aus dem Strudel der endlosen Gedanken und der Wut. Ich habe versucht, mich abzulenken, aber nichts hat funktioniert. Fernsehen half nicht, auf ein Buch konnte ich mich nicht konzentrieren. Juliette will ich nicht mehr belasten. Sie musste in den letzten Monaten ohnehin schon genug durchmachen. Für einen kurzen Moment schließe ich die Augen, habe diese wunderhübsche Frau im Kopf. Die ich wieder einmal so enttäuscht habe. Diese wilde Schönheit, die für mich sofort aus der Masse der Menschen herausstach, als ich sie auf einer Party kennenlernte. Rotblonde, etwas zottelige Haare, helle Haut voller Sommersprossen, kleine flinke, grüne Augen. Ihre Figur, ein Glück nicht zu schlank. Ihr Herz strahlte durch ihre Augen. Und ihr Selbstbewusstsein. Das hatte mich von Anfang an beeindruckt. Juliette ist eine Frau, mit der man durch dick und dünn gehen kann, sie ist die Liebe meines Lebens, die perfekte Mutter meiner Kinder.

Es zerreißt mich. Diese Demütigung, der sie nun wieder ausgesetzt ist. Ich hätte sie beschützen müssen, hätte früher etwas tun müssen. Doch vielleicht ist es noch nicht zu spät. Sie wird es verstehen.

Am Morgen habe ich mich noch einmal mit meinem Anwalt getroffen. Per Videotelefonie natürlich. Wir werden ja nun wieder weggesperrt. Alle. Ausnahmslos. Ohne aus der Vergangenheit zu lernen.

Besorgt hat mich der Jurist gefragt, ob es mir gut gehe. Ich lachte nur bitter. Ob er sich das nicht denken könne? Danach verzichtete der gute Mann auf gefühlsduselige Fragen und spulte die Angelegenheit sachlich herunter: Man könne nichts machen. Der Lockdown sei verhältnismäßig. Es gehe eben um Leben und Tod, wie die Gerichte sich ausdrückten. Da müssten wirtschaftliche Belange zurückstehen.

Um Leben und Tod. Wie recht er hat. Auge um Auge. Zahn um Zahn. Noch einmal stehe ich das nicht durch. Unter keinen Umständen werde ich zulassen, dass dieser Kerl davonkommt. Soll es doch ein großes Feuerwerk geben, damit die Politiker in der Regierung endlich merken, dass die Menschen nicht nur an Corona sterben. Er oder ich. Das ist mir klargeworden, als ich heute Morgen aufgewacht bin.

Mein Anwalt hat um Verständnis gebeten. Man müsse auf den Rechtsstaat vertrauen und Geduld haben. Nicht, dass mich seine Worte überrascht hätten. Ich habe nichts anderes erwartet, es war ein Pflichttermin, den ich routiniert abarbeitete.

Ich hatte daraufhin erwidert, dass ich eine Familie zu ernähren habe. Dass ich nur noch wenige Tage durchhalten könne. Ich hatte gefragt, ob man Dr. Lautschläger nicht in Haftung nehmen könne. Schließlich hat er mit seinen Entscheidungen doch erst die Wirtschaft den Bach runtergehen lassen. Der Jurist hat nur mitleidig mit den Achseln gezuckt und erklärt, dass sicherlich noch etwas auf Dr. Lautschläger zukommen, aber mir bestimmt nicht helfen würde. Kurz darauf wurde ich mit den Worten verabschiedet, dass er sich umgehend melde, sobald sich etwas Neues ergeben würde. Obwohl ich am liebsten schreien wollte, habe ich mich mit meinem letzten Rest Würde bedankt und aufgelegt. Danke, Herr Anwalt, für Ihre Unterstützung.

Danach bin ich noch einmal zu meinem lütten Geschäft gefahren. Ein winziges, ebenerdiges Büro mit eigenem Eingang und einem kleinen Schaufenster, nicht größer als zwanzig Quadratmeter, mitten in der Ottensener Hauptstraße an der Grenze zu Altona. ›Fairreisen‹ heißt meine Firma. Ein Online-Reisebüro der besonderen Art für nachhaltige Reisen innerhalb Europas. Vor allem Bahnreisen zu Eco-Lodges und Bauernhöfen.

Meine Kunden sind – oder waren – Menschen, die sich nach ursprünglichen, bodenständigen Ferien sehnen. Ohne auf ein Mindestmaß an Luxus verzichten zu wollen. Alles App-basiert. Auf meine App, die ich vor zwei Jahren entwickeln ließ, bin ich bis zuletzt unheimlich stolz gewesen. Ich war alleine auf der Straße, blickte auf mein Schaufenster. ›GESCHLOSSEN‹ stand dort in großen Buchstaben und: ›WIR BLEIBEN FÜR SIE DA!‹ Links und rechts war kein Mensch zu sehen. Die Menschen gingen nur noch für das Nötigste auf die Straße, Restaurants und Läden wurden ob der strengen Hygienevorschriften gemieden, das Land stand erneut unter dem Eindruck von angstbringenden Zahlen und Schlagzeilen, die die meisten Politiker und Medien verbreiteten. Was für ein Quatsch.

Ich hatte meinen Laden noch einmal aufgeschlossen, nach dem Rechten gesehen, die Post geleert. Gelbe Umschläge, Gerichtsvollzieherzustellungen, die wieder einmal Teil meines Lebens geworden sind, Rechnungen, Mahnungen.

Danach bin ich zum Büro des Verbrechers gefahren, zur Hamburger Parteizentrale, in der er manchmal ist, wenn er nicht gerade im Ministerium in Berlin, sondern in seiner Heimatstadt Hamburg weilt. Ich wollte ihn noch einmal mit eigenen Augen sehen. Diese prunkvolle Villa unweit des Alsterkanals. Ein Zentrum jenseits der Menschlichkeit. In dem die Panik geschürt wurde, wo der Verbrecher vielleicht seine Entscheidungen gefällt hatte, Existenzen zu vernichten. Hat der Kerl sich mal umgeschaut, wie es wirklich aussieht? Wie viel Menschen ihren Job verloren haben, unter Existenzängsten leiden? Wie die Kinder zu reinen Krankheitsüberträgern degradiert wurden? Dass er nachts überhaupt noch schlafen kann!

Ich stand auf der anderen Seite der Straße im Hamburger Stadtteil Winterhude, starrte auf die große Parteifahne mit den drei Buchstaben und wartete. Und dann konnte ich ihn genau erkennen. In dem gläsernen, luxuriösen und fein sanierten Bürogebäude, das für jedermann einsehbar war. Damit auch jeder erkennen konnte, wie mächtig der Emporkömmling nun war, lachend mit anderen Anzugträgern, ein Gläschen in der Hand. Was hatten die da zu feiern? Dass Hamburg bald wieder in den Lockdown geschickt werden würde? Dass die Menschen wieder ihrer Rechte beraubt würden? Ich spürte in diesem Moment keine Wut, keinerlei Emotionen. Für mich stand bereits fest, was ich zu tun hatte. Soll er nur lachen!

Inzwischen ist es spät geworden. Bald wird die Sonne verschwunden sein. Ich schaue auf die Uhr. Kurz nach sieben. Ich weiß, er wird bald nach Hause kommen. Ich habe seinen Tagesrhythmus genau beobachtet, habe ihm förmlich aufgelauert. Unbemerkt. Doch er kommt nicht. Warum kommt er nicht?

Nervös, aber mit eigenartig klarem Kopf gehe ich die Elbchaussee hin und her. Es ist ruhig, nur der Wind pfeift und die Vögel rufen zum Abendgesang. Unsicher setze ich mich wieder in meinen alten Mercedes, den ich ungefähr hundert Meter vor dem Haus geparkt habe. Dort, wo es Parkbuchten gibt und die Villenanwesen nicht ganz so groß sind. Ich muss alles richtig machen, keiner darf mich erkennen. Es muss schnell gehen. Überraschungen sind nicht eingeplant. Auseinandersetzungen wären überflüssig und gefährlich. Der Plan muss genauso ablaufen, wie ich es mir vorgenommen habe.

Ich schaue noch einmal in den Rückspiegel. Alles ist ruhig, alles normal. Minuten vergehen, es wird dunkel, die Straßenlaternen werden angeschaltet. Ich schließe für einen Moment die Augen, versuche, ruhig zu atmen, umklammere den Gegenstand in meiner Tasche so fest ich kann. Dann kommt er.

Seine schwarze S-Klasse mit Blaulicht und Berliner Kennzeichen ohne Mittelnummer ist trotz der Dämmerung deutlich zu sehen. Ich steige aus. Mein Blut kocht. Das Adrenalin schießt in meine Adern, mir wird heiß, doch ich sehe klar. Klarer als je zuvor. Es ist so weit. Langsam und fast lautlos gleite ich die hundert Meter Richtung Haus. Minister Lautschläger lässt das Tor offen, rollt langsam hinein. Er ahnt nichts. Ich komme näher, beschleunige meine Schritte, ohne jedoch zu laufen. Vielleicht noch zehn Meter. Plötzlich lässt Lautschläger das Fenster runter und schaut in meine Richtung. Ich zucke zusammen, drehe mich um und sehe aus dem Augenwinkel durch eine Lücke in der riesigen Hecke, dass er aussteigt, gefolgt von zwei Personenschützern. Er geht zu einer Pflanze und begutachtet sie. Ich gehe weiter, leise, wie auf Samtpfoten. Schnell husche ich durch das Eingangstor und verstecke mich hinter einem Baum, der direkt links hinter dem Tor steht. Er sieht mich nicht, ahnt weiterhin nichts. Ich spüre, wie Glücksgefühle in mir aufsteigen. Mein Herz pocht schnell und laut. Ich bin im Kampfmodus. Hohe Frequenz, klare Gedanken, eiskalter Blick. Lautschläger lacht kurz auf, schüttelt den Kopf, blickt noch einmal in Richtung Pflanze und dreht sich wieder zu seinem Auto. Will sich mit seinem dicken Hintern in seinen Sitz fallen lassen. Ich springe hinter dem Baum hervor.

»Dr. Lautschläger«, sage ich leise, aber bestimmt. Er dreht sich zu mir um, macht ein genervtes Gesicht. Und erstarrt. Die Personenschützer setzen zum Sprung an. Ich spanne meinen rechten Arm an, umfasse mit einem eisernen Griff die Waffe und ziele auf seinen Körper. Ich spüre nichts mehr, bin innerlich leer. Ausdruckslos. Hoffnungslos. Doch ich weiß genau, was zu tun ist. Lautschlägers Gesicht verzerrt sich, sein fetter Körper scheint zusammenzusacken, doch er hält sich auf den Beinen. Ich sage nichts mehr. Ich ziele, entsichere mit dem Daumen und spanne meinen rechten Zeigefinger an. Dann drücke ich ab.

Krähen flattern und suchen das Weite.

Juliette

Er kommt nicht. Er kommt einfach nicht. Nervös gehe ich auf und ab, schaue auf die Einfahrt der Baustelle, auf der eigentlich unser neues Haus entstehen sollte. In der Kleinstadt Wedel, vor den Toren Hamburgs. Schiffe tuten auf der nahe gelegenen Elbe, bereit, ins Weite zu fahren, weit weg von dem Wahnsinn hier. Die tiefstehende Oktobersonne scheint in mein Gesicht. Ich habe ihm geschrieben, dass wir eine Verabredung mit dem Bauunternehmer haben. Dass er uns vielleicht eine letzte Chance geben will. Für unser neues Haus, das unser Traumhaus werden sollte. Unser Refugium. Unsere Zukunft.

Ich schaue auf mein Handy. Nichts. Keine Nachricht von Frederick, online ist er auch nicht. Ich kann die Tränen nicht unterdrücken. Jetzt kommt alles heraus. Der Druck der letzten Monate, die Verwerfungen, die Hoffnungen und die Enttäuschungen. Manchmal ist mir immer noch nicht ganz klar, dass ich die wohl historischsten Monate der jüngeren Geschichte miterlebt habe. Wie unwirklich das alles ist. An die Zeit davor kann ich mich manchmal kaum noch erinnern. Aber jetzt spüre ich nur Wut. Und Erschöpfung. Ich kann nicht mehr, denn er kommt nicht. Es muss etwas passiert sein. Frederick ist sonst sehr zuverlässig, niemals unpünktlich. Ich schließe die Augen und sehe ihn vor mir. Mein Herz schmerzt. Ich liebe ihn. Über alles.

Es war Liebe auf den ersten Blick. Frederick war wohl das, was man einen Frauenschwarm nennt, mit seinem vollen, wilden, braunen Haar, dem bemerkenswert symmetrischen Kopf, den großen blauen Augen. Sein leicht gebräuntes Gesicht schien mich stets anzulachen. Egal ob er sich rasierte oder einen Drei-Tage-Bart trug, egal ob er ausgeschlafen war oder die Nacht durchmachte: Er sah fast immer wach aus, immer frisch, stets modisch gekleidet, ohne zu übertreiben. Mein Gott, Frederick, was ist bloß passiert? Ich liebe ihn. Aber vielleicht reicht Liebe manchmal nicht.

Ich öffne die Augen und muss blinzeln und hebe die Hand vor meine Augen, um sie vor der Abendsonne zu schützen.

In diesem Moment spüre ich jede Sekunde meiner zweiundvierzig Jahre, ich habe schon so viel erlebt. Mit Frederick zusammen bin ich durch die schlimmsten Untiefen gegangen. Doch niemals hätte ich für möglich gehalten, was zuletzt geschehen ist. In welchem Tempo sich die Welt geändert hat. Meine Welt. Meine Freundschaften. Meine Familie.

Dass ich stark sein muss, ist nichts Neues. Frederick und ich hatten schwere Jahre, doch ich bin an seiner Seite geblieben und wurde belohnt, habe mich mit ihm über den Aufschwung gefreut, über seine Erfolge. Und nun … nun musste ich erleben, wie durch dieses Virus alles zerstört wurde.

Ich muss retten, was zu retten ist. Aber dafür brauche ich Frederick. Ich brauche meinen Mann, Lisa und Karl brauchen ihren Vater. Wo bleibt er bloß?

Tief durchatmen. Ruhig bleiben. Ich denke an Nele. Und Jack. Mir ist klargeworden, dass auch wir Fehler gemacht haben. Dass wir ihre Sorgen nicht ernst genommen hatten. Dass wir nicht zugehört haben. Wir haben dieselben Fehler gemacht wie die anderen. Doch Frederick scheint das nicht mehr zu interessieren. Es ist, als ob er in einem Krieg wäre. Wütend gehe ich hin und her, sehe den Bauunternehmer in seinem Auto genervt zu mir herüberschauen. Er wird nicht mehr lange warten. Ich brauche dich, Frederick! Hier! Und nicht auf irgendeiner Demo. Oder wo du jetzt sonst sein magst. Ich schaue nochmals auf die Uhr. Mein Blut kocht. Nein, Frederick. Es reicht mir langsam. Ich kann nicht mehr. Ich muss auch an mich denken.

Ich verstehe ihn ja. Auch mir gehen immer und immer wieder diese Gedanken durch den Kopf. Was ist schiefgelaufen? Wann hat sich die Gesellschaft so verändert? Wann wurde es akzeptabel, Hunderttausende Menschen arbeitslos zu machen und genauso viele Selbstständige in den Ruin zu treiben? Doch diese Tränen sind längst versiegt. Denn hier geht es jetzt um meine Ehe. Meine Zukunft. Und mich.

Langsam kriecht Panik in mir hoch. Frederick war zuletzt in einem desolaten Zustand. Er hat alle Hoffnungen aufgegeben, nicht einmal mehr auf die Kinder reagiert. Ich befürchte das Schlimmste. Warum kommt er nicht? Ich versuche, ihn erneut anzurufen: vergeblich. Mailbox. Es hat keinen Sinn, er wird nicht kommen. Ich blicke auf den Bauunternehmer. Er deutet auf die Uhr. Ich nicke ihm zu. Frederick, ich kann nicht mehr. Mir wird übel vor Wut. Mein Hals schnürt sich zu.

Nele

Mein Herz brennt wie Feuer. Ich mag es immer noch nicht wahrhaben. Es fühlt sich nicht real an. Bestimmt steht er morgen wieder vor mir. Nimmt mich in den Arm. Bestimmt ist es nur ein quälender Albtraum.

Ohne ihn kann ich nicht leben. Niemals. Ich kann mich nicht alleine um die Kinder kümmern. Ohne Jack hat alles keinen Sinn mehr.

Ich blicke auf die Elbe, nur einen Schritt vor mir. Der Wind peitscht, der Regen prasselt mir ins Gesicht. Die Schlepper kämpfen sich durch die Wellen. Die Landungsbrücken wanken.

Diese Egoisten, diese Verharmloser! Die Virologen und Politiker haben es doch immer und immer wieder wie ein Mantra heruntergebetet: Das Virus aus China ist anders als alles andere, was wir hierzulande in den letzten Jahrhunderten erlebt hatten. Die Zahl der Infizierten stieg stetig an, alle seriösen Zeitungen berichteten davon. Schon im März hatte es jeder gewusst. Von Italien kamen diese schlimmen Geschichten, von abgesperrten Regionen. Und in Tirol feierten sie, halb Hamburg mittendrin. Anfangs hatten die Menschen die Situation noch richtig eingeschätzt, hatten mitgemacht, sich solidarisch gezeigt, sich gegen die Egoisten gestellt.

Menschen sind gestorben. Tausende. Wer weiß schon, wie hoch die tatsächliche Zahl war. Und dann? Wurden die Leute ungeduldig. Unvernünftig und unsolidarisch. Wie man nur auf die zynische Idee kommen konnte, eine Durchseuchung zulassen zu wollen! Und jetzt ist das Virus Teil meines Lebens.

Dass die meisten Menschen bei Vernunft geblieben sind, haben sie eigentlich nur unserem Gesundheitsminister zu verdanken, diesem Lautschläger, der die Agenda »Sicherheit vor Leichtsinn« überall durchgesetzt hat. Und jetzt schieben die Leugner alles auf diesen armen Kerl. Als wäre er für den neuen Ausbruch verantwortlich. Jeder ernstzunehmende Wissenschaftler hat vor einer zweiten Welle gewarnt. Und doch wurde gelockert und gelockert. Verantwortungslos war das.

Ich habe kein Mitleid mit Menschen, die es geleugnet haben und dann erwischt wurden. Wer sich so lange geweigert hat, den Tatsachen ins Auge zu sehen, wer so lange den Sinn der Maske infrage gestellt, so lange das Virus verharmlost hat, der hat es nicht anders verdient. Laut würde ich es nicht sagen, aber wenn ich ehrlich bin, stimme ich sogar denjenigen zu, die den Leugnern die Beatmung verweigern wollen, wenn sie sich infizieren.

Aber warum er? Er, der um das Leben der Menschen kämpfte? Die Wellen klatschen an die Kaimauern, Blohm und Voss gegenüber ist durch den dichten Regen kaum zu sehen.

Ich vermisse ihn. Seinen Duft, seine Haut, seine Küsse. Ich kann ohne Jack nicht leben.

September 2021
Zola

Ich wache auf und alles tut weh. Meine Schultern schmerzen, mein Becken ist wundgelegen. Aber ich kann froh sein, dass ich überhaupt noch eine Pritsche abbekommen habe, bedeckt mit einer dünnen Decke. Andere müssen auf dem kalten, steinigen Boden liegen. Hunger habe ich nicht, zu aufgewühlt ist meine Seele, zu angespannt mein Körper. Übelkeit steigt in mir auf. Mir ist eigentlich schon seit Monaten schlecht, fast ununterbrochen. Einzig die Momente, in denen ich mich in Sicherheit wiegen konnte, für ein paar Sekunden, in denen ich vom Warten abgelenkt wurde und sehnsüchtig hinausblickte, hinaus in die Weite des blauen, unendlich scheinenden Meeres, spürte ich Ruhe, Geborgenheit und Zuversicht. Für den Rest der Zeit bleiben Angst, Panik, Trauer und Wut. Angst davor, was passieren wird. Panik, weil mein Leben jederzeit in Gefahr ist. Trauer über all das, was ich zurücklassen musste, und Wut über die Ignoranz der Menschen da drüben.

Doch nun habe ich keine Zeit mehr für all das. Nun zählt jede Sekunde. Ich habe mich wochenlang, monatelang auf diesen Moment vorbereitet, bin ihn immer und immer wieder durchgegangen. Ich wusste, es würde mitten in der Nacht passieren. Es gibt genügend Berichte, genügend glaubhafte Geschichten. Und alle erzählen davon, dass es in der Nacht losgeht.

Ich spule mein Programm ab. Ich muss schnell sein, eine der Ersten. Es geht um Leben und Tod. Ich packe meinen Beutel und presse ihn krampfhaft an meinen Körper. Es kommt mir vor, als wäre er mittlerweile zu einem Teil von mir geworden. Dann setze ich meinen Mundschutz auf, den ich schon zweimal flicken musste. Trotzdem, er ist mein Lebensretter und wird es hoffentlich noch lange sein.

Ich reibe mir meine Augen. Obwohl ich gerade erst aufgewacht bin, bin ich klar im Kopf, habe einen scharfen Blick und gewöhne mich schnell an die Dunkelheit. Ich muss gut zuhören, die Anweisungen genau interpretieren. Der Weg kann nicht weit sein, daher ist es umso wichtiger, genau hinzuhören, damit kein Meter zu viel ist. Glücklicherweise verstehe ich alles, was der Mann sagt. Er ist jung und sieht grimmig aus, mit einem dunklen Bart und noch dunkleren Augen.

Es ist ernst. Jetzt gilt es. Ich schaue mich um, nur wenige sind um mich herum. Das muss ein Vorteil sein. Ich renne los. Dem Licht entgegen. Dem einzigen Licht weit und breit. Ich renne, stolpere über einen Stein, falle hin. Menschen überholen mich, doch keiner hilft mir. Ich presse meinen Beutel an mich, richte meinen Mundschutz. Verdammt. Ist mein Vorsprung nun verspielt? Ist es vorbei? Ich stehe auf, schüttele mich. Ignoriere meine aufgeschlagenen Knie und renne. Ich renne zum Licht.

DIE ERSTE WELLE

1. Kapitel
August 2019

Frederick

Das sieht doch gut aus, das liest sich wirklich hervorragend, dachte Frederick, als er die neuesten Buchungszahlen durchsah. Er klickte sich durch sein Auswertungsprogramm, das minutengenau neueste Daten ausspuckte und ihm detailliert zeigen konnte, wie es um sein Unternehmen stand. Es war Freitagabend, eine aufregende Woche lag hinter ihm, herausfordernd, aber zufriedenstellend. Bevor er zu Juliette und den Kindern nach Hause fahren würde, in ihre schöne Altbauwohnung mitten im Portugiesenviertel am Hamburger Hafen, genoss er noch einmal kurz die Ruhe und den Erfolg für sich. *Wenn ich das Juliette erzähle, wird sie ausflippen!* Frederick goss sich ein kleines Glas Rum ein. Das hatte er sich verdient.

Er setzte sich wieder in seinen Bürostuhl, ließ seinen Gedanken freien Lauf, genoss das dumpfe, beglückende Gefühl des Alkohols. Frederick dachte an die Jahre, die hinter ihm lagen. Doch zu weit in die Vergangenheit wagte er sich nicht. Das tat zu sehr weh. Immer noch, nach all den Jahren.

Er dachte nicht weiter als bis zu diesem einen Tag. An dem er endlich wieder aufstehen konnte, ohne sich mit einer bleischweren Weste durch den Tag zu quälen. Der Tag, als er mit neuer Energie zu Juliette ging.

Es war quasi aus dem Nichts gekommen, fast genau vor drei Jahren. Tags zuvor hatte er mit einem alten Bekannten gesprochen. Einem, der in der Reisebranche arbeitete. Er jammerte, weil dieser Sektor sich zu sehr auf die großen Anbieter konzentrierte und zu viele kleine von den Konzernen herausgedrängt wurden. Es war kein besonderes Gespräch. Das Selbstmitleid seines Bekannten ging ihm auf die Nerven, aber irgendetwas hatte dieses Gespräch bei Frederick ausgelöst. Und dann kam die Idee über ihn, wie eine Vision.

Wie viele Menschen aus Deutschland sehnten sich nach einem ursprünglichen Urlaub? Waren vor ein paar Jahren noch Fernreisen das Statussymbol für Weltbürgertum und Liberalität, suchten immer mehr das Besondere und Naturnahe: Glamping, Hausboot-Urlaube, Eco-Hotels in den Bergen mit Bauernhofanschluss und Hofversorgung, aber auch Reisen in ferne Länder in ursprunglichen und kulturnahen Unterbringungen.

Er erinnerte sich, wie er sofort nach dieser Idee im Internet suchte und für sich befand, dass die bisherigen Reiseanbieter nicht im Geringsten die Außendarstellung und das Handling für die relativ junge Zielgruppe hatten. Es gab keine App, die Firmen sahen altbacken aus, auf den Internetseiten erhielt man keinen sofortigen Preis, sondern musste umständliche Anfragen machen und es gab keine direkte Verfügbarkeitsprüfung. Das kam Frederick viel zu kompliziert und abschreckend vor. Also malte er etwas auf ein Blatt Papier. *Das habe ich doch noch irgendwo!* Frederick setzte das Glas ab und kramte in seinen Schubladen. Da war es! Ein schlichtes

DIN A4 Papier. Bekritzelt von oben bis unten. Stichwörter, Diagramme, Namensvorschläge. Das Datum stand rechts oben: Hamburg, der 12. August 2017. 2017!

So schön die Erinnerung an diesen Tag auch war, so zerstörend war der nächste Gedanke: 2017. Das Jahr war nicht von Beginn an schön gewesen. Aber es war ein Jahr des Neuanfangs. Des Neustarts nach fast sieben quälend langen Jahren. Jahren der Ungewissheit, des Selbstzweifels, der Niedergeschlagenheit.

Schnell goss Frederick den Rest Rum hinunter. Jetzt bloß nicht an diese Jahre denken. Das würde alles wieder kaputt machen. Der große Schluck ließ die Speiseröhre brennen. Auf einmal schmeckte es ihm nicht mehr. Frederick schüttelte sich, legte das Blatt Papier zurück in die Schublade und betrachtete noch einmal die Zahlen auf seinem Bildschirm. Zwei große Worte standen neben den nüchternen Ziffern: ›Break even‹. Und das ein halbes Jahr vor Plan. Juliette würde ausflippen! Frederick schaltete seinen Rechner ab, knipste die Lampe aus und verließ seinen kleinen Laden in Ottensen. *Ich muss schnell zu ihr. Muss ihr davon erzählen.*

Jack

Natürlich werde ich ihr nichts sagen. Sie würde es nicht verkraften. Jack Bryan saß in seinem Arztzimmer und arbeitete sich durch die Krankenakten. Es brachte nichts, darüber zu grübeln. Er konnte ohnehin nichts unternehmen. Was brachten da trübe Gedanken? Er sah sich das Foto auf seinem Schreibtisch an. Strahlend lächelte Nele in die Kamera. Stolz und voller Mutterglück, mit dem kleinen Ben im Arm. Und oberhalb der beiden, schon beinahe schützend, stand Jack und legte seine Arme um seine Familie. Dieses Bild machte jedem Betrachter deutlich: *Solange ich da bin, kann meiner Familie nichts passieren.*

Er schaute auf die Uhr. Verdammt. Er hatte noch fünf Minuten Zeit, bis der nächste Patient kommen würde. Das waren fünf weitere Minuten, in denen die Gedanken ihn überwältigen konnten. *Natürlich muss ich es irgendwann beichten.* Aber er würde den richtigen Moment abwarten. Und der war sicherlich nicht jetzt, wo Nele all ihre Energie auf ihren Traum von einem zweiten Baby richtete – selbstzweifelnd, fast schon depressiv, dass es nicht klappte. Nele brauchte jetzt mehr denn je seine Unterstützung. Sie hatte einiges vor: Kinderwunschklinik, Hormone, Eisprungauslöser. Sie fühlte sich nicht komplett. Ben brauchte ein Geschwisterchen.

Und Jack würde alles mitmachen. Er hatte ein Ziel im Leben: die Frau seiner Träume glücklich zu machen. Wie sehr er sie liebte! Diese freche, zierlich gebaute Frau mit losem Mundwerk. Immer witzig, immer lebensbejahend. Überall beliebt und das Herz am rechten Fleck. Als sie sich vor gut zehn Jahren trafen, passte es sofort: sie Krankenschwester, er ein junger Krankenhausarzt. Ein Amerikaner aus Texas, der das Leben so nahm, wie es kam. Mit seinen roten Kopf- und Barthaaren und seiner großen Statur ähnelte er mehr einem Wikinger als einem Cowboy.

Jack hatte vor Nele nicht viele Freundinnen gehabt. Er suchte die eine. Und die kam dann. Stand plötzlich im Krankenhausflur im Universitätsklinikum UKE in Hamburg und grinste ihn an. Seit diesem Moment wusste Jack, dass er eine Mission hatte: diese Frau zu beschützen und glücklich zu machen. Und wenn sie ein zweites Kind wollte, dann sollte sie ein zweites Kind bekommen.

Gott sei Dank, wollte Jack laut ausrufen, als die Schwester in sein Zimmer kam und den nächsten Patienten ankündigte. Zum Glück begann jetzt die Arbeit wieder. Patienten im Minutentakt. Aufgelöste, forderndc, unverschämte Patienten. Hauptsache, er musste nicht darüber nachdenken. Wie sollte er es Nele nur beichten? *Irgendwann ist schon der richtige Zeitpunkt.*

2. Kapitel
September 2019

Juliette

»Gute Fahrt!« Juliette drückte ihn noch einmal ganz fest. Sie war unheimlich glücklich, ihn so zu sehen. Nichts auf der Welt wollte sie mehr, als ihn endlich glücklich zu sehen. Jetzt schien es so weit zu sein. All seine Schwermut, die die Vergangenheit mit sich gebracht hatte, war verschwunden. Frederick war voller Tatendrang. An diesem Tag ging es nach München. Er wollte sich in Bayern mit dem Chef einer Hotelkette treffen. Nachdem sie die Kinder in die Kita und Schule gebracht hatten, standen sie nun gemeinsam am Bahnsteig.

Eigentlich ertrug sie es nicht, wenn er sie alleine ließ. Juliette wusste nicht warum, aber in diesen Momenten war sie wieder ein junges Mädchen, das Angst vor dem Alleinsein hatte. Doch als sie in sein entschlossenes Gesicht sah, die Augen voller Kraft und Zuversicht, wusste sie, dass jetzt nicht der Zeitpunkt war, um sich und ihre Angst in den Vordergrund zu schieben.

»Ich liebe dich!«, rief Frederick ihr zu, bevor er im Gedränge verschwand. Juliettes Augen füllten sich mit Tränen. Und sofort schämte sie sich dafür. Es war gut, so wie es war. Sie holte tief Luft, winkte, obwohl er sie nicht mehr sehen konnte, und überwand sich dann zu gehen.

Schnellen Schrittes verließ sie den Hamburger Hauptbahnhof und drängte sich durch die Menschenmassen, die die Züge erreichen wollten. Laute Durchsprecheransagen dröhnten in ihren Ohren. Sie wollte hier weg.

Im Gehen holte sie ihr Handy heraus, insgeheim hoffend, dass Frederick ihr bereits eine Nachricht geschrieben hatte. Und tatsächlich: »Bin bald wieder da. Ich vermisse dich jetzt schon. Kuss« Juliette lächelte in sich hinein, rieb sich die Augen und dachte, was für einen tollen Mann sie doch hatte. Die letzte Zeit war alles andere als einfach gewesen, auch für sie nicht. Aber dieser Mann mit seinem großen Herzen hatte sie für alles entschädigt. Und seine vielen neuen Ideen waren manchmal vielleicht ein wenig anstrengend, aber bereicherten ihr Leben ungemein.

Als sie auf dem Parkplatz ihr Auto aufschloss, erinnerte sie sich ernüchtert, was nun als Nächstes auf dem Programm stand: Ein Besuch bei ihrer Mutter in der Altenresidenz.

Frederick

»Der Termin war ein Selbstläufer!« Euphorisch warf Frederick seine Jacke auf den Stuhl im Flur. Als er vor knapp dreißig Minuten am Hamburger Hauptbahnhof angekommen war, konnte er es nicht erwarten, Juliette von dem Termin zu erzählen. Er hatte seinen kleinen Rucksack auf den Rücken geschnallt und war im Eiltempo nach Hause gerannt. Er wollte keine Sekunde vergeuden, wollte sein Glücksgefühl mit ihr teilen. Mit Juliette, die so viel für ihn getan hatte, ihn am Leben gehalten, ihn unterstützt hatte, wo es nur ging.

»Erzähl!« Juliette erwartete ihn aufgeregt. Sie hatte schon ihren Pyjama angezogen und die Kinder bereits bettfertig gemacht.

Frederick stockte kurz. »Erst die Kinder. Schlafen sie?«

»Machst du etwa Witze? Sie haben auf dich gewartet! Natürlich schlafen sie nicht ohne einen Gutenachtkuss ihres geliebten Papas ein.«

Frederick grinste sie an und verschwand schnell im Kinderzimmer von Lisa und Karl. Müde kuschelten sie sich schon in ihre Kissen. Sanft streichelte er Lisa den Rücken und Nacken, bis sie leise atmend eingeschlafen war. Karl sah Frederick neugierig an. »Wo warst du?«

»In München, mein Großer.«

»München? Ist das weit weg?«

»Ziemlich. Und die sprechen da auch ganz anders als wir hier in Hamburg.«

Langsam schloss Karl seine Augen. »Anders?«, murmelte er noch, doch eine Antwort war nicht mehr nötig. Leise knipste Frederick die Nachttischlampe aus und schlich dann aus dem Zimmer. Konnte sein Leben perfekter sein?

»Also erzähl jetzt! Ich halte es doch kaum noch aus.« Juliette hatte Frederick einen Tee aufgegossen und wartete am Esstisch auf seinen Bericht.

Er setzte sich und holte tief Luft. »Es war ein Traum. Alles lief wie am Schnürchen. Ich war perfekt vorbereitet und konnte auf jede der Fragen des Hoteliers eine Antwort liefern. Besonders die App schien ihn zu überzeugen. Er hat wohl gelesen, was vor ein paar Tagen in der ›Wirtschaftswoche‹ stand.«

Juliette nickte. »Super. Hat dein Kontakt zur Presse endlich mal etwas gebracht.«

»Genau. Steter Tropfen …«

»… höhlt den Stein«, vollendete Juliette und schüttelte lachend den Kopf. Und Frederick musste mitlachen. Ihm war bewusst, dass er den Leitspruch seines Vaters übertrieben häufig verwendete. Aber noch nie schien es so gepasst zu haben wie zu dieser Situation: Monatelang hatte er sich mit Menschen aus Journalismus und Presse getroffen. Nicht aufdringlich. Hanseatisch. Er wollte eine Win-win-Situation schaffen.

Und irgendwann hatte er sie. Es gab in der Wirtschaft nicht viel zu berichten. Neuigkeiten waren rar. Gleichzeitig stand die Fridays-for-Future-Bewegung im Fokus des öffentlichen Interesses und immer mehr Menschen schienen sich für Nachhaltigkeit zu interessieren. Und so kam es, dass ein bekannter Journalist der ›Wirtschaftswoche‹ seinem Ressortleiter vorschlug, einen persönlichen Gründerbericht über ein nachhaltiges Reisebüro und die eigens dafür entwickelte App herauszubringen. Ganzseitig. Mit Foto.

Was war der Artikel für ein Erfolg gewesen! Nach den stabilen Daten und Zahlen kam ›Fairreisen‹ nun auch in die öffentliche Wahrnehmung. Der perfekte Zeitpunkt, um einen Deal mit der großen Hotelkette aus Bayern zu schließen.

»Gerade das Persönliche hat dem Hotelier so gefallen«, erzählte Frederick weiter.

»Das Persönliche?«

»Na, du weißt schon. Meine Vergangenheit. Die letzten Jahre und so. Er fand das ehrlich.«

Juliette kam zu Frederick herüber und nahm ihn in den Arm. Leise sagte sie zu ihm: »Und es war mutig, Schatz. Verdammt mutig, so offen dazu zu stehen. Das beeindruckt ehrliche und aufrechte Menschen. Auch in der Wirtschaft.«

Konnte man diesen Augenblick einfangen und konservieren? Frederick hätte weinen können. All die Jahre zahlten sich jetzt aus. Der Kampf, die Rückschläge, die Demütigungen und Entbehrungen. Seine Frau in seinem Arm, die Kinder schlafend in ihrem Zimmer. Und jetzt endlich auch Anerkennung dort, wo er sie noch nie erfahren durfte: im Arbeitsleben.

Mitten in seinem Glücksgefühl kam ihm ein Gedanke. Ein Bild im Herzen. Etwas, was sich Juliette insgeheim schon lange wünschte, das in den letzten Jahren aber nicht im Entferntesten möglich gewesen war.

»Wie wäre es, wenn wir uns mal nach kleinen Häusern umsehen würden?«

Juliettes Augen weiteten sich, fingen an zu leuchten. »Ein eigenes Haus?«

»Ein eigenes Haus. Im Grünen!«

Mit einem zaghaften Jubelschrei sprang Juliette noch einmal in seinen Arm. Dann wich sie zurück. »Meinst du, das ist jetzt drin? Ich meine … du weißt schon.«

Doch Frederick ließ sich nicht beirren. Lächelnd sagte er: »Es ist vorbei, Schatz. Es ist wirklich vorbei. Wir können es jetzt machen. Die Auswertungen meiner Firma sind wirklich gut. Und du verdienst ja ohnehin seit Jahren gut.«

»Und das Eigenkapital?«

Frederick überlegte kurz. Ihn beschlich ein Unwohlsein, wenn er daran dachte. Aber es war wohl notwendig. »Du könntest deine Mutter fragen.«

»Mama? Bist du sicher?«

»Warum nicht?«

»Na ja, du wolltest doch immer unabhängig von ihr sein. Sie nervt dich doch.«

»Das Ergebnis ist wichtiger als mein Stolz. Wenn ich etwas gelernt habe, dann das.«

Juliette schaute Frederick in die Augen. Er spürte, dass sie ihm das nicht ganz abnahm. »Fragen kann ich ja mal«, sagte sie.

»Eben. Fragen kostet nichts.« Dann drückte er sie ganz fest. »Ein eigenes Haus. Wo denn eigentlich? Hamburg ist bekanntlich teuer.«

»Muss ja nicht direkt Hamburg sein. Wedel ist schön. Die Elbe ganz nah.«

»Wedel? Okay, warum nicht? Wir können ja einfach mal schauen.«

Jack

Verdammte Schmerzen! Seine linke Brust pochte, gleichzeitig hatte er Schwierigkeiten mit dem Atmen. Verdammt noch mal. Er war doch erst einundfünfzig Jahre alt! Das konnte doch nicht wahr sein. Niemals hatte er sich alt oder krank gefühlt. Niemals hatte er ernsthafte gesundheitliche Probleme gehabt und fast keine Fehltage bei seiner Arbeit im Krankenhaus. Und jetzt das: eine Herzkrankheit. Vorhofkammerflimmern. Eine OP war unumgänglich. Vermutlich würde er lange im Krankenhaus ausfallen.

Das alles war aber nicht das Schlimmste. Seine größte Aufgabe würde Nele sein. Obwohl sie im Krankenhaus als Krankenschwester arbeitete, hatte sie um Menschen, die ihr lieb waren, große Angst. Und bei ihm würde sie das auf die Spitze treiben.

Jack konnte nicht ohne Nele leben. Sie war sein fehlendes Puzzle-Teil. Sie kümmerte sich fast alleine um die Kindererziehung, managte ihr Zuhause, organisierte behördliche Angelegenheiten. Jack wusste, dass er ohne sie aufgeschmissen wäre. Doch andersherum war es genauso. Ihm war bewusst, dass Nele ohne ihn den Halt verlieren und dass ihre positive Art, die Familie in Schwung zu halten, schwinden würde, wenn sie ihn als starke Stütze nicht mehr hätte. Jack war ihr Fels in der Brandung. Das unsichtbare Schutzschild um Nele und Ben. Nicht laut, nicht hart, aber beständig und aufrecht.

Wie würde sie es wohl auffassen? Vielleicht würde es gar nicht so schlimm werden. Jack schaute auf die Uhr. Er saß am Küchentisch, vor sich ein Glas Whiskey. Schnell kippte er den Rest herunter. Der Alkohol rutschte seine Kehle hinab, und er spürte aufkommenden Mut. Entschlossenheit, Sicherheit. Es war kurz vor siebzehn Uhr. Bald müsste Nele nach Hause kommen. Dann würde er es ihr sagen. Kurz darauf hörte er das Türschloss klicken.

»Jack, Schatz, wo bist du denn?«

»Hier, Nele, in der Küche.«

Sie rannte auf ihn zu, warf sich in seine Arme und vergrub ihr Gesicht in seinen Hals. Jack war nervös. Vielleicht sollte er es doch lassen? Dann sagte sie: »Du glaubst nicht, was heute im Krankenhaus passiert ist.« Sie drückte sich so fest an ihn, dass er seine Brust wieder spürte.

»Was denn?«, fragte er so ruhig er konnte, damit Nele seine Schmerzen nicht bemerken würde.

»Noteinsatz. Unfall auf der A7. Familienvater, Frau, drei Kinder. Fünf, drei und ein Jahr alt.«

»Noteinsatz? Schlimm?« Jack spürte, wie seine Stiche schwächer wurden und er durchatmen konnte.

»Ganz schlimm.« Nele begann an zu weinen.

»Schon gut, Schatz. Schon gut.« Jack wunderte sich. Nele war zwar sensibel, aber immerhin waren sie im Krankenhaus solche Geschichten doch gewohnt.

Aber Nele konnte sich nicht beruhigen. »Die Frau war auch da. Und die älteren Kinder. Alle schrien und weinten. Die Frau war außer sich. Mit mehreren Leuten mussten wir sie ruhigstellen.«

»Wie ist es ausgegangen?«

»Verstorben. Nichts zu machen. Und ich hatte auf einmal so ein Gefühl, dass du das hättest sein können.« Unwillkürlich drückte Jack Nele ein wenig von sich weg. Sie sah ihn an und wischte sich die Tränen aus den Augen. »Schatz, ich weiß nicht, was ich dann tun würde.« Jack schluckte, riss sich zusammen. *Nein. Heute ist kein guter Augenblick. Ich muss abwarten. Es muss der richtige Moment kommen. Heute nicht.*

3. Kapitel
Oktober 2019

Juliette

»Nein. Ich halte das für keine gute Idee.« Fredericks Stimme klang fest. Doch Juliette fand, dass es diesmal nicht alleine seine Sache war. Schließlich hatte auch sie alles mitmachen müssen. Die Unsicherheit, die Panik vor der Türklingel, vor den gelben Umschlägen. Und jetzt lag die endgültige Rettung auf dem Präsentierteller. Direkt vor ihrer Nase.

Sie verstand ja, dass es sein Baby war. Dass ›Fairreisen‹ etwas ganz Besonderes war. Aber dafür machten Start-up-Unternehmen das doch alles: Um später eventu ell aufgekauft zu werden. Und damit Gründer ihre Ideen veredelten. Doch jetzt auf einmal war Frederick nicht mehr offen für rationale Gedanken. *Es ist die Befreiung. Das muss er doch begreifen!* Juliette wusste, dass es keinen Sinn machen würde, ihn in eine Ecke zu drängen. Und sie verstand auch, dass das Thema sensibel war. ›Fairreisen‹ war seine Eintrittskarte für eine Gesellschaft gewesen, die ihn vor Jahren ausgestoßen hatte. Schlichtweg ausgespuckt. Fast von einem Tag auf den anderen war er ein Schuldner gewesen. Jemand, der zu früherer Zeit in den Schuldturm gemusst hätte. Von einem Tag auf den anderen schauten Freunde, Bekannte, Familienmitglieder anders auf ihn. Er war für den Rest seines Lebens mit einem Makel behaftet. Dem Makel des Scheiterns.

Frederick hatte es hingenommen. Geschluckt. Ertragen. Über Jahre hatte er sich zurückgekämpft. Und sie war an seiner Seite geblieben. Hatte ihm zugehört, ihm mit Rat und Tat zur Seite gestanden, ausgeholfen, wo es nötig war.

»Aber das Angebot ist doch wirklich gut, Frederick.«

»Ich habe es mir genau überlegt. Natürlich hört sich eine Million Euro erst mal gut an. Doch dann kommt die Steuer, die Bankkredite, die übrigen Kosten. Da bleibt nicht viel übrig.«

Juliette und Frederick spazierten am Elbufer entlang. Der Wind peitschte von Westen über die Stadt. In der Nacht war die erste Sturmflut angekündigt, die wieder einmal den Fischmarkt und weite Teile des Elbufers unter Wasser setzen würde. Juliette schüttelte den Kopf. Ihr war nicht wohl bei der Sache. Steuern hin oder her, eine Million Euro würde einen Befreiungsschlag für sie bedeuten. Endlich atmen. Geld zur Seite legen. Für schlimme Zeiten, die garantiert wiederkommen würden.

Stumm gingen sie nebeneinander her. Die letzten Ausflugsdampfer des Jahres ließen ihre kitschigen Signale hören. Juliette schaute auf die Uhr. Gleich musste sie die Kinder aus der Schule und der Kita abholen und dann würde wieder keine Zeit für ernste Gespräche sein. Zu oft hatte vor allem Karl in den letzten Jahren die bedrückte Stimmung mitbekommen, wenn es mal wieder eng war. Wenn erneut wichtige Entscheidungen für die Zukunft anstanden. Daher ließ Juliette jetzt nicht locker.

»Du weißt, ich kann meinen Job sicher noch ein paar Jahre machen. Aber wer weiß, was dann ist.« Sie fasste

Frederick an der Hand und zog ihn zu einer Bank, auf die sich beide niederließen. »Hör zu, Schatz. Du weißt, ich unterstütze dich bei allem, was du vorhast. Aber diesmal, finde ich, habe ich auch ein Recht mitzuentscheiden.«

Frederick verdrehte die Augen. Juliette wollte keinen Streit, hatte aber auch keine Lust, jetzt einfach klein beizugeben. »Du brauchst gar nicht so empfindlich zu sein. Es ist auch mein Leben.«

»Ich weiß, Juli. Entschuldige bitte.«

Juliette schnaufte durch. Dann setzte sie erneut an: »Wie wäre es denn, wenn du noch mal mit deinem Steuerberater sprichst. Der muss doch auch eine Meinung haben.«

»Er wird mir nur Zahlen nennen können. Mehr auch nicht. Aber ich habe es im Gefühl. Ich weiß, dass es noch weitergehen kann. Denk doch mal darüber nach, Juliette. Die Nachhaltigkeitssache fängt gerade erst an. Verantwortliches Reisen wird immer wichtiger. Die Menschen steigen nicht mehr in einen Flieger und reisen gedankenlos nach Thailand.«

Er hatte ja recht. Es war offensichtlich, dass dem Umweltschutz die Zukunft gehörte. Die Umfragewerte der Grünen waren explodiert und es wurde sogar schon über einen grünen Kanzler diskutiert. Selbst Juliette sympathisierte mit der Politik der Partei, obwohl sie die Moralpredigten früher genervt hatten. In allen Bereichen wurden neue umweltfreundliche Start-ups gegründet. Innovationen in diese Richtung wurden gefördert, Elektroautos eroberten langsam, aber sicher die Straßen. Und Fredericks App war schlichtweg genial. Eine coole, hippe, anwenderfreundliche Möglichkeit für die ›Digital Natives‹, Reisen zu buchen, die Sinn machten. Und selbst für die älteren Generationen bot ›Fairreisen‹ genügend Foren. Die Kooperation mit der Hotelkette in Bayern war erst der Anfang.

Kein Wunder also, dass sich ein Investor gemeldet hatte, der die Firma übernehmen wollte. Doch so sehr sie an die Idee glaubte, so sehr sie Frederick vertraute, so sehr auch sie es für wahrscheinlich hielt, dass die Firma in ein paar Jahren vielleicht ganz groß rauskommen würde, es beschlich sie trotzdem ein Unbehagen, das Angebot einfach auszuschlagen.

»Eine Million Euro, Frederick! Wir könnten einfach neu anfangen. Mit dem Häuschen in Wedel. Und gucken, was dann passiert.«

Frederick schwieg und starrte auf den Boden. Er hatte wieder sein ernstes, angestrengtes Gesicht. Ein Gesicht, das Juliette nur zu gut aus den letzten Jahren kannte und das sie mittlerweile fürchtete. Genau wegen dieses Gesichtsausdrucks wollte sie, dass er aufhörte, sich anzustrengen. Dass er endlich mal lebte. Dass er aufhörte, zu rennen und gegen etwas anzukämpfen, gegen das er nicht gewinnen konnte. Was vergangen war, war vergangen. Er würde es auch mit mehreren Millionen nicht mehr rückgängig machen können.

Dann sagte er etwas, das ihr Mut machte: »Okay, ich rede mal mit dem Steuerberater.«

Juliette spürte Erleichterung. Dass er mit der Entscheidungsfindung und seinen Gedanken nicht alleine sein würde, beruhigte sie.

Frederick stand schwer atmend auf. Als hätte er Tonnen von Gewicht auf seinen Schultern. »Schatz, meinst du, ich kann noch etwas alleine hier spazieren gehen? Ich muss nachdenken.«

»Natürlich, Frederick. Ich muss sowieso die Kinder abholen.«

»Okay, dann bis später.« Frederick gab ihr einen Kuss und verabschiedete sich, ohne ihr hinterher zu blicken. *Jetzt wird er sich wieder in seinen Gedanken verlieren,* dachte sie. *Er wird es wieder mit der ganzen Welt alleine aufnehmen wollen.* Juliette hoffte, betete förmlich, dass er schnell zu einer guten Lösung kommen würde, die ihm Luft zum Atmen ließe. Und hoffte für sich, dass sie endlich mal wieder keine Angst um ihn haben musste.

Frederick

Mein Gott. Was soll ich bloß tun? Es zerreißt mich. Ich muss das Richtige tun. Ich muss! Das bin ich Juliette und den Kindern schuldig. Ich habe schon zu viele Fehler gemacht, zu oft habe ich in den letzten Jahren danebengelegen.

Frederick passierte den Binnenhafen, ging wie in Trance den Rödingsmarkt entlang und nahm den peitschenden Wind, der durch die Straßenschluchten wehte, kaum wahr. Intuitiv bog er links in die Stadthausbrücke ein. In ihm machte sich Panik breit. *Atme durch, alter Kerl. Es ist nichts. Es ist gar nichts los. Alles wird gut. Das sind nur die alten Geschichten und alten Erinnerungen, die dein Hirn und dein Herz gespeichert haben.*

Schlagartig hatte er wieder die Bilder in seinem Kopf, die er so gerne verdrängen wollte. Der Tag, an dem er seine Examensprüfung ablegte. Die Nervosität, die ihn damals befiel. Unüblich für ihn, war er doch sonst immer die Ruhe selbst. *Dieser Prüfungsraum, der Prüfer, meine*

Kommilitonen neben mir. Ich durfte nicht versagen, genau wie jetzt.

Dann stand er vor dem Gebäude. Dem alten roten Backsteinhaus, der alten Handwerkskammer, die nun saniert war und das Brahms-Kontor beheimatete. *Dort saß ich. Schwitzte vor Panik, ein Blackout nach dem nächsten.* Am Ende hatte er es geschafft. Doch es war erst der Anfang gewesen.

Frederick ging weiter. Ließ die Laeisz-Halle hinter sich, überquerte den Johannes-Brahms-Platz. Es zog ihn über die Wallanlage zum Sievekingplatz, zu den drei herrschaftlichen Gebäuden, die sich fast beschützend gegenüberstanden.

Er fühlte die geballte Wucht der letzten Jahre. Vor sich sah er das prunkvollste Gebäude, das Oberlandesgericht. Er blickte nach links. *Dort hat alles begonnen. Hätte ich es damals gewusst. Mein Gott. Wie jung ich war. Jung und dumm. Ich stand dort. Habe den Eid geschworen. Den Eid eines Rechtsanwalts.* Danach sollte seine Eroberung beginnen, sollten sich seine Pläne erfüllen. Er hatte einen ganz klaren Plan gehabt. Er wollte etwas bewirken. Nicht des Geldes wegen, sondern weil er etwas Besonderes schaffen wollte. Und er war sich so sicher gewesen, dass er es schaffen würde. Er hatte sich für unbesiegbar gehalten.

Nun blickte er nach vorne. Er sah die herrschaftliche Kuppel auf dem Dach, erinnerte sich genau. Wie er innerlich tot gewesen war. Er hatte zusammen mit einem Freund ein kleines, hippes Hotel aufgebaut, sein Freund als Gastgeber, er der Mann für das Rechtliche. Schnell wollten sie mehrere Filialen, wollten nicht abwarten, sondern gleich hoch hinaus.

Sie stellten Leute ein, investierten und investierten. Doch es kam nichts zurück. Ganz im Gegenteil. Es sog sie aus. Das kleine Erbe seines Großvaters. Die Bankkredite, für die er persönlich gebürgt hatte. Sein Freund, der sich plötzlich verabschiedete und ihn vor dem Scherbenhaufen alleine ließ.

Frederick schluckte. Er schaute auf die große Treppe zum Eingang. Sah sich dort hineingehen. Alleine, mit hängendem Kopf. Und tonnenschwerem Rucksack. Er hatte es nicht wahrhaben wollen, hatte gekämpft bis zum bitteren Ende. Nicht nur für sich, sondern auch für seine Mitarbeiter. Er zahlte ihren Lohn, solange es ging, ließ jedoch die Sozialversicherungsbeiträge unbezahlt. *Ein schwerer Fehler. Dieser Mensch von der Bank. Wie hieß er noch? Egal, ein Mensch, den keiner braucht. Zwei Jahre lang hat er mich hofiert. Und dann hat er mich fallen gelassen und mir noch nicht mal mehr die Hand gegeben, als er mir die Nachricht überbrachte, dass die Kredite gekündigt werden, wenn ich nicht binnen zwei Tagen zahlen kann. Wie sollte ich damals so schnell so viel Geld zahlen? Aber du warst selbst schuld, alter Kerl. Du bist alleine dafür verantwortlich. Kein anderer. Nur du alleine.*

Frederick erklomm die ersten Stufen und zögerte. Dann kehrte er um. Er konnte dieses Gebäude nicht betreten. Nach so langer Zeit zerrissen ihn die Erinnerungen noch immer. Gerade jetzt. Wo er vor einer lebenswichtigen Entscheidung stand. *Dieser Richter. Er war gar nicht mal so grausam. Aber nüchtern. Er machte seinen Job. Nicht mehr und nicht weniger. Hätte ich doch damals auf meinen Steuerberater gehört. Hätte ich die Notbremse gezogen. Hätte ich mir ein Limit gesetzt. Hätte ich doch bloß die deutlichen Signale gehört.* Fredericks Herz brannte. Er musste sich auf die Stufen setzen und den Blick abwenden. Er schaute in den kleinen Park auf dem Sievekingplatz. Das beruhigte ihn ein wenig. Dennoch konnte er die Erinnerung an diesen Tag nicht aufhalten: Er hatte auf einem harten, schmalen Holzstuhl in einem karg eingerichteten Büro gesessen, vor ihm ein dunkelbrauner, fein säuberlich aufgeräumter Schreibtisch, hinter dem dieser Richter.

Frederick kniff die Augen zusammen und sah sich an dem Briefkasten, als er den Insolvenzantrag für seine Firma einstecken wollte. Er spürte die Tränen von damals, als er den Antrag in den Kasten fallen ließ. Das war das Ende gewesen, das hatte er damals gewusst. Oder erst der Anfang?

Die vergangenen sieben Jahre pressten jetzt auf seine Brust, nahmen ihm den Atem. Doch die Erinnerungen ließen ihn nicht los. Er stand auf und ging schnell die Treppen hinab. Wieder sah er den Richter vor sich, sah, wie sich sein Mund bewegte, aber er hörte die Worte nicht. Doch er wusste auch so, was er gesagt hatte: Frederick war privat insolvent. Er war vernichtet. Kein Teil der Gesellschaft mehr.

In Deutschland durfte man nicht pleite sein. Es war ein Makel. Bis zum Lebensende. Das wusste Frederick damals ganz genau. *Ich habe versagt. Ich war ein Versager. Vielleicht bin ich es immer noch. Ich darf jetzt keinen Fehler machen. Was soll ich bloß tun? Geld ist schnell weg. Das weiß ich! Und will ich nicht endlich das erreichen, was ich damals vorhatte? Etwas Besonderes? Etwas Einmaliges? Wenn ich jetzt verkaufe, ist diese Chance für immer vertan.*

Nach der Privatinsolvenz kam derzeit die Kontokündigung. Er hatte kein Konto mehr. Er dachte an Juliette, die ihm Geld gab. Natürlich hatte es in der Zeit ihrer Beziehung immer Phasen gegeben, in denen mal er und mal sie mehr verdiente. Sie teilten sich die Kosten so gut es ging, jeder half aus, wenn es beim anderen knapper war. Aber nun hatte er sich gefühlt, als würde er Taschengeld von seiner Frau bekommen, als würde sie sein Versagen finanzieren. Es war demütigend für ihn gewesen. Doch er wusste schon damals, dass er glücklich sein konnte, dass sie an seiner Seite und nicht gegangen war. War sie nur wegen Karl geblieben? Sie hatte es immer wieder verneint.

Was hätte ich bloß getan, wenn sie gegangen wäre? Vielleicht wäre ich dann nicht mehr auf dieser Welt. Frederick war danach in ein tiefes Loch gefallen. Als insolventer Anwalt hatte er automatisch seine Zulassung zur Rechtsanwaltschaft verloren.

Er war von einem Tag auf den anderen mittellos und ohne Aussicht auf Arbeit gewesen. Aber er begann zu kämpfen. Und kämpfte bis zum Ende. Für Juliette, für Karl, für Lisa. Und auch für sich. Er musste es sich beweisen, dass er es konnte. Dass er überleben konnte. Und dass er etwas Besonderes schaffen konnte. Für eine kurze Zeit verspürte Frederick einen gewissen Stolz. Eine Zuversicht, dass er sich herauskämpfen könnte, dass es irgendwann vorbei wäre.

Er blickte nach rechts und sah das Strafjustizgebäude. Hinten war direkt die Untersuchungshaftanstalt angebaut. Für den direkten Weg in den Gerichtssaal. Oder hinterher ins Gefängnis.

Frederick wurde kalt. Er zitterte, konnte seinen Blick nicht von dem Eingang wenden. Er stand im Herbstwind der Hansestadt, hielt den Atem an und erlebte diesen Tag noch einmal neu. War er ein Jahr zuvor vor dem Insolvenzrichter noch innerlich tot gewesen, hatte er sich in diesem einen Jahr wieder zurück an die Oberfläche gekämpft. Er war voller Panik, jetzt alles zu verlieren. Wirklich alles. Hatte er die Demütigung der Mittellosigkeit, der gesellschaftlichen Ächtung noch ertragen können, war es für ihn jedoch vollkommen inakzeptabel, als Straftäter zu gelten. Er, Frederick, der so einen hohen Anspruch an sich hatte.

Er hatte damals glasklar erkannt: wenn man ihm die Freiheit nehmen würde, dann würde er nicht mehr leben wollen. Freiheit war elementar für ihn. Nichts ging ihm darüber.

Er sah sich neben seinem Strafverteidiger in seiner schwarzen Robe wieder, erinnerte sich an das Gefühl, ein kleiner Junge zu sein, der etwas Falsches gemacht hatte. Und alleine gelassen wurde. Verstoßen von seinen Eltern, von allen.

Wie ein Roboter war er in den Saal gegangen, in dem er noch nie auf dieser Seite Platz genommen hatte. Zwei Tage ging der Prozess. Frederick konnte nichts essen, schlief nicht, trank wenig, sprach nicht. Das Urteil: Insolvenzverschleppung, Veruntreuung von Arbeitsentgelt wegen der Sozialversicherungsbeiträge. Hart, aber nicht vernichtend. Er behielt seine Freiheit, galt jedoch fortan als vorbestrafter Mann. Und stand unter Bewährung.

Dennoch, das Urteil war eine Erleichterung. Es war vorbei. Endlich vorbei. Dachte er zumindest.

Jahrelang habe ich gekämpft, gearbeitet, Schulden zurückgezahlt, die Strafe beglichen, habe mir nichts zuschulden kommen lassen. Habe versucht, ein guter Vater zu sein, meine innerliche Zerstörung zu verstecken. Ich habe versucht, weiter lebendig zu bleiben, habe neue Ideen gesammelt. Und jetzt stehe ich hier. Frederick wandte seinen Blick vom Strafjustizgebäude ab und setzte sich in Bewegung. Er wollte nach Hause. Zu Juliette und den Kindern. Ihm war kalt. *Was soll ich bloß tun? Was zum Teufel soll ich tun?*

4. Kapitel
Weihnachten 2019

Juliette

Der Weihnachtsbaum war geschmückt, die Geschenke lagen darunter bereit. Die Glocken des nahe gelegenen Michels, wie man die Sankt-Michaelis-Kirche in Hamburg nannte, läuteten zur Weihnachtsmesse. Auf den Straßen sah man so gut wie keine Menschen. Alle bereiteten sich freudig auf die feierliche Zeit vor. Die Dieselmotoren der Container-Schiffe vom Hafen brummten durch die klare, kalte Winterluft. Juliette und Frederick hatten sich festlich angezogen, später sollte Juliettes Mutter zu Besuch kommen. Lisa und Karl tollten auf der leeren Straße vor ihnen her, dick eingepackt in Schneeanzüge, mit Mützen, Schals und Handschuhen. Die Spannung der Kinder war entzückend. Lisa konnte schon seit dem Morgen nicht mehr stillsitzen, Karl freute sich so sehr auf eine neue Flugdrohne, die er sich seit Langem wünschte. Eine Drohne mit Kamera, mit der man über eine App ganze Abenteuerfilme drehen konnte.

Der Winter war in diesem Jahr außerordentlich mild und es gab keine Chance auf weiße Weihnachten, doch an Heiligabend, als die Sonne unterging, übernahm ein Hochdruckgebiet die Luftmassen und kalte, klare Luft aus dem Osten kam über die Hansestadt.

Juliette strahlte Frederick an. Sie hatte ein tiefes, inniges Gefühl zu ihrem Mann. Es schien sich gerade alles zu fügen. Die Kinder waren mittlerweile in einem Alter, in dem die beiden als Paar wieder mehr Freiheiten genießen konnten, mal für eine halbe Stunde spazieren gehen oder kurz die Nachbarn Fritz und Brigitte im oberen Stockwerk besuchen.

Und dann war da noch die Entwicklung von ›Fairreisen‹. Frederick hatte den richtigen Riecher gehabt. Nach tagelangem Grübeln, Gesprächen mit dem Steuerberater, Freunden und Bekannten, nach diversen schlaflosen Nächten hatte er sich entschieden: Höflich, aber deutlich hatte er dem Investor abgesagt, hatte den Kaufpreis von einer Million Euro ausgeschlagen. Und die Firma behalten.

Es schien, als habe er die richtige Entscheidung getroffen: Die Buchungen verdoppelten sich seitdem, die App wurde unzählige Male heruntergeladen, Frederick konnte weitere Partnerschaften schließen. Die Zahlen schossen durch die Decke. Und die Einkünfte entwickelten sich entsprechend. Was Juliette viel wichtiger war: es erfüllte ihn voll und ganz. Frederick hatte es endlich geschafft, sich selbst zu beweisen. Und wenn er auch häufig unterwegs war, so nahm er sich doch auch viel Zeit für die Familie und konnte einiges von zu Hause aus arbeiten. Das war perfekt, fand Juliette. Sie selbst arbeitete schon seit zehn Jahren selbstständig in der Finanzkommunikation, hatte sich dort eine Nische erarbeitet, und ihre One-woman-Agentur machte Jahr für Jahr Rekordumsätze. Für einige Monate im Jahr war sie extrem ausgelastet und froh, wenn Frederick in diesen Wochen nicht reisen musste. Den Rest des Jahres aber genoss sie die Freiheit, bei ihren Kindern sein zu können und sich den schönen Dingen des Lebens zu widmen.

Und dann war da noch das neue Haus, in das sie bald einziehen sollten. Zwar liebten die beiden ihre Drei-Zimmer-Wohnung im Portugiesenviertel unweit der St.-Pauli-Landungsbrücken, aber die Kinder wurden größer und Juliette und Frederick sehnten sich nach einem eigenen Häuschen. Ein bisschen mehr Platz, ein kleiner Garten und vor allem ein schicker Neubau, in dem alles gut funktionierte und nicht so improvisiert war wie in ihrer Altbauwohnung.

Und so hatten sie es im Herbst gewagt und die ersten Schritte für den Bau eines Hauses unternommen. Es sollte auf einem großen, alten Brachgrundstück im Vorort Wedel stehen, kurz hinter der Landesgrenze in idyllischer Lage unweit der Elbe. Leider würde es noch mindestens bis zum Frühsommer dauern, doch ihr Haus in Wedel sollte ihr Familienglück werden. Der Ort, an dem Lisa und Karl aufwachsen würden. Beide waren sich sicher: 2020 würde das beste Jahr ihres Lebens werden.

Juliette lächelte glücklich, als Frederick sie in den Arm nahm. Sie bogen in die Rambachstraße ein und spazierten Richtung Elbe. Der weihnachtliche Elb-Spaziergang war seit Jahren Tradition, und während andere den Gottesdienst des Michels besuchten, genossen Juliette und Frederick die Ruhe auf den Straßen. Die Kinder mussten sich vor den nächsten aufregenden Stunden noch einmal austoben.

»Wie lange hast du jetzt Pause?« Juliette sah ein, dass Frederick momentan hart arbeiten musste, um in der entscheidenden Zeit nach der Absage an den Investor keine Fehler zu machen. Er würde es sich nicht verzeihen, wenn es nun schiefgehen würde. Jedoch war sie wirklich erleichtert, dass er ihr in den nächsten Tagen ein wenig die Kinder abnehmen konnte. Schon zu lange klebten die Kinder an ihr. Ihr Vater fehlte ihnen.

»Na ja, bis zum 27. bin ich auf jeden Fall hier.«

»Das ist doch schon mal etwas.« Sie gab ihrem Mann einen Kuss und sie gingen weiter die etwas abschüssige Straße entlang.

»Hast du von dieser merkwürdigen Lungenkrankheit in China gehört?«

Juliette erschrak, als sie von Fredericks Worten aus ihrer Zufriedenheit und der Ruhe gerissen wurde. »Wie bitte?« Sie sah ihn irritiert an, kreisten ihre Gedanken doch gerade um das nächste Jahr, was da alles Schönes auf sie warten würde. Krankheit? China?

»Na, in China sind aus bislang unbekannter Ursache ziemlich viele Menschen erkrankt«, erklärte Frederick.

»Wie erkrankt?« Juliette versuchte, Interesse zu heucheln. Sie liebte diese Tage gerade dafür, dass die Zeit stehen zu bleiben schien. Dass man nicht gezwungen war, sich um die Nachrichtenlage in aller Welt zu kümmern.

»Ja, keiner weiß warum. Einige reden schon wieder von diesem SARS.«

»SARS? War das nicht diese todbringende Krankheit, die uns infizieren und alles zum Erliegen bringen sollte?« Dabei rollte Juliette mit den Augen.

»Genau, und wo schließlich nichts kam. Außer Panikmachern, die sich lächerlich machten.«

Juliette musste lachen. Ja, sie konnte sich daran erinnern. Zunächst hatte es geheißen, man müsse die Grenzen zu China, wo die Krankheit aufgetreten war, sofort schließen. Keine Flüge mehr ins Land lassen. Doch schon in der nächsten Woche waren andere Nachrichten wichtiger gewesen. Die SARS-Pandemie blieb aus. Panikmache, Effekthascherei. Und nichts dahinter. So wie immer, wenn die Zeitungen Angst verbreiteten, um ihre Auflage zu erhöhen.

»Und? Was ist jetzt mit dieser Krankheit?« Juliette fragte sich, ob Frederick ihr etwas damit sagen wollte.

»Nichts. Wollte ich nur erzählen.«

»Interessant, Schatz. Wahnsinnig interessant.« Dann mussten beide lachen. Und die Unterhaltung wurde von Karl unterbrochen, der plötzlich schnell zur Elbe vorauslief.

»Karl! Pass an der Straße da vorne auf!«, riefen beide fast im Chor.

5. Kapitel

27. Dezember 2019

Juliette

Die Langeweile stieg spürbar. Karl und Lisa waren einfach keine Kinder, die still und zufrieden in ihrer Ecke spielen konnten. Beide verlangten ohne Unterlass nach Aufmerksamkeit, stritten sich viel und hatten Energie für vier Kinder. Schon alleine deshalb sehnten Frederick und Juliette ihr neues Häuschen herbei. Einfach die Terrassentür aufmachen und die Kinder in den Garten zum Spielen schicken. Das fehlte ihnen jetzt. In ihrer Wohnung mussten sie die Kinder jedes Mal wetterfest anziehen, eine Tasche packen und einen Ausflug planen. Der nächste größere Park war nicht gerade um die Ecke und jeden Tag an den Landungsbrücken den Schiffen und Schleppern bei der Arbeit zuzuschauen war den Kindern irgendwann zu wenig. Das Wetter tat sein Übriges. Das Hamburger Schmuddelwetter vertrieb allen die Lust auf Ausflüge im Freien.

Nach den Weihnachtstagen musste Frederick wieder arbeiten, doch er konnte die meisten Sachen von zu Hause erledigen. Juliettes Kunden ließen sie bis Mitte Januar in Ruhe, erst dann begannen ihre Projekte wieder. So war es vor allem Juliette, die mit den Kindern bastelte, Spiele spielte und Lego baute. Abends fiel sie gerädert aufs Sofa und ließ sich von Frederick einen Tee bringen. Nicht nur einmal stellte sie sich die Frage, ob Arbeiten wirklich anstrengender war als diese ›Ferien‹ mit den Kindern zu Hause.

Es war eine willkommene Ablenkung, dass heute Abend Jack und Nele mit ihrem Sohn Ben zu Besuch kommen wollten. Ben war in Karls Klasse und sofort nach der Einschulung hatten alle gemerkt, dass die Chemie stimmte, dass man einen ähnlichen Humor hatte.

Juliette legte gerade die gewaschene Wäsche der Kinder zusammen, als sie hörte, wie sich Frederick anzog, seine Schlüssel nahm und die Tasche mit Leergut aus der Küche kramte. Dann hörte sie ihn rufen: »Ich kaufe kurz noch mal Getränke für heute Abend ein, okay?« Und schon vernahm sie, wie die Haustür zugeschlagen wurde.

»Okay, ich bereite derweil schon mal alles vor, kümmere mich um die Kinder, sauge Staub und räume die Küche auf«, murrte Juliette, obwohl sie wusste, dass Frederick sie nicht mehr hörte. Gerne hätte sie auch mal das Haus verlassen, um ein wenig für sich zu sein und sich um die Einkäufe zu kümmern. Sie atmete tief durch und fing an, die Schränke einzuräumen.

Wenige Stunden später tobten Karl und Ben durch die Kinderzimmer, Lisa hinterher, wenig beachtet von den Großen und neugierig, was die Jungs so spielten. Die beiden waren besonders aufgeregt, weil ihre Eltern erlaubt hatten, dass Ben heute bei Karl übernachten durfte. Frederick reichte Jack ein Bier, Juliette öffnete den Sekt und füllte zwei Gläser für sich und Nele.

»Und, Jack, was macht das Krankenhaus?« Jack war Amerikaner, lebte jedoch schon seit fünfzehn Jahren in Hamburg und arbeitete seit Kurzem im UKE, dem Universitätsklinikum Hamburgs in Eppendorf als Oberarzt. Vor zwölf Jahren hatte er Nele ebenfalls in einem Krankenhaus, in dem er damals Dienst hatte, kennengelernt. Zwei Jahre später kam Ben. Jack war ein Musteramerikaner: Locker, mit einem markanten Akzent und immer für einen lockeren Spruch zu haben.

Jack nippte an der Flasche, antwortete dann: »Nichts Neues. Wenig los dieses Jahr, die Grippe scheint in dieser Saison schwach zu sein.«

Frederick mochte Jack. Er hatte zwar keine Ahnung von Fußball und versuchte, Frederick stattdessen erfolglos die Vorzüge des American Football näherzubringen, doch dabei war er witzig, geistreich und entspannt. Nele und Jack schienen wie Tag und Nacht zueinander. Aber es hieß ja immer, dass sich Gegensätze anzogen. Nele konnte nicht stillsitzen, stand ständig unter Strom, fiel jedem ins Wort und redete manchmal ununterbrochen. Manchmal so ausdauernd, dass schließlich alle am Tisch – inklusive sie selbst – über ihren Monolog lachten. Wahrscheinlich musste man so ein Wesen haben, um im Krankenhaus als Pflegerin zu arbeiten.

In seinem typisch texanischen Dialekt fuhr Jack fort: »Wir rennen immer der Bürokratie hinterher. Was habt ihr Deutschen bloß damit?« Frederick grinste und nickte zustimmend. Davon konnte er ein Lied singen. »Und dann nervt mein Chefarzt manchmal. Der muss ziemlich unter Druck stehen.«

»Druck? Ich dachte, es ist nicht viel los?«

»Eben! Aber Kostendruck. Der Chefarzt bekommt

immer, wie sagt ihr Deutschen? Er bekommt immer einen auf den Deckel vom Klinikmanager. *Hier zu teuer, da zu teuer. Muss das wirklich sein? Kann man das nicht so machen? Ist es wirklich nötig, diese Pflegerin noch einzustellen?* All das eben.«

»Verstehe.« Frederick kannte das Thema. Wenn er an die vielen Steine dachte, die dieses Land Gründern in den Weg legte, schauderte es ihn jedes Mal wieder. Allen war das Problem bewusst, doch weder Politik noch Verwaltung änderten wirklich etwas. Und im Gesundheitswesen schien es noch mal eine andere Kategorie zu sein. Frederick erinnerte sich, dass er vor einem halben Jahr von einer Stiftung gelesen hatte, die die Schließung der Hälfte aller Krankenhäuser in Deutschland vorschlug, um Engpässe beim Personal zu vermeiden und eine effizientere Versorgung zu gewährleisten. Als Unternehmer war Frederick stets der Meinung, dass Deutschlands Gesundheitsversorgung zu teuer war und dass es für die Beitragszahler bald unbezahlbar werden würde, wenn man die Effizienz nicht verstärkte. Trotzdem verzichtete er auf eine Diskussion mit Jack. Schließlich gab es nicht nur die eine Sicht der Dinge. Und heute hatte er keine Lust auf anstrengende Diskussionen.

Glücklicherweise wechselte Jack selbst das Thema: »Gucken wir dieses Jahr den Super-Bowl zusammen oder willst du dich wieder mit Ausreden davor drücken?« Jack lachte Frederick an.

»Bis in den frühen Morgen eine Sportart gucken, wo der Ball über das Tor geschossen wird? Ich werde es niemals verstehen, wie man das gut finden kann.«

Frederick und Juliette genossen den unbeschwerten Abend. Jack war ein unterhaltsamer Mensch und Nele erzählte und erzählte. Die Kinder guckten später gemeinsam einen Film im Wohnzimmer und Frederick stand auf, wankte schon ein wenig in die Küche und fragte in die feuchtfröhliche Runde am Esstisch: »Eine Flasche schaffen wir aber noch, oder?«

»Puh, noch eine?«, entgegnete Jack.

»Los, Schatz. Stell dich nicht so an. Morgen ist doch frei«, lachte Nele und Frederick hob zustimmend die neue Flasche hoch, ohne zu bemerken, wie sich Jack an die Brust fasste.

»Na gut, ein Glas noch.«

Jack

»Du warst so still, Schatz.« Besorgt sah Nele ihn an, als sie die Haustür aufschloss. Glücklicherweise hatte sich Ben schnell von ihnen verabschiedet, als sie Fredericks und Juliettes Wohnung verließen. Schon dort hatte Jack gemerkt, dass seine Brust zu schmerzen begann.

Die Übelkeit brachte ihn beinahe um. »Bestimmt nur zu viel getrunken.« Kreidebleich schleppte sich Jack in die Wohnung. Das Atmen fiel ihm schwer, Flüssigkeit sammelte sich in seinen Augen.

»Du? Du kannst für zwei Menschen trinken.« Nele hängte ihre Jacke über den Garderobenständer. »Wahrscheinlich müsst ihr das da drüben in Texas …« Die letzten Worte bekam Jack nicht mehr mit. Es kam schneller über ihn, als ihm lieb war. Zuerst verschwamm sein Blick, dann begann sich der Raum zu drehen. Und es wurde schwarz.

Jack wusste nicht, wie lange er ohnmächtig war. Als er die Augen öffnete, hörte er nichts, sah Nele heulend und wild gestikulierend über ihm. Sein Kopf wippte hin und her, durch Neles flache Hand durchgeschüttelt. Langsam konnte er die Schläge auf seinen Wangen spüren.

»Jack! Wach auf! Wach auf!«

Vorsichtig kniff er die Augen zusammen. »Geht schon wieder«, murmelte er. Nacheinander versuchte er, Kraft in seine Füße und Finger zu bekommen, um zu testen, ob sein Körper noch funktionierte. Seine Brust schmerzte, aber die Übelkeit war weg. Nele wischte mit einem Tuch Jacks Stirn ab. Er hörte sie tief durchatmen. »Schatz, was machst du mir für eine Angst!«

Ganz langsam setzte sich Jack auf. Seine Schulter schmerzte. Er rieb an ihr. »Du bist einfach umgefallen. Wie ein Stein. Hast dich nicht abgestützt!«

Er stand auf und ließ sich auf einen Stuhl im Hausflur sinken. Nele brachte ihm ein Glas Wasser, das er schnell herunterstürzte. Während er die wohltuende kalte Flüssigkeit in seinem Körper spürte, wurde ihm klar, dass er nun nicht länger schweigen konnte. Wie befürchtet stürzte sich Nele nun mit Fragen auf ihn. »Was war denn das eben, Schatz? Man kippt doch nicht einfach um! Weißt du, wie lange du weg warst? Fast fünf Minuten!«

Er setzte zu einer Antwort an, doch Nele ließ ihn gar nicht zu Wort kommen. »Wir müssen ins Krankenhaus. Jetzt sofort!« Mit kreidebleichem Gesicht und geröteten Augen machte sich Nele daran, Sachen zusammen zu sammeln. Jack blieb seelenruhig sitzen. »Wir nehmen ein Taxi. Ich kann nicht mehr fahren.«

Als sie wie ein Wirbelwind an ihm vorbeirannte, packte Jack ihre Hand und zog sie zu sich hin. »Das wird nichts bringen.«

»Was wird nichts bringen? Ein Taxi?«

»Das Krankenhaus.«

»Komm mir jetzt nicht auf die Tour! Es ist absolut nicht die Zeit, den starken Mann zu markieren.«

Jacks Stimme bekam ein wenig mehr Kraft. »Die werden mir nichts Neues sagen können.« Er schaute Nele tief in die Augen.

Langsam dämmerte Nele etwas. Sie hielt den Atem an. Fordernd fragte sie: »Was meinst du?«

»Setz dich mal bitte hin.«

Als Jack von Beginn an erzählte, sah er, wie Nele noch blasser wurde und zu atmen vergaß. Er musste ihr jetzt beichten, was er schon seit Längerem wusste. Dass er schwere Zeiten vor sich hatte. Und dass er nicht wusste, wie lange er Nele noch beschützen konnte.

6. Kapitel

30. Dezember 2019

Frederick

»Ich fahre noch einmal schnell ins Büro, mein Schatz!« Frederick beeilte sich, aus dem Haus zu kommen. Er hatte keine Lust auf Diskussionen, die Stimmung war seit zwei Tagen angespannt. Er war froh, dass er kurz vor Silvester noch einmal für sich sein konnte. Juliette und er waren seit Tagen fast ausschließlich damit beschäftigt, die Kinder zu unterhalten. Lisa und Karl schienen eine Phase zu durchleben, in der Streit unvermeidlich und eine selbstständige Beschäftigung quasi unmöglich war. Frederick versuchte, sich wo immer es ging einzubringen, doch war er ein Freund des Sommers. Dann fielen ihm Hunderte Dinge ein, die er mit Lisa und Karl unternehmen konnte: Paddeln auf der Alster, im Hof des Hauses werkeln, in einen Kletterpark fahren. Er musste sich eingestehen, dass ihn die Enge im Winter überforderte. So blieb vieles an Juliette hängen, die immer dünnhäutiger wurde und ihren Frust nun auch gerne an Frederick ausließ.

Davon war Frederick wiederum genervt. Sie schien seine Selbstständigkeit zu vergessen, schließlich musste er auch zu Hause arbeiten. Dabei schämte er sich aber gleichzeitig, denn wenn er ehrlich zu sich war, hielten sich die zu beantwortenden E-Mails in diesen Tagen deutlich in Grenzen. Trotzdem blieb die Tür seines Bürozimmers in ihrer Wohnung meist geschlossen, während vor der Tür gezankt, geschrien und geweint wurde.

Eilig zog er sich seinen Mantel an, nahm die Aktentasche und steckte die Haustürschlüssel ein. *Jetzt bloß keine Angriffsfläche bieten. Am besten so schnell es geht raus aus der Wohnung.* Doch Juliette ließ ihm keine Chance. Genervt schaute sie zu ihm in den Flur: »Ach, ziehst du dich jetzt schon wieder zurück?«

Frederick zuckte zusammen, er fühlte sich, als wäre er als kleines Kind beim Lügen ertappt worden. »Nein, äh, was soll das? Ich muss arbeiten, Schatz.«

»Du kannst auch von hier arbeiten. Du musst nicht unbedingt ins Büro. Das machst du nur, um deine Ruhe zu haben!«

Tief durchatmen. Nichts sagen. Die Welle über sich ergehen lassen. Juliette legte nach: »Und mich hier alleine den Wahnsinn durchmachen lassen.«

»Schatz, ich muss nur ganz kurz …«

Aber Juliette ließ ihn nicht ausreden. »Ganz kurz. Ist klar. Wahrscheinlich muss ich mich nachher auch wieder darum kümmern, die Kinder ins Bett zu bringen!«

»Lass sie doch einfach Fernsehen gucken. Ich komme schon rechtzeitig.«

»Frederick! Die verblöden langsam! Sie hängen schon viel zu viel vor der Glotze.«

»Ich beeile mich. Versprochen.« Er versuchte es noch einmal mit der sanften Methode, sie schien aber leider nicht zu wirken. Juliette drehte sich um und ging Richtung Wohnzimmer, aus dem schon wieder Kindergeschrei zu hören war.

»Spar dir deine Versprechen. Kannst so lange bleiben, wie du willst. Ich mach das hier schon. So wie jeden Tag.«

Frederick ergriff die Türklinke. Er versuchte, sie lautlos herunterzudrücken, als ob er einen schlafenden Drachen nicht wecken wollte. Doch Juliette ließ ihn. Frederick ging hinaus, schloss leise die Tür und atmete tief durch. Geschafft.

Juliette

Blöder Kerl, dachte Juliette. *Blöder Kerl. Blöd und rücksichtslos. Er kann ein echter Arsch sein.* Sie war fix und fertig. Dass Frederick in den letzten Tagen nicht mal ein freundliches Wort für sie übrighatte, gab ihr den Rest. *Ich hasse die Ferientage. Wird Zeit, dass die Schule bald wieder losgeht. Ich kann das einfach nicht. Vielleicht bin ich ganz einfach eine schlechte Mutter. Dann ist es eben so! Kann ich auch nicht ändern. Frederick kann sich ja auch mal mehr bemühen. Arbeiten, arbeiten, arbeiten. Interessiert ihn die Familie gar nicht mehr? Dann können wir uns das mit dem Haus in Wedel auch gleich sparen. Was für ein Blödmann.*

Juliettes Gedanken drehten sich im Kreis. Seit Tagen schlief sie nicht mehr gut. Dieses ständige Beaufsichtigen der Kinder. Dabei war Karl doch schon zehn Jahre alt! Sie erwartete einfach mehr von ihm, mehr Selbstständigkeit und Rücksicht. Dann ertappte sie sich in der nächsten Sekunde dabei, dass sie ihm einfach Unrecht tat. Er war ein Kind. Kein Erwachsener, noch nicht mal ansatzweise ein Teenager. Die Wut schlug in Scham um. *Ja, ich bin wirklich eine schlechte Mutter.*

Aber Juliette konnte einfach nicht mehr. Je länger sie darüber nachdachte, desto mehr erkannte sie, dass die ernsthaften Sorgen um ihre Mutter sie wohl besonders dünnhäutig werden ließen. Seit über einer Woche kam sie nicht mehr auf die Beine, vegetierte in der Seniorenresidenz vor sich hin, rauchte wie ein Schlot und hörte weder auf sie noch auf die Ärzte. Und dass Frederick auf ihre Sorgen immer nur mit einem »Aha«, »Hm« oder »Oha« reagierte, anstatt ihr ernsthaft zuzuhören und sich für ihre Sorgen zu interessieren, machte sie rasend. Sie akzeptierte es ja, dass Frederick ihre Mutter nicht besonders mochte, und konnte es manchmal sogar gut verstehen. Marlies war oft rechthaberisch, übergriffig und penetrant. Aber sie war alleine! Seit dem Tod von Juliettes Vater lebte sie im Alstertal in einem Senioren-Domizil und langweilte sich dort zu Tode.

Und dann kam auch noch ihre Erkrankung hinzu. Die Ärzte sagten, es sei nicht Ernstes. Eine starke Erkältung, vielleicht eine Grippe. Ihre Lunge sei ein wenig angegriffen, aber das würde schon wieder werden. In ein paar Tagen sei alles vorbei. Doch Juliette hatte Angst, ihre Mutter zu verlieren. Gerade jetzt, wo so viele Veränderungen anstanden: Karl würde ins Gymnasium kommen, der Hausbau und der Umzug standen an. Juliette hatte außerdem zwei neue Kunden für ihre Agentur gewonnen und war sich nicht sicher, ob die Arbeit ihr nicht über den Kopf wachsen würde. Geeignete Partnerinnen, die sie in ihrer Arbeit entlasten könnten, waren weit und breit nicht zu finden.

Sie fürchtete immer mehr, dass sie irgendwann versagen würde. Ihre Kunden lobten ihre Zuverlässigkeit, niemals sagte sie zu einem Auftrag Nein. Niemals konnte sie eine Abgabefrist nicht einhalten. Sie arbeitete, wenn nötig, bis tief in die Nacht. Am Wochenende, an Feiertagen. Manchmal schlief sie in der Hauptarbeitsphase so wenig, dass Frederick sich ernsthafte Sorgen um ihre Gesundheit machte. Stets waren die Kunden mit den Ergebnissen außerordentlich zufrieden. Und preislich war sie ohnehin unschlagbar. »Nimm doch mal mehr Geld!«, sagte Frederick manchmal. Dann schüttelte Juliette stets gleichermaßen verärgert wie verständnislos den Kopf. Er hatte einfach keine Ahnung, wie das Agenturleben lief.

Ja, Juliette brauchte ihre Mutter. Und sie wollte sie nicht verlieren. Eventuell war es doch nicht gut, dass sie ihrer Mutter das Senioren-Domizil eingeredet hatte. Vielleicht vereinsamte sie dort und das machte sie anfällig für Krankheiten. Hätte sie ihre Mutter bei sich aufnehmen sollen? Geschwister hatte Juliette nicht. Ganz im Gegenteil zu Frederick, der einen Bruder hatte und es nicht nachvollziehen konnte, dass ihre Mutter eben keinen anderen Menschen mehr außer ihr hatte.

Marlies lag seit zwei Tagen im Bett und Juliette musste neben Hausarbeiten, Kinder beaufsichtigen und unterhalten, Silvesterparty planen und schon mal an ihren künftigen Projekten arbeiten auch noch einmal täglich den weiten Weg hinaus ins Alstertal auf sich nehmen, um ihre Mutter zu besuchen. Und jetzt haute Frederick einfach so ins Büro ab, ohne auf sie Rücksicht zu nehmen.

Juliette setzte sich auf die Couch und vergrub ihr Gesicht hinter ihren Händen. Sie war fix und fertig. Und da kam Karl zu ihr hin, streichelte ihre Schulter und fragte ganz lieb: »Mama, was ist denn los?« Dann kam auch Lisa und lehnte sich an ihre andere Schulter. »Ja,

Mama, hast du was?« Juliette strich sich ein paar Tränen aus den Augen und lächelte gequält. Wie sie ihre Kinder liebte. Ihr Herz brannte. Schnell nahm sie beide fest in den Arm.

»Nein, ihr Süßen. Mama ist nur ein wenig müde.«

Frederick

Als Frederick wenig später im Laden von ›Fairreisen‹ ankam, atmete er tief durch. Sein Büro war nicht weit entfernt, nur ein paar Minuten mit dem Rad. Er wusste, das würde sich ändern, wenn sie nach Wedel ziehen würden. Dann würde er mit der Bahn oder mit dem Auto fahren müssen. Und hier einen Parkplatz finden? Unmöglich.

Er ertappte sich dabei, dass er langsam ging, langsam seinen Computer hochfuhr und langsam seinen Kaffee zubereitete. Kurz nagte das schlechte Gewissen an ihm, als er an Juliette dachte, doch dann schüttelte er entschlossen den Kopf. *Nein. Ich muss einfach mal für mich sein. Und jedes Frühjahr, wenn sie Tag und Nacht ihre Kunden bedienen muss, bin ich es schließlich, der sich rund um die Uhr um die Kinder kümmern muss. So ist es nun mal. Nachher bringe ich ihre Lieblingspralinen mit und dann machen wir uns einen schönen Abend. Und morgen ist unsere Silvesterparty. Da kann sie mal wieder ordentlich die Sau rauslassen. Ich werde mich ums Essen und Trinken kümmern, Juliette soll einfach nur feiern.*

Als Fredericks Computer hochgefahren war, öffnete er zunächst die Nachrichtenseite. Entspannt schlürfte er an seinem Kaffee und ging die Seite durch. Dann stutzte er plötzlich. Was las er da? Acht Ärzte warnten in sozialen Netzwerken vor dem in China vor ein paar Tagen entdeckten Virus. Es gebe Parallelen zu SARS. Jetzt seien einige der Ärzte von ihnen verschwunden. Vom Erdboden verschluckt. Verschwunden? Hatten die in China etwas zu verheimlichen? *Was soll's*, dachte er dann fatalistisch. *Die in China haben alle Nase lang etwas zu vertuschen. China bleibt China.* Frederick schloss die Seite, lehnte sich in seinen Bürostuhl zurück und genoss die Ruhe.

September 2021
Zola

Mir ist übel. Ich kann nichts mehr trinken. Kann es nicht bei mir behalten. Dabei bin ich eine der wenigen, die überhaupt etwas Trinkbares bei sich hat.

Ich habe mir den Plan zurechtgelegt, dass ich Beschützer brauche. Starke junge Männer, denen ich vertrauen kann. Mit denen teile ich das Wasser. Im Gegenzug sorgen sie dafür, dass die anderen mich in Ruhe lassen. Einer heißt Jamal, kommt aus dem Tschad. Der andere ist Mohammed und kommt aus Libyen.

Ich habe die Zeit verloren, weiß nicht, wie spät es ist, die Sonne zeigt sich mittlerweile sanft am Horizont. Wenn ich nicht so eine Angst hätte, könnte man sich in dieser Schönheit verlieren. Die Wellen sind nicht hoch, doch das seitliche Schwanken des kleinen, glücklicherweise stabilen Bootes bringt mich an meine Grenzen. Aber das halte ich aus, muss es aushalten. Aufgeben ist keine Option.

Offenbar habe ich in mehrfacher Hinsicht Glück: Erstens ist unser Boot aus Holz, kein Schlauchboot. Wie häufig habe ich die Geschichten gehört, in denen von

Schlauchbooten die Rede war, die reihenweise im Meer versanken. Außerdem haben wir einen Tag erwischt, an dem es zwar kalt, aber nahezu windstill ist. Gott scheint auf mich aufzupassen.

Ich schaue mich um. Dicht gedrängt sitzen wir in dem kleinen Holzboot. Es ist kein Platz verschenkt, doch glücklicherweise ist es nicht überfüllt. Vielleicht, weil ich auch ein wenig mehr bezahlt habe. Fast jeder trägt einen Mundschutz. Diejenigen, die keinen tragen, sind die Ärmsten unter uns.

Ich versuche zu schlafen, lehne mich an Jamal. Zu Beginn habe ich tief in seine Augen geschaut und gespürt, dass er ein anständiger Mann ist. Ich hoffe und bete, dass ich recht behalten werde.

Körperlich hätte ich keine Chance gegen ihn. Auf Hilfe der anderen kann ich nicht zählen. Jeder kämpft für sich selbst. Wenn einer über Bord gehen würde, würde keiner hinterherspringen, um ihn zu retten. Das ist mir klar. Ich schließe meine Augen. Keiner spricht ein Wort, der kleine Schiffsmotor am Ruder brummt sonor und gleichmäßig. Würden wir in diesem Moment einen Motorschaden erleiden, wäre es unser Ende. Doch er scheint zu halten.

Unser Kapitän schaut streng auf den Horizont, seit unserem Aufbruch hat er kein Wort mehr gesprochen und keiner wagt es, ihn anzusprechen. Seine Pistole im Gürtel ist deutlich sichtbar. Er ist hier der Boss, da gibt es keine zwei Meinungen.

Tatsächlich döse ich ein. Ich weiß nicht, wie lange ich geschlafen habe, doch als ich wieder aufwache, spüre ich ein sanftes Tippen an meinem Oberarm. Die Sonne steht nun schon höher am Himmel, blendet meine Augen. Ich schaue zu Jamal, der meinen Arm berührt. Er sieht mich müde, aber lächelnd an. Er zeigt in eine Richtung. Ich schaue hin. »Spain! Spain!«, flüstert er. Ich halte meine Hand über die Augen, spende ihnen Schatten, kneife sie zusammen. Dann sehe ich es ganz deutlich. Langsam kommt es näher. Es ist Land. Es muss unser Ziel sein. Wir sind am Ziel, ich bin am Ziel. Mein Herz ist unendlich weit. Ich könnte die ganze Welt umarmen.

7. Kapitel

9. Januar 2020

Jack

Jack saß seinem alten Studienkollegen in dessen Arztzimmer gegenüber. Nele stand neben ihm und er spürte, wie sie vor Aufregung zitterte. »Komm, setz dich doch.«

»Wie kann ich mich in dieser Situation setzen?«, fauchte Nele zurück.

Nach Jacks Zusammenbruch kurz nach Weihnachten hatte er sich schnell erholt. Seine Tablettendosis wurde etwas erhöht und er ging einige Tage nicht zur Arbeit. Vor ihren Freunden sagten die beiden kein Wort. Dabei kam es ihnen entgegen, dass der Alltag im neuen Jahr und der typische Januar-Blues bei den Menschen ohnehin dazu führte, dass der Kontakt ein wenig spärlicher war.

Der Arzt klopfte Jack auf seine Hand und strich Nele kurz über ihre Schulter. Dann setzte er sich vor sie auf die Tischplatte seines breiten, modernen Schreibtisches und verschränkte die Arme. »Habt ihr schon gehört, dass es in China den ersten Toten geben soll?« Jack hob die Augenbrauen. Vor dem ernsten Gespräch ablenken war gut. Aber mit so einem Thema?

»Na, so lange ich nicht sterben muss«, antwortete er zynisch und wurde sofort von Nele mit einem vernichtenden Blick bestraft. Jack lächelte sie besänftigend an. Dann wandte er sich wieder seinem alten Freund zu: »Okay, erzähl. Was meinst du? Tote in China?«

»Ja, ein Toter durch diese Seuche. Diese Lungenkrankheit.«

»Wirklich? Und keiner hat irgendeine Ahnung, wo das herkommt?«

»Nee, absolut nicht. Keiner.«

»Auch nicht die WHO?«

»Na, als würden die Chinesen der WHO alles auf die Nase binden.«

Nele begann, mit dem Fuß auf den Boden zu trommeln. Sie wurde immer ungeduldiger. Dann platzte es aus ihr heraus: »Können wir bitte über das reden, weswegen wir hier sind?«

Die Männer verstummten, schauten sich ernst an und Jack nickte dem Arzt zu.

»Wir müssen wohl schnell operieren, Jack.«

Diese Worte ließen Nele noch hektischer werden. Nervös knabberte sie an ihren Fingernägeln.

»Das habe ich erwartet. Was muss gemacht werden?«

»Katheterablation.«

Jack senkte den Kopf, sagte nichts. Nele begann, schwer zu atmen. »Was heißt denn das alles jetzt genau?«

Der Arzt wandte sich Nele zu und begann, es ihr zu erklären: »Die Medikamente der letzten Wochen haben offenbar nichts gebracht.«

»Letzten Wochen?« Nele schrie es förmlich heraus. Jack mied ihren Blick und schwieg.

Der Arzt fuhr ungerührt fort: »Deshalb müssen wir jetzt durch die Leiste über die Hohlvene bis zum Herzen gehen, um dann ein Stück zu veröden, damit der betreffende Vorhof keine Störimpulse mehr ans Herz abgeben kann. Dabei müssen wir auch überhaupt erst mal gucken, was genau los ist.«

Jack schaute auf. »Wann geht es los?«

»In genau drei Wochen. Ich habe mich für dich starkgemacht.«

»Und danach ist alles wieder okay?« Nele nahm Jacks Hand und versuchte, sich zu beruhigen.

»Bestenfalls ja. Diese OP hat eine gute Erfolgschance. Wir müssen verhindern, dass Gerinsel entstehen. Wenn wir das schaffen und die Gefahr von Schlaganfällen somit beseitigt ist, kann Jack ganz normal weiterleben.«

»Und weiterarbeiten?«

Der Arzt schwieg für ein paar Sekunden. Er schaute zuerst Nele an, dann wandte er sich an Jack und beugte sich vor. »Jack, wie ich schon sagte: Du wirst kürzertreten müssen. Und nach der OP musst du erst mal eine Reha machen. Ein paar Wochen an die See. Und dich richtig auskurieren.«

Ein paar Wochen. *Undenkbar,* dachte Jack. *Ich kann nicht ein paar Wochen von zu Hause weg sein. Nele hält das nicht aus. Ich kann sie so lange nicht alleine lassen. Ausgeschlossen.* »Gut, dass klären wir später«, antwortete er und lächelte gequält. »Bis in drei Wochen dann.« Grußlos verließ Jack das Arztzimmer. *Wie konnte ich nur krank werden? Wie konnte ich Nele das nur antun?*

8. Kapitel

20. Januar 2020

Juliette

»Meine Mutter wurde heute schon wieder vom Arzt untersucht!« Juliette machte sich mittlerweile ernsthaft Sorgen. Sie hielt ihr Handy am Ohr und hoffte, dass Frederick irgendwie beruhigend auf sie einwirken konnte.

Juliettes Mutter hatte sich von ihrer Lungenentzündung nicht vollständig erholt. Nach ein paar Tagen der Genesung schien der Husten wiederzukommen und jeder Gang machte ihr schwer zu schaffen. Bereits vor ein paar Tagen war der Arzt schon einmal bei ihr in der Senioren-Residenz gewesen, verließ sie jedoch unverrichteter Dinge nach einer kurzen Untersuchung. Es sei nichts Schlimmes erkennbar. Bettruhe, viel Tee mit Honig und wenn ihr danach sei, sollte sie inhalieren. Dann würde es wieder werden.

Doch es wurde nicht besser. Daher war wiederum der Arzt gerufen worden. »Glücklicherweise war heute der Nachwuchsarzt im Heim. Der Alte blieb in der Praxis«, sagte Juliette ins Handy.

»Und? Was sagt er?«

»Der war nicht so ignorant wie der Alte. Sie bekommt ein starkes Antibiotikum, damit die bakterielle Entzündung der Lunge weggeht.«

»Schon wieder Antibiotika?«

»Was sollen sie denn machen?« Juliette reagierte genervt auf Fredericks Nachfrage. Das war nicht das, was sie hören wollte. Doch dann versuchte sie, sich zusammenzureißen. Was konnte er denn dafür? An ihm musste sie ihre Sorgen nicht auslassen. »Und sie haben Abstriche gemacht. Im Rachenbereich und in der Nasenhöhle. Die Ergebnisse werden einige Tage auf sich warten lassen.« Juliette spürte, dass Frederick nicht so recht bei der Sache war. »Frederick, hast du überhaupt gehört, was ich erzählt habe?«

»Klar, klar«, versuchte Frederick sich, zu rechtfertigen.

»Ist was?«, hakte Juliette nach. Sie hörte, dass er an seinem Computer arbeitete, während sie sprach. Und daher fühlte sie sich nicht wirklich ernst genommen.

»Ich mache mir ein bisschen Sorgen. Dieses komische Virus da in China. Es nimmt immer größere Ausmaße an«, sagte er.

Ich erzähle, dass meine Mutter vielleicht ernsthaft krank ist, und ihn interessiert nur die Nachrichtenlage? Juliette schnaufte durch. Frederick sprach weiter: »Ich will nichts beschreien, aber es gibt unzählige Planspiele von Gesundheitsorganisationen für den Fall des Ausbruchs einer weltweiten Krankheit. In China haben Ärzte etwas ins Netz gestellt und mussten offenbar umgehend der Polizei Rede und Antwort stehen. Einer von denen ist angeblich jetzt auch nicht mehr erreichbar. Wenn die etwas zu verbergen haben und da wirklich etwas dran ist, dann …«

Juliette gab es auf. Frederick hatte andere Sachen im Kopf. Er dachte Tag und Nacht an ›Fairreisen‹. Sie setzte sich auf ihren Bürostuhl und klickte nun ihrerseits mit der Maus in ihrem Dokument herum, an dem sie gerade arbeitete. »Und? Hatten wir das nicht schon? Wird da nicht dauernd etwas vertuscht?«

Frederick pustete hörbar in den Hörer. »Mir hat mal vor einiger Zeit ein Freund, der in Berlin in der Politik arbeitet, von einer Analyse der Bundesregierung erzählt, was das für die Wirtschaft weltweit und in Deutschland bedeuten würde.«

»Was für eine Analyse?«

»Es wurde ein Planspiel durchgeführt, dass eine Pandemie wie SARS auch nach Deutschland kommt. Ohne Impfstoff und so weiter. Und uns überrollt.«

»Und?«

»Na, da werden eklatante Auswirkung auf die globale Wirtschaft prognostiziert. Die Welt ist heutzutage so vernetzt, dass eine Durchbrechung der Lieferkette alle hart treffen würde. Inklusive Deutschland. Gleichzeitig scheint Europa total unvorbereitet auf so ein Szenario zu sein.«

Juliette spürte, wie sie das Thema langweilte. »Und?«, fragte sie beiläufig.

»Was *und*? Das würde natürlich auch die Touristik betreffen.« Nach einer kleinen Pause schob er nach: »Und die ersten Fälle sind auch schon in Thailand und anderen asiatischen Staaten aufgetreten.«

Juliette verstand. Darüber machte er sich also Sorgen. »Schatz. Du wirst sehen. Da kommt wieder gar nichts. Kein Mensch wird auf seine Reisen verzichten wollen. Kein Politiker wird den Menschen das Reisen verbieten. Wie könnten sie das auch?«

»Du hast sicher recht.« Er atmete hörbar durch und fragte dann mit fürsorglichem Tonfall: »Und wie geht es deiner Mutter gerade?«

»Sie schläft wohl. Ich gehe sie nachher noch mal besuchen und nehme die Kinder mit.«

»Mach das, Schatz. Ich muss hier ohnehin noch etwas arbeiten.« Als Juliette schon beinahe auflegen wollte, schob er nach: »Ist sie ansteckend?«

»Nein, der Arzt sagt, dass sie Antibiotika nimmt, weil ihre Krankheit bakteriell wäre.«

»Passt ein bisschen auf, bitte. Nach den anstrengenden Weihnachtsferien habe ich so gar keine Lust auf kranke Kinder zu Hause«, sagte Frederick und klickte nun wieder hörbar auf seiner Tastatur herum.

Er hat keine Lust? Er? Wer hat sich denn in diesen Ferien hauptsächlich um unsere Kinder gekümmert? Juliette wollte etwas entgegnen, doch Frederick hatte offenbar selbst gemerkt, dass sein Kommentar unpassend war. »Das will ich dir auf keinen Fall erneut antun, meine ich«, setzte er schnell hinzu. »Dir und uns.«

»Ja, du hast ja recht. Das reicht wirklich erst mal. Ich pass schon auf.«

»Soll ich nach der Arbeit vorbeikommen? Könnte mich in die Bahn setzen.«

»Nee, lass mal. Schon okay. Ist ja ein weiter Weg nach Wellingsbüttel. Wir sehen uns dann zu Hause, okay?«

»Klar, mach's gut, Schatz.«

Juliette beendete das Telefonat und versuchte, sich mit ihrer Arbeit abzulenken. *Hoffentlich kommt das Ergebnis von Mamas Untersuchung schnell. Wehe, es ist etwas Schlimmes. Das könnte ich nicht ertragen. Nicht jetzt.*

9. Kapitel

23. Januar 2020

Juliette

Das Herz schlug ihr bis zum Hals. Den ganzen Tag konnte sie schon an nichts anderes denken.

Frederick musste unbedingt für einen Termin nach Frankfurt. Juliette wusste nicht, worum es dabei ging, doch es interessierte sie momentan auch nicht wirklich. Nachdem er das Verkaufsangebot des Investors abgelehnt hatte, war sie immer mehr zum Zaungast bei Fredericks Unternehmen geworden. Es schien, als ob er die ganze Verantwortung endgültig auf sich übertragen wollte, um Juliette komplett rauszuhalten und sie zu schützen.

Juliettes ganze Aufmerksamkeit war bei ihrer Mutter. Sie hatte die letzten drei Tage immer wieder gedanklich durchgespielt, was ihre Mutter für eine Diagnose bekommen könnte. Gestern hatte sie Jack angerufen, um ihn als Arzt zu fragen, was es sein könnte. Doch komischerweise war er kurz angebunden gewesen und konnte ihr nichts Näheres sagen.

Immerhin hatte Nele sich Zeit genommen, Juliette ins Seniorenheim zu begleiten und ihr beizustehen. »Jack hat erzählt, dass du Hilfe brauchst«, sagte sie, und Juliette war dankbar, jemanden dabei zu haben, der sich als Krankenschwester mit medizinischen Dingen ein wenig besser auskannte als sie selbst.

Neles Stimmung schien gedämpft, als die beiden die langgestreckte Wellingsbütteler Landstraße raus in den gut situierten Vorort fuhren. »Hast du von dem Virus in China gehört?«, fragte sie.

Juliette mochte dieses Thema nicht. Ganz abgesehen davon, dass sie zurzeit andere Sorgen hatte, fand sie die Aufmerksamkeit übertrieben. Man sollte sich lieber über bedrohlichere Krankheiten Gedanken machen. Zum Beispiel Ebola in Afrika. Oder Hunger. Oder andere Probleme in der Welt. Höflich, aber angestrengt antwortete sie: »Ja, Frederick erzählte so was.«

»Das scheint ernst zu werden«, fuhr Nele fort. »Die haben jetzt die Stadt, wo es herkommt, abgeriegelt.«

»Wie abgeriegelt?«

»Na, keiner darf mehr rein, keiner raus. Keiner darf mehr arbeiten, einkaufen, zur Arbeit. Nichts.«

»China eben.« Was für ein System, dachte Juliette. Die armen Menschen dort mussten auch alles mit sich machen lassen. Repressionen überall. Im letzten Jahr die Proteste in Hong-Kong. Und jetzt das.

»Ja, scheinbar hat die chinesische Regierung das Virus dort nicht mehr unter Kontrolle, sagt Jack.«

»Was heißt das, nicht unter Kontrolle?«

»Na, die Ansteckungsgefahr. Alle stecken sich an.«

»Alle stecken sich an?«, fragte Juliette skeptisch.

»Ja, es scheint hoch ansteckend zu sein. Aber man weiß natürlich nicht viel. China gibt zu wenige Informationen heraus.«

Für einen Moment schwieg Juliette. Sie musste zugeben, dass sie das Thema nun auch beschäftigte. Waren

Fredericks Befürchtung doch begründet? »Und dann sperren sie alle ein?« Juliette versuchte, sich diese Situation am eigenen Leib vorzustellen. Und schauderte.

»Kennst ja die Chinesen«, antwortete Nele.

Juliette nickte. »Ja, bin ich froh, dass wir hier anders leben. Aber sag mal, was ist denn das überhaupt für eine Krankheit? Weiß man da schon Genaueres?«

»Jack sagt, es sei ein Corona-Virus, etwas Neuartiges, etwas, das man noch nicht kennen würde. Kommt wohl von einem Tiermarkt in der Stadt, wo es ausgebrochen ist. Und überträgt sich zweifellos von Mensch zu Mensch. Mehr wisse man noch nicht.«

»Viele Tote?«

»Um die dreihundert oder so.«

Dreihundert. Irgendwie keine Zahl, die auf Juliette beunruhigend wirkte. In Büchern und Filmen wurden immer apokalyptischere Todeszahlen genannt. Und weit weg war es auch. Sie schüttelte den Kopf und widmete ihre Aufmerksamkeit wieder dem Straßenverkehr. Als die Grundstücke größer und waldiger wurden, zeigte sich links von ihnen ein großes Schild. ›Senioren-Domizil Alsterlauf‹. »Hier ist es.« Juliette deutete auf die großzügige Einfahrt und das herrschaftliche Gebäude.

»Junge, Junge! Deiner Mutter muss es ja gut gehen! Das ist doch nicht billig hier, oder?«

Verlegen schüttelte Juliette den Kopf. »Nee, das nicht. Aber reich ist meine Mutter auch nicht. Sie kann eben gut mit Geld umgehen.«

Wenig später saßen die beiden Frauen bei Juliettes Mutter in der Senioren-Wohnung, starrten den jungen Arzt im weißen Kittel gebannt an und warteten auf dessen Bericht.

»Sie sind einverstanden, dass jemand zuhört, der nicht zur Familie gehört?«

»Ich kann auch rausgehen«, bemerkte Nele schnell.

Juliette lächelte ihr zu. »Ich sage Bescheid, wenn wir fertig sind.« Ihre Freundin nickte und verließ den Raum.

»Also, Frau Köhnen«, begann der Arzt. »Wir haben Ihre Proben untersuchen lassen. Und ich will gar nicht lange drumherum reden: wir haben bei Ihnen Rachenkrebs festgestellt.« Wie eine Bombe schlug dieser Satz ein. Juliette spürte, wie ihr das Blut in den Adern gefror. *Ich habe es gewusst.* Sie hielt den Atem an, spürte Übelkeit in sich aufsteigen und krallte sich an den Sitzlehnen fest. Ihre Mutter zeigte keine Regung. Der Arzt fuhr fort. Seine Stimme wurde sanfter und leiser: »Der Krebs ist in einem Stadium, in dem wir ihn noch gut behandeln, ihn zumindest aufhalten können.«

Mit nüchterner Miene fragte Juliettes Mutter: »Mögliche Behandlungsformen?«

»Wir können unter Umständen operieren. Das passiert per Laser und geht relativ schnell.«

»Und wenn nicht?«, wagte Juliette mit brüchiger Stimme zu fragen.

Der Arzt wandte sich ihr zu und antwortete leise: »Dann können wir noch bestrahlen. Und abwarten, wie der Krebs darauf reagiert.«

»Wie lange habe ich noch?« Juliettes Mutter wurde strenger.

»Frau Köhnen. Sie werden bestimmt noch sehr lange und gut leben.«

»Also muss ich nicht sterben?«

»Sterben müssen wir alle, Frau Köhnen. Aber Ihren Krebs können wir gut behandeln.«

Juliette hielt es auf dem Stuhl nicht mehr aus. Sie stand auf und ging zum Fenster, blickte in das Alstertal, sah die kahlen Bäume, erahnte den Alsterlauf in der Ferne. *Ich kann Mama nicht auch noch verlieren. Nicht meine starke Mama.* In ihrem Kopf drehten sich die Kindheitserinnerungen, die Geburtstage, die Sommerurlaube an der französischen Atlantikküste, die Weihnachtsfeste. Vor ihrem inneren Auge erschien ihre vollkommen verzweifelte Mutter, als vor ein paar Monaten ihr Vater gestorben war. So hatte Juliette sie noch nie erlebt. Seit sie denken konnte, war ihre Mutter stark, aber immer liebevoll. Sie hielt ihrem Vater im Job den Rücken frei, kümmerte sich um die Erziehung von Juliette und nutzte das Einkommen ihres Vaters, um daraus kaufmännisch das Beste zu machen und ein kleines Vermögen anzusparen. Sie erinnerte sich an ihren Umzug aus der beschaulichen Wohnung ins Haus nach Hummelsbüttel, als sie noch klein war. An die Fotos von ihr und ihrer stolzen Mutter bei ihrer Einschulung mit der selbstgenähten Schultüte. Daran, wie sie ihr Frederick vorstellte.

»Wann geht's los mit der Operation?« Juliettes Mutter unterbrach ihre Reise in die Vergangenheit.

Der Arzt war vorbereitet. »Für nächste Woche ist im UKE ein OP-Termin für Sie reserviert.« *Eine Woche,* dachte Juliette. Wieder sieben Tage voller Unsicherheit und Sorge. *Ich kann meine Familie damit nicht die ganze Zeit belasten. Was soll ich denn bloß machen, wenn Mama nicht mehr aufwacht? Was, wenn die Operation nicht erfolgreich ist?*

»Gut, dann gehen wir es an. Ich gehe jetzt schlafen, ich bin müde.« Dann stand Marlies auf, drehte ihrer Tochter und dem Arzt den Rücken zu, ging kerzengerade ins Badezimmer und schloss sich ein. Der Arzt stand ebenfalls auf, verabschiedete sich wortlos von Juliette. Dann war sie alleine. Ihr schossen die Tränen in die Augen. Sie wollte sich jetzt in die Arme ihrer Mutter eingraben, wollte sie nie wieder loslassen.

Es klopfte an der Tür, langsam öffnete sie sich. Juliette drehte sich um. Es war Nele, die ihr besorgt in die Augen schaute und offenbar sofort erkannte, was los war. Juliette hatte sie beinahe vergessen, doch nun war sie unsagbar froh, dass sie da war. Schnell stürzte sie ihrer Freundin in die Arme. Und weinte hemmungslos. Nele sagte nichts und streichelte ihren Kopf. Dann öffnete sich die Badezimmertür, Juliettes Mutter kam heraus. Ärgerlich schaute sie auf die beiden Frauen. Offenbar war ihr die Situation unangenehm. Sie stand ungern im Mittelpunkt. Schon gar nicht, wenn es um irgendwelche Wehwehchen ging. Verheult ging Juliette auf ihre Mutter zu. Mit verkniffenen Lippen und harten Gesichtszügen ließ sich ihre Mutter von Juliette in den Arm nehmen.

»Ist gut, Schatz. Ist gut«, sagte sie leise. Doch für Juliette war gar nichts gut. Sanft stieß Juliettes Mutter sie aus ihrem Arm. »Ich möchte jetzt schlafen. Nimm es mir nicht übel.« Juliette nickte, wischte sich die Tränen aus dem Gesicht und ging langsam aus der Wohnung. Nele folgte ihr, verabschiedete sich leise. Im Flur brach es noch einmal aus Juliette heraus.

Nele

Als Nele Juliette zu Hause abgesetzt hatte, war sie wie paralysiert. Sie hätte es wissen müssen. Warum tat sie sich das an? Wollte sie sich vielleicht absichtlich quälen?

Als Übung für den Ernstfall? *Ich ertrage es nicht, wenn ich Jack verliere.*

Eine Mutter zu verlieren war das eine, aber den geliebten Ehemann? Den Vater ihres Kindes? *Ich kann es nicht! Ich kann es nicht alleine! Dann bricht alles zusammen. Ich brauche Jack. Ohne ihn bin ich nichts. Jack muss gesund werden. Er muss!*

September 2021
Zola

Wenn man erlebt hat, was ich erleben musste, dann streicht man das Wort ›aufgeben‹ aus seinem Wortschatz. Es ist einfach keine Option. Wenn ich aufgegeben hätte, in den ganzen letzten Wochen meines Weges, hätte ich die Hölle betreten. Dem Teufel persönlich ins Gesicht geschaut. Ich habe alle Geschichten gehört, die damals vor ein paar Jahren passiert waren, als sich viele meiner Dorfbewohner das erste Mal auf den Weg gemacht hatten. Voller Hoffnung und Zuversicht, aber auch voller Ungewissheit und Schmerz über den Abschied. Hunger, Krieg, Verfolgung, Perspektivlosigkeit – es gab wohl schon immer gute Gründe, die Heimat zu verlassen und eine bessere Zukunft zu suchen.

Doch nun ist es anders. Es ging alles so schnell und uns blieb keine Wahl. Wir kannten diese Krankheit nicht. Sie kam nicht von hier, nicht aus Afrika, wo man schon so viel Leid erlebt hat, sondern aus China.

China war seit langer Zeit ein wichtiger Verbündeter von vielen Afrikanern. Während sich der Rest der Welt nicht um uns kümmerte, war es China, die die ersten Wirtschaftsprogramme in vielen afrikanischen Ländern starteten. Und Afrika nahm in Kauf, dadurch ausverkauft zu werden.

Ich hatte mich schon immer für die politischen und wirtschaftlichen Belange meines Landes und der Welt interessiert. Obwohl ich in einem kleinen Dorf in Simbabwe lebte, wollte ich wissen, was in der großen Welt vor sich ging, welche Kräfte wirkten, die unser aller Leben bestimmten. Ich las, so viel ich konnte, setzte die schärfste Waffe ein, die ich hatte: meinen Verstand und das Lesen.

Wir waren stolz, dass wir zuletzt sogar eine Wasserversorgung hinbekommen hatten, stolz auf unsere Gemeinschaft und darauf, dass wir die Konflikte des Landes so gut es ging von uns fernhalten konnten. Unser Land hatte schon seit Jahren viele schlimme Dinge erleben müssen, aber die korrupte Regierung nutzte die Corona-Pandemie aus, um uns zu unterdrücken und unserer Rechte endgültig zu berauben. Diese rätselhafte Krankheit gab unserem Land den Rest.

Einen einzigen Arzt gab es im Ort, das nächste Krankenhaus war kilometerweit entfernt. Wir hatten keine regelmäßige Verbindung zu anderen Dörfern oder gar Städten, sondern waren auf Menschen angewiesen, die mit Bussen oder Autos kamen und uns dann mitnahmen. Als es plötzlich auftauchte, dachten alle, es wäre wieder eine Tropenkrankheit, Dengue oder sonst was. Aber es war so vollkommen anders als was wir bisher gesehen hatten. Viele Menschen erstickten einfach, vor allem die Alten, häufig blieben nur die Kinder übrig.

Als wäre das nicht schon schlimm genug, setzte uns auch die Regierung zu. Wie hatten die Menschen vor einigen Jahren gehofft, dass es endlich anders wird. Nach dem Wahlsieg von Mnangagwa spürten wir alle einen Aufbruch, aber vergebens. Es wurde nur noch schlimmer. Und seit dem Ausbruch der Corona-Pandemie nutzte die Regierung alles aus, um die Menschen zu verfolgen. Ausgangssperren, Inflation, kein Essen, keine Hilfe. Über hunderttausend Verhaftete hatte es in den letzten Monaten gegeben. Etwa weil sie keine Gesichtsmasken trugen oder weil sie, so heißt es, ohne triftigen Grund draußen unterwegs waren oder wie mein Vater und ich auf der Straße Handel trieben, um zu überleben.

Immer wenn er Polizisten mit Hunden um die Ecke biegen sah, packten wir unsere Ware ein und verschwanden schnell. Es hatte immer geklappt, bis zu diesem Tag: Dieses eine Mal hatten wir nicht aufgepasst. Mein Vater hatte mir zugerufen, dass ich weglaufen sollte. Ich tat es, sah aber aus der Ferne, was passierte: unser kleiner Stand wurde mutwillig zerstört, unsere Ware konfisziert. Vor allen Leuten wurde mein Vater zusammen mit anderen Händlern geschlagen, gefesselt und ausgepeitscht. Das Geräusch des Schusses werde ich niemals vergessen. Mein Vater wurde eiskalt erschossen. Vor meinen Augen.

Es war klar, dass die jungen Menschen scharenweise das Land verlassen würden. Meine Mutter nahm mich am Abend dieses Tages in den Arm und sagte: »Hau ab. Verlass das Dorf, verlass das Land, verlass Afrika.«

In unserer Hauptstadt drängelte ich mich mit anderen hustenden, schwitzenden Menschen auf dem Bahnsteig, wurde beinahe im Zug nach Norden erdrückt, bis ich endlich nach Stunden hinaus an die frische Luft konnte. In der weiten Steppe wartete ich auf den Transport Richtung Freiheit, den ich mit dem letzten Geld meines Vaters arrangiert hatte, ohne zu wissen, ob ich jemals dort ankommen würde, wo ich hin wollte.

Aufgeben ist keine Option. Und so verdränge ich ganz schnell die Gedanken daran, als ich die Boote sehe. Die schwerbewaffneten Schiffe, die sich nun in einiger Entfernung vor dem Ufer zeigen. Und mir und meinen Mitstreitern in unserem Boot eine klare Botschaft überbringen sollen: Ihr seid hier nicht willkommen!

10. Kapitel
28. Januar 2020

Frederick

Frederick war ein Mensch, der in der Lage war, Trends zu erkennen, Ideen zu entwickeln und zukünftige Chancen zu ergreifen. Doch was er nun für die Zukunft prognostizierte, beunruhigte ihn.

Seine kürzlich neu eingestellte Ladenkraft bediente zwei junge Kunden, die auf der Suche nach einem Ferienhaus in Nordeuropa waren. Ganz ohne Strom und fließend Wasser. So wie früher. Manche Leute hatten Frederick geraten, den Laden zu schließen. Damit würde er doch keinen Umsatz machen. Das Online-Geschäft sei doch das einzig Wahre. Und seine App. Aber Frederick lehnte die Schließung kategorisch ab. Er wollte einen realen Anlaufpunkt haben.

Da er es seit geraumer Zeit nicht mehr schaffte, Kunden selbst zu bedienen, hatte er in zwei Angestellte investiert, die sich jeweils in Teilzeit abwechselten. Außerdem hatte er einen Programmierer und einen Marketing-Mitarbeiter eingestellt. Alles in allem eine monatliche Mehrbelastung im fünfstelligen Bereich. Juliette hatte gequält gelächelt, als er es ihr erzählte. Sie hatte dies alles schon einmal erlebt: Angestellte, die monatlich viel Geld kosteten, eine rasante Entwicklung des Start-ups. Doch

Frederick musste es tun. Mit der Ablehnung des Verkaufsangebots und der teuren Kampagne hatte er sich entschieden. Kunden mussten bedient und das Unternehmen weiterentwickelt werden.

Unruhig klickte er sich weiter durch die Nachrichten: Der erste Corona-Infizierte in Deutschland war ermittelt worden. Die Weltgesundheitsorganisation hatte das Corona-Virus als nicht bedrohlich für die gesamte Welt eingestuft und so sah sich auch Deutschland nicht veranlasst, Einreisende aus China besonders zu untersuchen. Daher war es für Frederick so unvermeidlich wie bedauerlich, dass es irgendwann passieren würde. Kein Grund zur Sorge, sagten die Behörden. Man wisse genau, wie die Ansteckung erfolgt sei: Der Mann habe sich bei einer chinesischen Kollegin infiziert, die geschäftlich im bayerischen Betrieb zu tun hatte, bevor sie wieder in ihre Heimat zurückgeflogen war. Das Gesundheitsamt steckte den Mann zwei Wochen in Isolation, die Menschen, mit denen er in engerem Kontakt war, zwei Wochen in Quarantäne und dann war es erledigt. Die Infektionskette war unterbrochen. Alles in Ordnung, so die Behörden. Auf diese Weise würde man Krankheiten isolieren.

Doch Frederick traute dem Braten nicht. Die Flughäfen waren voll, Menschen aus aller Herren Länder reisten nach Deutschland ein und verließen das Land wieder, Handelswaren wurden von einem Ort der Erde zum anderen geschickt, die Mitarbeiter globalisierter Unternehmen flogen von der einen Niederlassung in China in die andere Niederlassung nach London und so weiter. Das Gefühl, das er bereits seit Langem hatte, wenn er an die Krankheit dachte, ließ ihn nicht mehr los. Es machte ihn stutzig, dass die Chinesen einerseits radikale Eindämmungsmaßnahmen anordneten, ganze Krankenhäuser aus dem Boden stampften, es jedoch unterließen, die Weltbevölkerung und die WHO entsprechend darauf hinzuweisen, dass man es mit einer schlimmen Krankheit zu tun hatte. *Die wissen mehr als wir. Und mehr, als sie zugeben, da bin ich mir sicher, dachte er. Wie soll ich mich vorbereiten? Muss ich mich überhaupt vorbereiten, oder übertreibe ich?*

Was ihn verunsicherte, war, dass die Börsen ziemlich unbeeindruckt blieben. Bei internationalen Krisen, seien es Kriege oder Bankenkrisen, orientierte sich Frederick immer an einem Umstand: Solange die Börse gut lief, konnte es nicht so schlimm sein. Aber dieses Mal wich sein Gefühl davon ab. Wenn die in China ihre Städte abriegelten und Werke schließen mussten, wenn sie die Bewohner einsperrten und Menschen dort nicht mehr die Produkte aus Deutschland oder den USA kauften, dann würde das auch die Europäer nicht kalt lassen. Selbst wenn es bei dem einen Infizierten in Bayern bleiben würde.

Das Klingeln des Telefons ließ ihn aufschrecken. Im Display sah er Juliettes Namen. *Mensch, verdammt, Frederick, wie konntest du das vergessen? Juliettes Mutter wurde heute operiert. Und ich denke über irgendwelche Theorien nach, wie die Weltwirtschaft zusammenbricht, wenn die in China den Laden dichtmachen!*

Frederick plagte das schlechte Gewissen. Juliette hatte die letzten Tage sehr gelitten und er hatte sich nicht besonders gut um sie gekümmert. Natürlich hörte er ihr zu, hatte sie in den Arm genommen und versucht, sie aufzubauen, als sie vor einer Woche aus dem Heim ihrer

Mutter zurückkam und von der Diagnose berichtete. Und auch er war bedrückt, dass ein halbes Jahr nach ihrem Vater nun auch ihre Mutter ernsthaft erkrankte, aber wirklich Anteil genommen hatte er nicht.

Schnell nahm er den Anruf entgegen. »Na, Schatz, wie geht's deiner …?«

Frederick verstummte sofort, als er Juliette am anderen Ende der Leitung schluchzen hörte. Er erstarrte. War sie etwa …? »Juliette, was ist passiert?«

Juliette weinte hemmungslos. Sie brachte kaum ein Wort heraus. »Mama … sie … Die OP hat nichts gebracht.«

»Was meinst du?«

»Der Eingriff war nicht erfolgreich!«

»Aber, Marlies … deine Mutter … sie …«

»Ja, Mama lebt. Aber der Krebs ist weiterhin da.«

Frederick schnaufte durch. *Gott sei Dank lebt sie.* Er hatte schon gedacht, dass Marlies sich davongestohlen hatte. »Okay, Schatz. Jetzt erzähl doch bitte mal in Ruhe.«

Juliette versuchte, sich zu sammeln und durchzuatmen. »Sie haben den Tumor entfernt, dabei aber gesehen, dass schon viel mehr Gewebe befallen ist.« Sie verstummte für einen Moment, konnte nicht weiterreden. Frederick sortierte seine Gedanken. Er wollte nichts Falsches sagen, wollte Juliette beruhigen.

»Scheiße.« Mehr brachte er nicht heraus. Aber es schien richtig gewesen zu sein. Mehr wollte Juliette gar nicht hören. Sie wollte reden. Und weinen.

»Sie wollen jetzt bestrahlen. Der Arzt meinte, man könne den Krebs wohl nicht ganz wegbekommen. Aber immerhin aufhalten. Dann hätte meine Mutter vielleicht noch ein paar Jahre.«

»Verdammte Scheiße.«

Juliette schluchzte wieder. »Ja, Scheiße.«

»Deine Mutter ist zäh wie Leder. Die wird dem Krebs zeigen, was Sache ist!« Am liebsten hätte er sich auf die Zunge gebissen, nachdem der Satz ihm rausgerutscht war. *Jetzt reißt sie mir den Kopf ab.* Doch offenbar hatte er die richtigen Worte getroffen. Juliette antwortete nicht, aber sie schien ruhiger zu werden.

»Kommst du bald nach Hause? Ich brauche dich heute wirklich. Ich weiß gar nicht, warum ich so eine Angst habe.«

»Wenn du willst, komme ich sofort nach Hause.«

»Schon gut, es geht schon. Hast du viel zu tun? Vielleicht lenken wir uns heute Abend einfach mal mit einem schönen Film ab?«, fragte sie hoffnungsvoll.

Frederick schaute auf die Uhr, dann auf seinen Computer. »Pass auf, ich mache hier noch etwas fertig. Will noch einer Sache auf den Grund gehen. Dann haue ich hier in einer Stunde ab, okay?«

Juliette antwortete erleichtert: »Danke, Schatz. Ich liebe dich.«

»Ich dich auch.« Frederick legte auf und klickte auf seiner Maus herum. Juliettes Mutter war so schnell aus seinen Gedanken verschwunden, wie sie gekommen war. Sofort war er wieder bei seiner Story. *Was, wenn es doch explodiert?*, dachte er. *Was macht dann die Politik?* Ihm ging dieses Planspiel der Regierung nicht aus dem Kopf, von dem ein Freund erzählt hatte. Was geschehen würde, wenn eine SARS-Welle über Deutschland schwappte.

Er probierte ein paar Google-Suchanfragen. Ein paar Sekunden später hatte er es vor sich. Die Studie war im Internet öffentlich einsehbar. Frederick las die nüchterne Überschrift: *Unterrichtung durch die Bundesregierung – Bericht zur Risikoanalyse im Bevölkerungsschutz 2012, Drucksache 17/12051*. Er klickte und klickte. Blätterte und blätterte. Hochwasser-Katastrophe. Da. Pandemie durch SARS-Virus. Aufgeregt scrollte er den Bildschirm herunter, las in hoher Geschwindigkeit, was in dem Papier stand. Und schluckte. *Das wird doch wohl nicht wirklich passieren können.*

11. Kapitel

30. Januar 2020

Jack

Der Geruch war das Erste, was Jack wahrnahm. Ein vertrauter Duft, den er jedoch nicht mit zu Hause verband. Etwas, das Anspannung in ihm auslöste. Er fühlte sich federleicht. Als würde er schweben. Langsam öffnete er die Augen. Nele beugte sich über ihn und streichelte ihm über den Kopf. Allmählich begriff er. Er hatte seine OP überstanden. Zumindest war er wieder aufgewacht. So wie Nele lächelte, war es offenbar gut gegangen. Sie hatte nicht die typische Verzweiflung der vorangegangenen Tage in ihrem Gesicht. Nur pure Dankbarkeit und Erleichterung.

»Ruh dich weiter aus, Schatz. Mach ganz langsam.«

»Hat alles funktioniert?«, flüsterte Jack.

Sie nickte nur und lächelte ihn glücklich an. »Jetzt wird alles wieder gut und wie früher.«

Jack schloss seine Augen. Erleichterung machte sich in ihm breit. Das war das Wichtigste. Dass es wieder wie früher wurde und er wieder Geld für die Familie verdienen konnte. Dass er sich wieder um Ben kümmern konnte. Dass Nele wieder Ruhe fand.

Wenig später öffnete sich die Tür und Jacks alter Vertrauter und Arzt kam ins Aufwachzimmer herein. »Na, alter Freund? Wie fühlst du dich?«

Jack lächelte gequält und log: »Fühle mich sehr gut. Könnte Bäume ausreißen.« Während der Herzspezialist seine Krankenakte studierte, fragte Jack: »Wann kann ich wieder arbeiten?«

»Arbeiten?« Nele stieß ihn unsanft in den Arm. Doch der Mediziner kam ihr zuvor und entgegnete: »Arbeiten ist erst mal nicht, mein Lieber. Du erholst dich jetzt zu Hause ein paar Tage und dann geht es erst mal ganz in Ruhe in die Reha.«

Reha. Dass ich nicht lache. Kann er alleine hingehen. Ich brauche keine Reha. Ich muss wieder arbeiten. Das Krankenhaus braucht mich, die Patienten brauchen mich. Nach ein paar Tagen bin ich wieder fit. Kein Mensch wird mich wochenlang zur Reha schicken.

Juliette

Gleichmäßig kurvte Juliette das Auto über die Elbchaussee stadtauswärts. Sie war müde, doch sie hatte ein Lächeln auf den Lippen. Frederick saß neben ihr und schaute aus dem Fenster.

Juliette fühlte sich gut. Sie wollte ihre Mutter einfach mal für ein paar Stunden vergessen. Nach der nur teilweise erfolgreichen Operation erholte sie sich zusehends. Ihr ging es sogar so gut, dass sie wieder nerven konnte.

Jetzt wollte sich Juliette einfach nur ein paar Stunden um ihr künftiges Häuschen kümmern. Sie war froh, dass Frederick mitkommen wollte. Meistens enthielt er sich der Detailfragen über Fliesen, Bodenbeläge oder Ähnliches. Das war eindeutig ihr Aufgabengebiet. Doch schienen ihm die letzten Tage ins Bewusstsein gerufen zu haben, dass er sich künftig mehr um sie kümmern musste und nicht nur an die Arbeit denken durfte. So interpretierte sie zumindest seine Bereitschaft mitzukommen und sich extra dafür ein paar Stunden freizunehmen. Zuletzt hatte er von nichts anderem als von dem Corona-Virus geredet. Es schien ihn wirklich zu beschäftigen. Letztes Wochenende begann er sogar nach ein paar Gläsern Wein davon zu faseln, dass die Welt untergehen könnte, weil da ein tödliches Virus kommen würde, das die gesamte Wirtschaft zusammenbrechen ließe. Natürlich schwang dabei sein typisch zynischer Unterton mit, aber irgendwie hörte er sich an wie einer dieser Verschwörungstheoretiker, die den Weltuntergang prophezeiten.

Juliette stellte das Radio an. Der Sender spielte die letzten Töne von Musik, dann meldete sich ein Nachrichtensprecher: »Deutschland evakuiert Bundesbürger aus Wuhan.« Juliette, die gerade laut die Kulisse des Hamburger Hafens bewunderte, wurde abrupt von Frederick unterbrochen. »Sei mal kurz still«, sagte er und drehte das Radio lauter. Angespannt lauschte er den Berichten, verzog keine Miene, schüttelte dann den Kopf. Juliette hatte keine Lust nachzufragen. Sie wollte nicht schon wieder über dieses Thema sprechen.

Kurze Zeit später passierten sie die Stadtgrenze nach Wedel und bogen in eine Baustraße ein, auf der reger Betrieb herrschte. Der Bauunternehmer empfing die beiden schon am Tor der Baustelle und händigte ihnen zwei Bauhelme und Mundschutze aus. »Da hinten reißen die noch das alte Gebäude ab. Das kann ganz schön stauben!«, rief er ihnen zwischen Spalthammerarbeiten und Baggerlärm zu. Die beiden setzten Helm und Mundschutz auf, sahen sich an und mussten lachen.

Wie albern sie aussahen. »Brauch ich nicht. Außerdem bekomme ich unter solchen Dingern Panik«, sagte Juliette und riss sich den Mundschutz kopfschüttelnd wieder vom Gesicht.

»Ganz wie Sie meinen, aber krepieren Sie mir hier nicht«, scherzte der Bauunternehmer.

12. Kapitel

22. Februar 2020

Frederick

»Was sagst du als Arzt eigentlich zu dem Corona-Virus in China?« Frederick schlenderte langsam neben Jack durch Hagenbecks Tierpark. Es war ein kalter, aber sonniger Samstag. Frederick und Juliette wollten mit ihren Freunden den Tag genießen und den Kindern einen schönen Ausflug bieten, um sie mal wieder aus ihren Wohnungen herauszubekommen. Für einen Wintertag war es ziemlich voll, selbst die Tiere ließen sich vielfach in den Außengehegen blicken.

Der hochgewachsene Amerikaner, der etwas schlaksig und mit seinen roten Haaren und seinem ungleichmäßigen Vollbart sympathisch aussah, steckte sich noch einige Pommes in den Mund, die er seinem Sohn am Imbiss gekauft hatte und dessen Reste er nun verzehren musste. Mit halbvollem Mund begann er zu sprechen.

»Na ja. Der Arzt aus China, der COVID-19 damals erkannt hat, ist ja nun auch selbst daran gestorben. Es scheint hochansteckend zu sein. Und vor allem extrem tödlich. Aber wenn ich ehrlich bin, weiß bei uns auch noch keiner so genau, was das ist.«

»Ja, und jetzt haben wir auch den ersten Toten hier in Europa.«

»Man muss das alles erst mal abwarten. Das Wichtigste ist, dass man die Infektionsketten genau erkennt. Und dann Maßnahmen ergreift, meine Meinung. So wie die es in Bayern gemacht haben. Da sind alle, die mit dem Infizierten in Kontakt standen, für zwei Wochen zu Hause geblieben und dann war wieder alles gut.« Jack schaute zurück und fragte Nele, die neben Juliette und den Kindern ein paar Meter hinter ihnen ging, nach der Cola.

»Aber meinst du, man kann das in diesen Zeiten alles so nachverfolgen? In dieser Globalisierung? Immerhin sind in China schon zweitausendzweihundert Menschen gestorben, Zigtausende sind infiziert.«

Jack zuckte mit den Schultern. »Keine Ahnung. Die haben Wuhan ja abgeriegelt.« Er schlürfte noch einmal am Strohhalm, wandte sich Frederick zu und sagte: »Aber, mein Freund, warum machst du dir immer so viele Sorgen? Es kommt, wie es kommt, wie man bei euch in Deutschland so sagt.«

Darauf konnte Frederick nichts erwidern. *Natürlich. Es kommt, wie es kommt. Bis die Wirtschaft zusammenbricht. Und vielleicht die ganze Welt, wie wir sie kennen. Es kommt, wie es kommt. Wie hilfreich!*

Trotzdem vermied Frederick es, die Diskussion fortzuführen. Jack ließ ihm auch gar keine andere Wahl. »Haben uns lange nicht gesehen, mein Freund.«

»Das stimmt.« Frederick war noch in Gedanken bei Jacks Worten zum Virus.

»Ich musste operiert werden. Deshalb habe ich mich so lange nicht gemeldet."

Frederick blieb stehen. »Operiert?« Er riss die Augen auf. »Und du hast nichts gesagt?«

Jack ging langsam weiter und suchte im Ketchup nach einer weiteren Pommes. »Nee. Wollte ich nicht. Sollte keiner wissen. Es hat mir gereicht, dass Nele sich Sorgen gemacht hat.«

Frederick setzte ebenfalls seinen Gang fort. Kurz schaute er zurück und sah an Neles betroffenem und Juliettes erschrockenem Gesicht, dass die beiden wohl über dieselbe Sache redeten. »Das kann ich verstehen. Aber trotzdem …« Frederick spürte, dass er sich ausgeschlossen fühlte. Wenn einer seiner besten Freunde im Krankenhaus lag, wollte er das verdammt noch mal wissen. Gleichzeitig fühlte er sich ertappt. Nicht nur um Juliette hatte er sich zu wenig gekümmert, sondern auch um seine Freunde. Wann hatte er das letzte Mal an die beiden gedacht? Erst als Juliette ihm mitteilte, dass sie sich mal wieder in Hagenbeck treffen wollten. »Tut mir leid, dass ich mich so selten gemeldet habe. Die Firma boomt ohne Ende. Ich habe so viel zu tun. Ich weiß, ich hätte trotzdem mal anrufen können.«

Jack blieb stehen, drehte sich zu ihm um und lächelte ihn an. »Alter. Ist doch kein Problem. Ich weiß, was bei dir los ist. Und wahrscheinlich hätte ich ohnehin nicht abgenommen. Ich wollte das mit mir selbst ausmachen.«

Für eine kurze Zeit gingen die beiden Männer wortlos nebeneinander her. Dann wollte es Frederick doch genauer wissen. »Wo wurdest du operiert?«

»Herz. Nichts Schlimmes. Nach ein paar Stunden war alles wieder okay.«

»Herz und nicht schlimm?«, rief Frederick. »Also was Einfaches scheint das nicht zu sein.«

Doch Jack winkte ab. »Alles okay. Ich arbeite sogar nächste Woche wieder.« Frederick nickte erleichtert.

»Der Arzt und Nele wollen mich zu einer Kur schicken. Mich. Kannst du dir das vorstellen?«

In der Tat passte das Bild für Frederick nicht so recht zusammen: Jack, der anpackende Baum von einem Mann, der Unverwundbare in weißer Krankenhauskleidung als Patient, abgemagert von Diät-Essen und Heilwasser. Lachend schüttelte er den Kopf. »Aber was sagt Nele?«

Jack kniff die Lippen zusammen. »Die macht sich wie immer große Sorgen. Kennst sie ja. Aber sie kann mir nichts vorschreiben.«

Das stimmte. Frederick kannte die beiden nun schon einige Jahre. So vorlaut Nele auch war, Jack ließ sich niemals von seinem Weg abbringen. Er wusste, was er wollte und was für ihn richtig war. Keiner konnte ihm da reinreden. Auf der anderen Seite wusste Frederick, dass Nele ohne Jack nicht leben konnte. Dass sie jetzt sicher eine quälende Angst hatte, ihn zu verlieren. Kurz schaute er zu Juliette zurück. Nele redete auf sie ein. Garantiert würde Juliette nachher mehr aus Neles Sicht berichten können.

»Und deine Firma läuft also?«

Frederick wurde von Jacks Frage in seinen Gedanken unterbrochen. »Ja. Unglaublich. Die Zahlen brechen alle Rekorde. Es scheint, dass sich endlich alles auszahlt. Der ganze Kampf und alles.«

Anerkennend klopfte Jack Frederick auf die Schulter.

Juliette

Erschrocken hörte Juliette ihrer Freundin zu. Sie machte sich große Vorwürfe, dass sie nichts gemerkt und sich nicht bei Nele gemeldet hatte, doch Nele wischte ihre

Bedenken weg: »Jack wollte nicht, dass ihr es wisst. Er macht alles mit sich selbst aus. Das war schon immer so. Außerdem ist jetzt wieder alles gut. Und zur Reha bekomme ich ihn auch noch.«

»Das ist gut, Nele. Das ist gut. Wohl ein Warnschuss.« Genau so fühlte sich Jacks Geschichte für Juliette an. *Es kann jederzeit vorbei sein. Und plötzlich merkt man, dass man gar nicht richtig gelebt und nur Sorgen gewälzt hat.* Juliettes Gedanken sprangen umher. Nein, sie wollte jetzt mit voller Kraft positiv in die Zukunft gehen. Und es sah ja auch gut aus: Erst war die Nachricht gekommen, dass der Bau des Hauses früher fertig werden würde, dann zeigte sich ihre Mutter nach dem Krankenhausaufenthalt wie ausgewechselt. Jetzt konnte das Jahr erst richtig beginnen. 2020 sollte *das* Jahr ihrer Familie werden. Es klang schon viel besser als 2019. Nichts konnte dem Glück dazwischenkommen.

»Hast du noch viel zu tun, Juli?«, fragte Nele.

»Klar, aber nichts Ungewöhnliches. Meine Kunden stressen wie jedes Jahr.«

»Und wie geht's deiner Mutter?«

»Viel besser, sie ist immer noch recht schwach, aber das merkt man nur, wenn man sie besser kennt. Für alle anderen mimt sie die Starke.« Die beiden Frauen versuchten, Anschluss an die Kinder und die Männern zu halten, und Juliette fuhr fort: »Und wie ist es bei dir so? Wie ist die Arbeit im Krankenhaus?«

»Ach, eigentlich wie immer.« Nele arbeitete im Allgemeinen Krankenhaus Heidberg, einer großen Klinik im Norden der Stadt, in der Intensivstation als Krankenpflegerin. »Im Winter haben wir ein bisschen mehr Zulauf als sonst. Da kommen die Lungenkranken. Die

Alten, die dann eine Influenza bekommen und so. Aber nichts Besonderes.«

Juliette nickte. »Klingt doch gut.« Plötzlich war sie mit dem Kopf wieder bei ihren Kunden. Das passierte immer mal wieder. Als Selbstständige konnte sie sich nicht dagegen wehren. Obwohl Samstag war, erwarteten die Kunden, dass sie einen Auftrag bis Montag früh erledigte. Daher schaute Juliette auf die Uhr und versuchte, Blickkontakt mit Frederick aufzunehmen.

Nele unterbrach Juliettes Gedanken, legte eine bedrückte Stimme auf. »Der Direktor vom Krankenhaus hat letztens irgendwas herumgeschickt. Eine E-Mail, dass wir uns im Krankenhaus vielleicht auf anstrengende Zeiten vorbereiten müssten, wegen Corona, du weißt schon.«

»Anstrengende Zeiten?«

»Als ich das las, musste ich lachen. Anstrengend? Weiß der überhaupt, was wir dort tagtäglich so machen? Es ist immer anstrengend bei uns. Die Schichtarbeit, der Personalschlüssel, die vielen Patientenzahlen pro Kollegin.«

Juliette nickte. Ja, wenn sie ehrlich war, arbeitete sie selbst zwar in ihrer Hauptsaison hart und rund um die Uhr. Ihr Privatleben und ihre Familie litten durchaus darunter. Aber dafür bekam sie auch ein ordentliches Honorar. Das konnte man von Pflegekräften wohl nicht behaupten.

Wenig später standen sie am Ausgang, um sich zu verabschieden. Die Kinder waren müde, aber zufrieden und Juliette war mit den Gedanken bereits am Schreibtisch. Frederick und Jack konnten sich heute kaum voneinander trennen. Sie redeten und redeten, rissen einen Witz nach dem anderen. Plötzlich sah Juliette, wie Frederick etwas aus der Tasche und sich über das Gesicht zog. Sie konnte nicht glauben, was sie da sah. Frederick sagte lachend: »Schaut mal, ich habe noch eine bekommen! Ein komplett funktionstüchtiger Mund-Nasen-Schutz. Da kann einem nichts passieren! Die sind ja überall ausverkauft. Verrückt, das alles.«

Während Juliette die Augen rollte, müde lächelte und sich schon über ihren Mann lustig machen wollte, starrten Jack und Nele Frederick ungläubig an. Nach ein paar Sekunden perplexer Stille schauten sie sich an und dann brach es aus den beiden heraus. Sie redeten wild durcheinander. Es fielen Worte wie »Unverantwortlich!« und »Wie kannst du nur?« und »Beschämend, Frederick!«

Juliette schaltete sich ein. »Ähm, was ist denn jetzt bitte los? Ich weiß, er sieht bekloppt aus mit der Maske, aber muss man ihn deshalb so beschimpfen?« Juliette versuchte, es ins Lächerliche zu ziehen, um so die Situation zu entschärfen.

»Sagt mal, wo lebt ihr eigentlich? Habt ihr nicht gehört, dass Masken nur für uns in der Klinik und bei den Ärzten benötigt werden? Euch bringen die ohnehin nichts! Absolut nichts!«

»Das war doch nur ein Spaß. Ich habe die von einem Kunden bekommen, der sich die Dinger immer aufsetzt.« Der perplexe Frederick zog sich die Maske vom Gesicht und schaute die beiden wie ein kleiner Junge an, der unwissend etwas falsch gemacht hatte.

»Mensch, Frederick. Du bist doch ein kluger Mensch. Das geht wirklich nicht! Das ist echt asozial. Das musst du auch deinen Kunden sagen. Die Ärzte hier in Hamburg basteln sich teilweise selbst irgendwelche Schutzvorrichtungen und du rennst hier damit spazieren«, fuhr Jack seinen Freund an.

Nele ergänzte immer noch aufgeregt: »Krankenhäuser, Pflegeheime, alle haben Schwierigkeiten, Masken zu bekommen, und bringen sich deshalb in Lebensgefahr.«

»Mensch, beruhigt euch mal. Ich finde die eh albern. Und die Kinder bekommen Angst vor den ganzen Menschen mit Masken. Ich wollte ja nur einen Spaß machen.«

Jack klopfte gönnerhaft auf seine Schulter. Der große Ärger war bei ihm offenbar verflogen. Dann sagte er: »Alles gut, mein Lieber. Lass es dir von mir sagen: So eine Maske bringt euch absolut nichts. Das sagen auch die vom Robert-Koch-Institut in Berlin.« Juliette schüttelte den Kopf, kümmerte sich dann um Lisa und Karl, die ins Auto einsteigen wollten, schnallte die beiden an und verabschiedete Jack und Nele halbherzig und irritiert.

Als Frederick und Juliette schweigend im Auto saßen, konnte Juliette diese letzten Minuten immer noch nicht ganz einordnen. Welche Aggressivität von Jack und Nele gekommen war. Welche Wut. Sie schaute Frederick an, der gedankenverloren das Auto steuerte. Sie wusste nicht, ob er sich wieder um seine Firma sorgte oder ebenfalls so irritiert war wie sie.

13. Kapitel
24. Februar 2020

Juliette

»Wann holst du sie ab?«

Juliette stand zwar unmittelbar vor Abgabe einer wichtigen Auftragsarbeit, trotzdem freute sie sich auf den Besuch von Fredericks jüngerem Bruder Patrick und seiner Frau Elisa. Man konnte mit den beiden wundervolle Abende verbringen. Sie hatten keine Kinder, waren auch nicht wirklich an Kindern interessiert, kümmerten sich in ihrer Altbauwohnung in Berlin um ihre zwei Katzen und erfreuten sich ansonsten ihres recht zwanglosen Lebens. Gerade diese Unbeschwertheit machte Spaß und bot Juliette und Frederick eine willkommene Abwechslung von den üblichen Gesprächen, die sie sonst mit anderen Eltern führten. Unbeschwert und manchmal schlichtweg weltfremd waren die zwei, wie Juliette hinterher immer wieder bemerkte.

»In einer Stunde vom Hauptbahnhof. Ich nehme das Auto. Ist einfacher mit dem Gepäck.«

Frederick und Juliette besaßen einen alten VW Passat Kombi, den sie selten bis gar nicht nutzten. Daher kam es immer wieder zu Situationen, in denen die beiden überlegen mussten, wo das Auto stand: »Weißt du noch, wo du geparkt hast?«

»Ja, unten, Johannisbollwerk.«

Patrick und Elisa wollten eine Nacht in Hamburg übernachten. Diesmal schliefen sie bei Frederick und Juliette in der Wohnung. Das machten sie nicht immer, aber an diesem Wochenende war Hamburg Schauplatz einer großen Reisemesse, was es unmöglich machte, ein Hotelzimmer zu finden, das einigermaßen bezahlbar und innenstadtnah war. Für solche Fälle hatten sie eine Besuchercouch im Büro. Das hatte den Vorteil, dass die Gäste sich nicht überlegen mussten, wie sie ins Hotel kommen würden.

»Soll ich was kochen oder bestellen wir Essen?«

»Mach dir nicht zu viel Arbeit. Patrick und Elisa sind da ganz entspannt, wie du weißt. Lass doch einfach schauen, worauf sie Appetit haben, und dann bestellen wir was. Das lieben auch die Kinder.«

Zwei Stunden später saßen Fredericks Bruder und seine Schwägerin am Tisch ihrer Wohnung, das chinesische Essen stand lecker duftend vor ihnen und die Kinder saßen mit einem Teller Frühlingsrollen im Wohnzimmer vor dem Fernseher. Frederick füllte die Gläser mit Wein. Die Stimmung war entspannt, Patrick war müde, doch Frederick und Juliette ließen ihn noch nicht ins Bett gehen. Zu sehr genossen sie den Abend.

»Und wie ist es so im Job bei euch?«, fragte Juliette aufrichtig interessiert. Die beiden arbeiteten im öffentlichen Dienst, Patrick als Referent in einem der unzähligen Interessensverbände und Elisa als Fachkraft bei der Deutschen Rentenversicherung. Es war eine komplett andere Welt als die von Frederick und ihr, sodass sie immer wieder neugierig war, wie sich das Leben bei ihnen so anfühlte.

»Ach, ich muss immer mal wieder reisen. Zu Verbandstreffen oder zu politischen Veranstaltungen«, antwortete Patrick. »Nichts Schlimmes und sicherlich nicht so aufregend wie Fredericks Reisen. Ich bin meistens abends wieder zurück, und das ist auch gut so. Hotelzimmer mag ich nämlich gar nicht so gerne.«

»Außer, wenn ich dabei bin, was Schatz?« Elisa nahm seine Hand und wandte sich dann Juliette zu. »Tja, und ich arbeite immer ab sieben Uhr. Da kommen wir uns im Badezimmer nicht in die Quere. Patrick steht später auf und beginnt gegen neun Uhr.« Patrick und Elisa lachten, Juliette und Frederick schauten sich perplex an. Ohne etwas zu sagen, dachten beide dasselbe: Ihr morgendlicher Start in den Tag war ein einziges Chaos.

»Puh, habt ihr das übrigens gehört?« Patrick wurde wieder etwas wacher und seine Stimme lauter. »Die riegeln in Italien jetzt ganze Städte ab. Da darf keiner mehr rein und keiner mehr raus.«

Frederick schaltete sich ein. Juliette hatte es befürchtet. Zu gerne hätte sie das Thema heute verdrängt. Aber er beobachtete das Geschehen rund um das Virus natürlich weiterhin sehr genau. Seine Geschäftspartner aus Hotellerie und Touristik waren nicht ansatzweise so besorgt wie er und freuten sich schon auf einen traumhaften Sommer 2020. Zudem stand in der Alpenregion die Ski-Saison an. Alles war für die Gäste vorbereitet, die Hotels ausgebucht. Aber Frederick konnte es nicht so recht glauben. »Ja, und das alles passiert mitten im wirtschaftlichen Herzen des Landes. Wenn die da ihre Städte abriegeln und die Fabriken dichtmachen, kann Italien einpacken. Dort verdient ja hauptsächlich der Norden das Geld. Und die Touristik macht dann auch dicht!«

»Ach, das interessiert mich weniger. Habe ich auch keine Ahnung von. Du bist ja der Unternehmer in der Familie.« Patrick prostete seinem Bruder zu. »Aber wenn ich mir vorstelle, mit der da rund um die Uhr eingesperrt zu sein und nicht rausgehen zu dürfen! Da würde ich durchdrehen.« Ironisch lächelnd tippte Patrick seine Frau an.

»Ich halte es mit dir keinen Tag aus«, gab Elisa lachend zurück.

Juliette wurde mulmig zumute. Das Thema gefiel ihr nicht. Unruhe stieg in ihr auf. Ihr Herz schlug schneller und sie musste sich schütteln. »Wenn ich darüber ernsthaft nachdenke, wird mir ganz schlecht. Wenn man mir verbieten würde, vor die Tür zu gehen, würde ich entweder zur Verbrecherin oder zur Selbstmörderin werden.« Der Rest lächelte ein wenig verlegen. Frederick streichelte liebevoll ihre Hand und schaute sie irritiert an. »Du hast ja ganz kalte Hände!«

Juliette zog ihre Hand weg, rieb sie kräftig an der anderen, um wieder Temperatur zu bekommen. »Ist ja Blödsinn. Italien war schon immer etwas anders. Hier ist so was unmöglich. Niemals würden sich die Menschen einsperren lassen. So viele vernünftige Leute wird es ja wohl in diesem Land noch geben.«

»Die Merkel kommt doch aus dem Osten. Die würde so etwas genauso wenig anordnen. Aus Erfahrung«, pflichtete Elisa ihr bei.

Frederick schüttelte nachdenklich den Kopf. »Habt ihr mal von dieser Risikoanalyse der Regierung gehört?« Juliette wusste Bescheid, zu oft hatte er das Papier erwähnt, doch die beiden anderen verneinten. Patrick schien es schon zu bereuen, dass er so ein Thema zu später Stunde zur Diskussion gebracht hatte. »Da geht es um ein Planspiel rund um eine Pandemie, wie sie gerade in Italien passiert. Und da steht klipp und klar als Maßnahme zur Eindämmung drin: Ausgangsbeschränkungen bis hin zu Ausgangssperren.«

»Das ist doch nur ein Planspiel«, versuchte Fredericks Bruder zu beruhigen.

»Wer weiß«, sagte Frederick und zuckte mit den Achseln.

»Vielleicht sollte man sich jetzt schon mal Mundschutz-Masken kaufen. Wie die in Asien sie tragen«, schaltete sich Elisa ein.

»Die sind in der Apotheke doch schon überall ausverkauft«, entgegnete Patrick.

»Vielleicht habt ihr ja Glück«, antwortete Frederick. »Ich habe eine.«

»Frederick, ganz ehrlich. Du hast doch Jack und Nele gehört. Die sagen doch, die bringen überhaupt nichts. Und man kauft die Masken nur denen weg, die sie wirklich brauchen: nämlich den Pflegern, Ärzten und Krankenschwestern.«

»Aber wenn ich mich selbst schützen will? Bin ich dann asozial?« Der Wirkung des Weines ließ Frederick provokativ und diskussionsfreudig werden.

»Mensch, Schatz, jetzt mach mir doch nicht so eine Angst mit dem Schwachsinn.« Juliette stand auf und beendete die Diskussion. Sie musste sich bewegen und öffnete das Fenster. Die Kehle schien sich ihr zuzuschnüren. Sie schaute auf die belebte Straße, Menschen, die die Bars in der Dietmar-Koel-Straße besuchten, die vor den Restaurants rauchten, Pärchen, die zum Hafen strömten. Juliette nahm einen tiefen Luftzug. Unvorstellbar, dachte sie. Als sie sich wieder zu den anderen umdrehte, bemerkte sie ein wenig peinlich berührt, dass diese sie besorgt anschauten.

»Mama?«, schallte es aus dem Wohnzimmer. Juliette war nun wieder im Hier und Jetzt. Alle schlechten Gedanken waren verflogen. »Dürfen wir noch eine Folge gucken?« Erleichtert schaute sie zu Frederick, als dieser nickte. Als Juliette ins Wohnzimmer ging, um den Kindern noch eine letzte Folge ihrer Lieblingsserie anzuschalten, hörte sie, wie Frederick seinem Bruder und seiner Schwägerin noch einmal nachgoss.

»Aber wirklich nur noch ein Glas.«

»Ein einziges.«

September 2021
Zola

Ich glaube, ich kann froh sein, dass ich ihn habe. Jamal, den ich erst skeptisch angesehen habe, ist jetzt zu meinem Schutzengel geworden. Als wir die Boote sahen, bekamen es alle mit der Angst zu tun. Viele weinten und redeten wild durcheinander. Alle dachten, wir hätten keine Chance. Der Bootsführer wusste nicht, was er tun sollte, also drängelte sich Jamal zum Ruder durch und fing an, mit ihm zu diskutieren. Der Bootsführer wollte umdrehen, aber Jamal hielt ihn davon ab. Erst mit Worten, dann mit Kraft. Bis dieser über Bord ging.

Die anderen schauten Jamal verängstigt an, aber ich wusste, dass er recht hatte. Ein Zurück gab es nicht mehr. Das Wetter schlug um, ein Sturm zog hinter uns auf. Es gab nur den Weg nach vorne. Jamal schaute nach links und rechts, sah zwei andere Boote mit schwarzen Menschen darauf. Verängstigt wie wir alle. Schnell riss er das Ruder herum und steuerte auf einen Hafen zu. Mindestens ein Militärboot schien uns bemerkt zu haben. Doch dann gaben die anderen Schlauchboote neben uns Gas, steuerten direkt auf die Militärboote zu. Das schien diese zu verwirren und plötzlich kümmerte sich keines mehr um unser Boot. Jamal fuhr in Richtung eines Containerschiffs, das vor dem Hafen auf Reede lag. Immer näher kamen wir dem Boot. Die Militärboote verschwanden hinter dem Koloss. Jamal schaute mich an, wir saßen nun weit auseinander, doch ich wusste, was er meinte. Es hing eine Hängeleiter in das Wasser. Und ging steil am Bug hoch. Auch andere schienen zu ahnen, was Jamal vorhatte. Dieser schaute auf den Riesen, prüfte, ob man uns bemerkt hätte, doch offenbar erwartete keiner etwas. Jamal fuhr ganz nah heran, sagte dann einige Worte auf Französisch und bedeutete mir, dass ich hochklettern sollte. Ich sollte die Erste sein. Ich zögerte nicht lange und ergriff die Leiter. Das Boot schwankte hin und her, der Seegang wurde rauer, aber ich hatte sie fest im Griff und zog mich hoch. Mir folgten etwa zehn weitere Menschen, die anderen zögerten. Jamal schrie. Wir waren oben angelangt, versteckten uns hinter einem Rettungsboot. Keiner hatte uns gesehen. Ich hörte ein anderes Boot schnell heranfahren, hörte Jamal schreien. Doch dann verstummte er. Wir zogen die Köpfe ein und streiften geduckt über das menschenleere Deck. Einer fand ein halb geöffnetes Rettungsboot. Er stemmte die Tür auf, wir krochen hinein. Und da sitzen wir nun. Und warten.

14. Kapitel
27. Februar 2020

Juliette

Der dumpfe und sonore Dieselmotor des riesigen Containerschiffs dröhnte von Weitem heran. Noch bevor man das Schiff sehen konnte, hörte man es. Aus den Lautsprechern erschallte eine sympathische Stimme mit norddeutschem Akzent und kündigte an: »Und nun verlässt uns die MSC BREMEN. Sie ist zweihundertvierundneunzig Meter lang und hat eine Bruttoraumzahl von vierundfünfzigtausendsechshundertundfünf. Sie fährt unter der Flagge des Staates Liberia. Gute Reise!« Es rumpelte ein wenig, es klickte, am riesengroßen Fahnenmast direkt vor der großen Ausflugsterrasse des Restaurants Schulauer Fährhaus bewegten sich Seile vollautomatisch hin und her, eine Fahne wurde ausgerollt und dann gehisst. Gleichzeitig spielte aus den Lautsprechern eine fremd klingende Melodie. Es musste die Nationalhymne des Staates Liberia sein.

»Noch nie gehört«, murmelte Juliettes Mutter.

»Ich auch nicht. Aber die fahren ja alle unter fremder Flagge«, antwortete Juliette.

»Nur nicht die Hapag-Schiffe. Das sind wahre Hamburger!« Marlies schaute auf das große Schiff, das sich nun direkt vor der Terrasse durch das Elbwasser schob und drei Mal sein tiefes Horn zum Gruß ertönen ließ. Die Gläser und Tassen auf dem Tisch vor Juliette und ihrer Mutter wackelten. Der alte Kapitän, der in der Kommandozentrale der Schiffsbegrüßungsanlage Willkommenhöft in voller Montur saß und die anwesenden Gäste über jede Schiffsankunft und jeden Schiffsabschied informierte, winkte dem großen Pott zu. Man könnte meinen, auf der riesigen, jedoch weit entfernten Brücke des Containerschiffs den Kapitän der MSC BREMEN ebenfalls winken zu sehen. Kurze Zeit später wurde der Pott kleiner und kleiner, der Diesel-Motor immer leiser. Dann holte der Kapitän der Begrüßungsanlage die Flagge Liberias wieder ein und bereitete sich offenbar auf die Ankunft des nächsten Schiffes vor.

Juliette nippte an ihrem Kaffee. Es war ein wunderschöner spätwinterlicher Donnerstag. Die Sonne nahm schon ziemlich Fahrt auf und die Terrasse hatte heute das erste Mal in diesem Jahr geöffnet. Juliette hatte ihre Mutter aus dem tristen Alltag des Pflegeheims und ihren Behandlungen für einen kleinen Ausflug entführen wollen und dachte sich, dass sie ihr gleich mal die Baustelle in Wedel zeigen konnte. Hinterher sollte ein gemütlicher Kaffee in der Schiffsbegrüßungsanlage den Ausflug abrunden. Marlies kämpfte mit den Nebenwirkungen der Bestrahlung, die aber erste Erfolge zeigte. Der Krebs schien tatsächlich zu schrumpfen. Das führte dazu, dass Juliettes Mutter es wohl nicht mehr für nötig befand, sich an die strengen Gesundheitsregeln des Krankenhauses zu halten. Doch so sehr sich Juliette auch anstrengte, ihrer Mutter ins Gewissen zu reden: Wie sollte man einer dreiundsiebzigjährigen Frau, die seit vierzig Jahren rauchte, eine Zigarette verbieten? Juliette ließ es bleiben, und so genoss ihre Mutter eine Zigarette in der frischen Luft, ohne sich in geheime Ecken zurückziehen zu müssen wie in ihrer Senioren-Residenz.

»Dort fühle ich mich immer wie eine Verbrecherin, wenn ich mal eine rauche«, sagte sie zu Juliette.

Ihre Tochter verdrehte die Augen. »Mach doch, was du willst, Mama. Du bist deines eigenen Glückes Schmied. Was kann ich da schon sagen?« Juliette schob sich den Schal hoch und lehnte sich zurück. »Sag mal, Mama, wie war das eigentlich damals, als ihr in Hamburg ankamt?«

Marlies zuckte zusammen. Juliette bemerkte, dass sich ihr ganzer Körper anspannte. Überrascht über die Reaktion fuhr sie fort. »Also damals, als du mit Papa kurz vor meiner Geburt hier angekommen bist.« Juliette wusste nicht viel von der Vergangenheit ihrer Eltern. Sie verstand, dass beide nicht gerne über das Thema reden wollten. Schließlich waren sie damals, kurz vor ihrer Geburt, aus der DDR geflohen. Ihre Mutter hatte erzählt, dass sie hochschwanger war und Todesangst um sich und das ungeborene Baby hatte. Ihr Vater kannte jemanden aus dem Westen, der sich als Kurier zur Verfügung stellte und dabei selbst Leib und Leben riskierte. Doch nähere Details der Fluchtgeschichte kannte sie eigentlich nicht. Niemals war etwas aus ihren Eltern herauszubekommen. Als Juliette jung war, interessierte sie es nicht, doch als sie in die Pubertät kam und heranwuchs, wollte sie mehr und mehr wissen. Letztendlich biss sie sich jedoch jedes Mal die Zähne an ihren Eltern aus. Später akzeptierte sie die Wortlosigkeit ihrer Eltern, und als selbst ihr Therapeut darauf hinwies, dass es die Geschichte ihrer Eltern sei und nichts mit ihr zu tun habe, hatte sie versucht, ihren Frieden damit zu machen. Es betraf sie nicht und somit musste sie das Geheimnis ihrer Eltern respektieren.

Doch in den letzten Tagen dachte sie mehr und mehr darüber nach, wie es gewesen sein musste, hochschwanger als Flüchtling aus der DDR im Westen angekommen zu sein und hier in Hamburg Fuß zu fassen. Vielleicht war es der bevorstehende Umzug, das Gefühl, bald Wurzeln zu schlagen, endgültig ein Zuhause zu finden, den Kindern ein Heim zu geben. Oder es war die Angst um ihre Mutter, die sie zuletzt erlebt hatte. Sie hatte realisiert, dass sie vielleicht nicht mehr viel Zeit hatte, um etwas über ihre Eltern zu erfahren, das sie noch nicht wusste.

»Wie kommst du denn da jetzt drauf?« Marlies rückte auf dem Stuhl herum und sah ihre Tochter schmallippig und ernst an.

»Keine Ahnung. Kam mir gerade so in den Sinn, als ich das Schiff gesehen habe. Ich hatte da so ein komisches Bild im Kopf.«

»Was für ein Bild?«

»Ich weiß nicht so recht. Als hätte ich so ein altes Hafenbild mit alten Schiffen angesehen. Aber nicht schwarzweiß, sondern in Farbe.« Juliettes Mutter versteinerte immer mehr. Ihre Gesichtszüge schienen kantiger, härter zu werden. Sie kramte an ihrer Handtasche und nestelte an der Zigarettenschachtel.

»Mama, habe ich was Falsches gesagt?«

Marlies zündete die Zigarette an und nahm einen tiefen Zug. Danach musste sie husten.

»Mama. Hör endlich auf damit.«

Marlies schüttelte den Kopf. Sie nahm einen Schluck

Wasser und beruhigte ihren Rachenraum. »Alles okay. Mich hat deine Frage überrascht.«

»Wieso denn? Ich will doch nur wissen, wie das damals für euch war. Habt ihr euch sofort als Hamburger gefühlt? Wie waren die Menschen zu euch?«

Marlies räusperte sich. »Du weißt doch, dass ich nicht gerne darüber rede.«

»Ich dachte, nur über die Zeit von drüben redest du nicht.« Juliette kniff die Augen zusammen. *Mist. Nicht zu forsch sein. Mama kann sich schnell wieder verschließen und dann redet sie gar nicht mehr.*

»Was willst du wissen? 1975 haben wir rübergemacht, sind in Wilhelmsburg gelandet, dann sind wir ein Jahr später nach Fuhlsbüttel gezogen. Weißt du doch alles.«

Juliette stutzte. »Irgendwie habe ich das Gefühl, du erzählst mir nicht die Wahrheit.«

Marlies wurde ungehalten. Sie rauchte hektisch, ihre Augenbrauen zogen sich nach unten. Juliette hatte schon immer bewundert, wie eine so kleine und zierliche Gestalt so viel räumliche Größe einnehmen konnte. Wie sie dermaßen respekteinflößend wirken konnte. Dennoch hatte sie niemals Angst vor ihrer Mutter gehabt, die Erziehung war zwar sehr bestimmt, aber auch liebevoll gewesen. Marlies schien durchzuatmen und sich zu beruhigen. »Juli, Schatz. Lass mal gut sein. Es war keine einfache Zeit. Papa fand keinen Job. Ich war mit dir schwanger, konnte also auch nicht arbeiten gehen. Und es gab sowieso keine Arbeit in Hamburg für mich. In der DDR war ich es gewohnt gewesen zu arbeiten. Da war es normal, dass die Frauen arbeiteten. Hier nicht. Glücklicherweise wurde dann ja alles besser und Papa hatte die Idee mit unserem Spezialitätenladen.«

Bis zu seinem Tod hatte Juliettes Vater bescheiden in einem kleinen Laden geschuftet, in dem er deutschlandweit regionale Produkte verkaufte. Am Ende seines Lebens waren ihre Eltern nicht reich, aber es genügte für ein kleines Haus, ein gutes Leben und für eine Senioren-Residenz. Kurz vor dem Tod von Juliettes Vater verkauften sie den Laden an eine bekannte Spezialitäten-Kette.

»Verstehe, Mama. Ist schon gut. Ich wollte dich nicht aufwühlen. Hör bloß auf zu rauchen! Morgen steht deine nächste Bestrahlung an.«

»Jaja, ist ja gut.« Marlies schüttelte den Kopf und drückte die Zigarette im Aschenbecher aus. »Reden wir über etwas anderes.«

»Wie war denn diese Faschingsparty bei euch in der Residenz?«

Marlies winkte ab. »Nichts für mich so was.«

»Aber ist doch mal eine schöne Abwechslung.«

»Sollen die sich doch zum Narren machen. Ich nicht«, antwortete Marlies mit dunkler Stimme. »Apropos Fasching. Hast du das aus dem Rheinland gehört?«

»Klar, ist ja jetzt überall in den Nachrichten. Eine einzige Karnevalssitzung und alle sind angesteckt.«

»Sag ich doch: bekloppter Fasching.«

»Die Politiker meinen, dass es jetzt losgehen könnte hier.«

»Was *losgehen*?«, fragte Marlies nach.

»Na, die Epidemie. Dass wir hier jetzt ordentlich aufpassen müssen.«

»Sterben müssen wir alle.«

»Mama!«

»Ist doch wahr. Sollen nicht so einen Trubel drum machen. Wird immer alles übertrieben.«

»Frederick macht sich große Sorgen, auch um seine Firma, das kann ganz schön heftig werden. Die Börsenkurse sind schon abgestürzt. Er sagt immer, wenn die Börse abstürzt, ist es wirklich ernst. Wenn das wirklich so ansteckend sein soll, dass eine Karnevalssitzung ausreicht, und wenn die Infektionsketten jetzt nicht mehr nachverfolgbar sind, dann …«

»Juliette, hör jetzt auf mit den Schauergeschichten! Ich will nichts mehr hören. Gleich wirst du mir auch noch sagen, dass ich nicht mehr aus dem Haus gehen soll, oder wie?«

»Nein, Mama, werde ich nicht.« Juliette schaute zu Boden. *Lass es bloß nicht wirklich schlimm werden. Keine Ahnung, wie ich meiner Mutter den Ernst der Lage vermitteln soll. Die wird sich niemals irgendwelchen Anordnungen beugen.*

Der Lautsprecher ertönte wieder. Die sympathische Stimme des Kapitäns erklang. Ein Schiff fuhr ein. Dieses Mal wurde die Flagge der Bahamas gehisst.

15. Kapitel

3. März 2020

Jack

»Du wirst nicht wieder zur Arbeit ins Krankenhaus gehen!« Nele lief fuchsteufelswild durch das Wohnzimmer. Jack hatte es immer und immer wieder gesagt, doch offenbar schien es bei Nele nicht angekommen zu sein, dass er schnell wieder ins Krankenhaus in seine Abteilung zurückkehren wollte. Die letzten Tage hatte er sich wie neugeboren gefühlt. Er machte leichten Sport, die gute Ernährung und der regelmäßige Schlaf taten ihm gut. Die Warnungen seines Arztes, nicht zu schnell wieder zur Arbeit zurückzukehren, nahm er zwar zur Kenntnis, doch wusste er ja nur zu gut, was solche Warnhinweise bedeuteten: ein wohlformulierter Haftungsausschluss für das Krankenhaus.

»Schatz, jetzt mach bitte kein Drama draus. Mir geht es bestens. Ich habe mich an alle Anweisungen der Ärzte gehalten, habe alle Medikamente pünktlich genommen.«

Nele schüttelte fassungslos den Kopf. Jack stand auf, nahm sie in den Arm und sagte: »Schau mich an. Ich würde nie etwas machen, was unsere Familie gefährdet. Niemals.« Nach einer kurzen Pause fuhr er fort: »Aber ich muss wieder arbeiten gehen. Im Krankenhaus warten sie auf mich. Die Patienten brauchen mich. Gerade jetzt.«

Das waren offenbar die falschen Worte. Jack hatte Nele auf eine neue Fährte gebracht. Sie wand sich aus seinen Armen und schaute ihn fordernd an: »Genau! Gerade jetzt. Du kennst die Fernsehbilder aus Italien, von den überfüllten Intensivstationen und den Menschen, die auf dem Bauch liegend beatmet werden. Der Gesundheitsminister hat ausdrücklich vor dem Ausmaß der Pandemie gewarnt. Und du gehst freiwillig arbeiten, obwohl du gerade eine Herz-OP hattest? Du begibst dich in Gefahr. Das Virus ist bestimmt schon hier in Hamburg, und du wirst täglich mit kranken Leuten in Kontakt kommen.«

»Aber das ist doch nichts Neues, Schatz! Ich habe ständig mit Viren und Bakterien zu tun. Und wir bekommen besondere Schutzkleidung. Hoffentlich.«

»Ja, hoffentlich! Wenn man den Medien glauben darf, sieht es ja nicht danach aus.«

Jack schaute auf die Uhr. Es war Zeit. Die Schicht begann in wenigen Minuten. Er verschränkte seine kräftigen Arme, schaute Nele dabei entschlossen in die Augen. »Ich gehe jetzt, Schatz. Morgen bin ich wieder da und dann sehen wir uns bei Juliette und Frederick.« Nele erwiderte seinen Blick ängstlich, doch Jack erkannte, dass sie sich damit abgefunden hatte. Wieder einmal. Wenn er sich etwas vornahm, dann zog er es durch.

Nele trat an Jack vorbei, zog sich ihre Jacke an und öffnete die Haustür. Beinahe trotzig sagte sie: »Ich muss jetzt auch los. Tschüss, bis morgen.«

Juliette

Ungeduldig wartete Juliette vor dem Eingang der Rudolf-Roß-Grundschule auf Karl und Ben. Jack und Nele mussten heute beide lange arbeiten und so hatte sie sich bereit erklärt, die Kinder zu nehmen. Und das, obwohl sie auch für ihre Kunden arbeiten musste.

Das dominierende Gesprächsthema bei den Menschen war das Corona-Virus. Die Bilder aus Italien, die Börsenkurse, die weltweit kontinuierlich fielen. Die Wirtschaft in China, die zum Erliegen gekommen war, ganze Produktionen, die lahmgelegt wurden, und Lieferketten, die drohten, unterbrochen zu werden. Noch immer war die Politik sich sicher, dass das Virus keine großen Auswirkungen auf Deutschland haben werde. Mundschutz-Masken waren in den Apotheken restlos ausverkauft. Dubiose Geschäftemacher boten im Internet Masken, die normalerweise fünfzig Cent kosteten, jetzt für dreißig Euro an. Mantraartig wurde gepredigt, man solle die Masken dem medizinischen Personal überlassen, dass sie ohnehin keinen ausreichenden Schutz böten, wenn man sie nicht sachgerecht aufsetzen würde. Sie würden die Menschen nur in falscher Sicherheit wiegen. Vielmehr sollte man die Hygieneregeln einhalten. Hände waschen, Abstand halten, in die Armbeuge niesen. Juliette fragte sich, ob es tatsächlich Menschen gab, die man an so simple Dinge wie Hände waschen erinnern musste. Für sie war das seit jeher selbstverständlich.

Sie schaute auf die Uhr. *Mist.* Gleich musste sie Lisa von der Kita abholen. *Was trödeln die denn so?* Kalte, feuchte Hamburger Winterluft durchzog das Stadtgebiet. Juliette wartete jetzt schon zwanzig Minuten bei abgeschaltetem Motor ohne Heizung und die Kälte strömte durch die undichten Fenster des alten Passats. Endlich erkannte sie die beiden Jungs, wie sie durch die Eingangstür trödelten. Schnell ließ Juliette ihr Fenster herunter und rief: »Kommt schon, Jungs, beeilt euch! Ich muss Lisa abholen. Die wartet.« Wie auf Kommando fingen die beiden an zu laufen, rissen die Türen des Passats auf und schmissen ihre Schulranzen in den Fußraum. »Was habt ihr denn noch so lange gemacht?«

»Ach, nichts«, antwortete Karl.

Nach der Arbeit wollte Nele direkt vorbeikommen, ein Feierabendbier mit ihr trinken und Ben dann mit nach Hause nehmen. Wann genau, hatte sie noch nicht sagen können, und Juliette hoffte, dass es nicht zu spät werden würde.

Die Jungs spielten wilde Ritterspiele im Kinderzimmer, Lisa saß bei Juliette am Esstisch und malte. Juliette musste dringend weiterarbeiten. Eigentlich passte es ihr gar nicht gut, sich heute auch noch um Ben kümmern zu müssen, ihre beiden Kinder reichten vollkommen. Ein Glück war von den Jungs wenig zu sehen und zu hören, sodass sie sich nebenbei einem Projekt widmen konnte, bei dem sie sich nicht sonderlich konzentrieren musste. Frederick war wieder einmal auf Geschäftsreise in Berlin unterwegs und würde in einer Stunde zurückkommen.

Frederick war momentan oft in Gedanken versunken und auch nach seinem Job schwer ansprechbar. Ihr war bewusst, dass dies als Selbstständiger normal war, schließlich kannte sie es auch von ihrer eigenen Selbstständigkeit, aber insgeheim wünschte sie sich, dass er sich mehr um sie und die Familie kümmern würde.

Juliette klickte mit der Maus hin und her, verschob Grafiken, Tabellen und Texte. Sie machte zwar so gut wie keine Fehler, aber irgendwie spürte sie, dass sie zurzeit nicht so konzentriert bei der Sache war wie sonst. Warum war sie so abgelenkt? *Liegt es an Mamas Krebs?*

Am neuen Haus? Oder doch an dieser Corona-Hysterie, an der man gar nicht mehr vorbeikommt? Sie wollte das Thema nicht an sich heranlassen, hielt es für übertrieben und hoffte, dass es bald vorüber wäre und die Welt sich wie zuvor weiterdrehen würde.

Plötzlich klickte das Haustürschloss. Juliette drehte sich um und Frederick stand vor ihr. Als hätte sie ihn seit Tagen nicht gesehen, stürzte sie auf ihn zu und fiel ihm um den Hals. Irritiert streichelte Frederick ihren Rücken. »Was … ist etwas passiert?« Lisa kam vom Esstisch und drängte sich zwischen die beiden. »Papa!«

Juliette ließ Frederick los und schüttelte den Kopf. Sie hatte keine Ahnung, warum sie sich so freute. *Komische Zeit*, dachte sie. »Nichts ist passiert, schön, dass du da bist. Jetzt kann ich mich vielleicht noch eine Stunde ins Büro zurückziehen und konzentriert arbeiten. Kannst du dich um die Kinder kümmern?«

Frederick atmete durch. Erschöpft sagte er: »Klar, kann ich. Kein Problem.« Juliette sah an seinem Gesichtsausdruck, dass er sich am liebsten erst mal auf die Couch gelegt hätte. Er sah müde aus, aber leider konnte sie darauf jetzt keine Rücksicht nehmen. Sie musste schließlich auch arbeiten!

»Hast du gehört, Schatz?«, fragte Frederick, während er seinen Mantel aufhängte. »Sie sagen jetzt die Großveranstaltungen ab. Sicherlich auch die Reisemesse.«

»Auch die Fußballspiele?«

»Mach keine Witze. Das trauen sie sich sicher nicht, den Fußball zu verbieten.«

Juliette wusste nicht, ob er es ernst meinte. Frederick ergänzte: »Am Wochenende finden sie zumindest noch statt. Die Virologen arbeiten jetzt Tag und Nacht und die

Kanzlerin lässt sich von ihnen auf den neuesten Stand bringen.«

»Die Kanzlerin? Die sieht man doch gar nicht. Bisher schickt sie doch immer den Gesundheitsminister vor«, entgegnete Juliette.

»Ja, aber hinter den Kulissen scheint sie informiert zu werden. Sie ist doch keine, die gleich jedes Horrorszenario an sich heranlässt. Sie wägt immer bis zum Schluss alles ab.«

Juliette nickte. »Ja, schauen wir mal, wann sie sich zu Wort meldet.« Die Aussicht, dass einige Großveranstaltungen abgesagt werden würden, machte ihr nicht ansatzweise so viel Angst wie die Bilder, die sie nach der Operation ihrer Mutter im Kopf hatte. Wie Marlies dort lag, hilflos, an Apparaten, apathisch.

Beinahe noch mehr fürchtete sie sich vor den Horrorgeschichten, dass man bald nicht mehr vor die Tür dürfe. Oder dass man überall Masken tragen müsste. Sie wusste gar nicht so recht warum, aber sie konnte sich im Winter nicht mal einen Schal um den Hals binden, ohne Beklemmungen zu bekommen. Wie sollte sie sich da das halbe Gesicht verhängen? Doch dann schüttelte sie unwillig den Kopf. *Panikmacher*, dachte sie. Und selbst wenn es zu noch mehr Einschränkungen käme: Ihre Eltern hatten ganz andere Sachen erleben müssen. Und was sollten eigentlich die Menschen im Krieg sagen?

16. Kapitel
9. März 2020

Juliette

Juliette hatte ihre Wohnung mitten in der Stadt stets geliebt. Vom Küchenfenster aus konnte man durch die Reimarusstraße hindurch Richtung Elbe gucken und einige Schiffsmasten erkennen, bei geöffnetem Fenster hörte man die Signale der Schlepper, Dampfer und Ausflugsschiffe. Die Wohnung war nicht sehr groß, lediglich neunzig Quadratmeter, jedoch gut geschnitten. Es gab zwei kleine Kinderzimmer, ein Schlafzimmer und einen geräumigen Wohn- und Essbereich. Die Küche war zwar klein und zweckmäßig ausgestattet und das Badezimmer nicht der Rede wert, aber die hohen Decken, die verzierten alten Holztüren, die großen Holzfenster, das Knarren der unsanierten Altbaudielen, all das hatte einen ganz besonderen Charme. Es war ihr erstes Familienheim, hier hatten ihre Kinder krabbeln, sitzen und laufen gelernt. Mit Liebe hatte Juliette die Wohnung über die Jahre eingerichtet. Es war nichts perfekt, keine klaren Linien, manchmal auch ohne Konzept. Ständig lag Krimskrams auf den Kommoden herum, aufgeräumt sah die Wohnung niemals aus, aber Juliette war davon überzeugt, dass genau das der Grund war, warum die Leute sich bei ihnen immer so wohlfühlten.

Nur in den Kinderzimmern hingen Lampen an den Decken, ansonsten mochte Juliette das indirekte Licht. Große Stehlampen standen in Wohnzimmer, Küche und Büro. Blickdichte Gardinen machten das Wohnzimmer abends so richtig gemütlich für einen Spiele- oder Fernsehabend auf der tiefen, weichen Couch, die Frederick und sie extra von einem Möbelhändler aus Dänemark hatten anliefern lassen.

Ob sie sich in einem kalten, funktionalen Neubau überhaupt wohlfühlen würde? Auf der anderen Seite ärgerten sie die typischen Probleme eines Altbaus. Wie häufig musste Frederick schon Kleiderhaken und Gardinenstangen erneut anbringen, nachdem sich der Putz gelockert und die Stangen samt Haken unter der Last zusammenbrachen. Wie häufig ärgerte sie sich über die überholte Elektrik im Haus. Wenn sie zweifelte, ob ein Neubau das Richtige war, redete sich Juliette ein, dass alles Vor- und Nachteile hatte.

Jack, Nele und Ben hatten sich an diesem Tage erneut zu einem Besuch angekündigt. Sie waren vor Kurzem umgezogen und wohnten nun noch näher bei ihnen, daher häuften sich die Treffen in den letzten Wochen und es entwickelte sich eine noch engere Bindung. Jack und Frederick gingen einmal in der Woche an der Elbe joggen und die Kinder spielten fast täglich miteinander. Meist trafen sie sich bei Juliette und Frederick in der Dietmar-Koel-Straße. Die Wohnung von Jack und Nele war nicht ansatzweise so gemütlich. Offenbar schafften sie es nicht, die ganzen Kartons, die sich seit ihrem Umzug immer noch stapelten, auszupacken. Zu anstrengend war der Schichtdienst im Krankenhaus. Und zu wenig Antrieb hatten sie, sich nach der Arbeit auch noch um das

Auspacken zu kümmern. »Wenn ich irgendwann einmal Urlaub habe«, sagte Nele stets.

Jack sah an diesem Montagabend besorgter aus als sonst. Und es war offenkundig, woran es lag. »Jetzt sterben die Menschen auch hier«, sagte er, nachdem er es sich auf der Couch mit einem Glas Cola in der Hand gemütlich gemacht hatte. »Das wird nicht nur bei einem Toten bleiben.«

»Hoffen wir, dass es nicht schlimmer wird«, stimmte Frederick zu. »Alle Großveranstaltungen werden bis auf Weiteres abgesagt. Selbst die Bundesliga! Ich weiß nicht, ob das zu überstürzt ist.«

»Na, auf Fußball kann man ja wohl verzichten«, spottete Jack. Doch dann wurde er ernst: »Ja, und unser Chef im Krankenhaus hat klare Anweisungen. Wir sollen uns jetzt auf einen Ansturm von Kranken vorbereiten.«

Juliette sah Jack ernst an. »Ist das Virus denn wirklich so schlimm? Einige Ärzte sagen ja, eine Grippe sei schlimmer. Damals 2017 habe es …«

»Habe es fünfundzwanzigtausend Tote gegeben. Ja, die Stimmen kenne ich«, unterbrach Jack und schüttelte den Kopf. »Unverantwortlich finde ich das von solchen sogenannten Kollegen.«

»Aber stimmt das denn nicht? Es sterben doch Tausende jedes Jahr an der Grippe.«

Jacks Ton wurde lauter. »Das kann man gar nicht vergleichen! Juli, ich bin Arzt. Ich muss es wissen.«

Dieser Ton gefiel Juliette überhaupt nicht. Erstens, dass er so aufbrausend war. Schließlich wollte Juliette ihn doch gar nicht angreifen. Und zweitens, dass er meinte, kraft seines Amtes als Einziger die Wahrheit zu wissen. Sie wusste nicht, ob sie sich wirklich auf diese

Diskussion einlassen sollte, doch Frederick sprang ihr zur Seite. »Na, bisher ist ja erst ein Mensch gestorben. Und Juli hat natürlich recht: An der Grippe sterben Tausende. Und damals hat keiner daran gedacht, Messen abzusagen, Sportveranstaltungen zu verbieten.«

Jack lächelte zynisch. »Gegen Grippe kann man sich impfen. Und du hast die Regierung doch gehört: Wir müssen alle dafür sorgen, dass das Gesundheitssystem nicht überfordert wird. So wie in Italien, wo sie das unterschätzt haben. Da sterben die Menschen reihenweise. Tausende täglich.«

Juliette schaute Frederick an. Sie blieb skeptisch und wusste, dass auch Frederick seine Fragen hatte. Aber sie wusste ebenso, dass sie gegen die Macht der Bilder keine Chance hatte. Jegliches Argument, dass es doch gar nicht sicher sei, ob es hier auch so kommen würde, musste gegen die Macht von Videos und Fotos von sterbenden Menschen schwach erscheinen. Dennoch musste sie ihm in einem Punkt zustimmen: Keiner war immun, es war ein neuartiges Virus. Und es gab weder einen Impfstoff noch ein Medikament. Dann aber kam ihr eine Statistik in den Sinn, die sie gelesen hatte. Ein paar Sekunden lang zögerte sie, ob sie tatsächlich die Diskussion weiter anfachen wollte. Auf der anderen Seite war sie es nicht gewohnt, einfach nur aus Konfliktscheu den Mund zu halten. »Und was sagst du dazu, dass der Altersdurchschnitt der Toten bei über einundachtzig Jahren liegt?«

Plötzlich schaltete sich Nele ein. »Sag mal, Juli, willst du damit etwa sagen, die Älteren dürfe man so einfach sterben lassen?« Das sonst so fröhliche Gesicht ihrer Freundin war hart und streng geworden. »Also, ich will zumindest meine Eltern noch behalten! Und denkst du gar nicht an deine Mutter? Die ist stark gefährdet, wenn sie sich anstecken sollte.«

»Nein, das will ich damit nicht sagen. Quatsch.« Sie schüttelte den Kopf. Dagegen kam Juliette nicht an. Wenn sie an ihre Mutter dachte, dann wollte sie sie am liebsten einsperren, beschützen, in Vakuum verpacken. Doch hatte sie bisher noch nicht mal ansatzweise darüber nachgedacht, dass ein fremdartiges Virus ihre Mutter töten könnte. Für sie war der Krebs Hauptfeind Nummer eins. Und ihre starke Nikotinsucht.

»Ich meine ja nur. Klar muss man alles tun. Aber irgendwie will mir nicht in den Kopf, dass jetzt alle so durchdrehen und sich vor Panik am liebsten einschließen wollen.«

»Siehst du mich durchdrehen?«, fragte Jack mit bewusst gelassenem Blick.

»Nein. Ich will nur …«

»Na, siehst du«, schnitt er Juliette abermals das Wort ab, was sie fast zum Kochen brachte. Bevor sie etwas sagen konnte, fügte er an: »Ich finde, wer das hier nicht ernst nimmt, gefährdet andere Menschen. Das ist genau wie die Thematik, dass Eltern ihre Kinder nicht gegen Masern impfen lassen wollen. Unverantwortlich und asozial. Entschuldige bitte die Wortwahl.«

Stille. Juliette schaute auf den Boden. Am liebsten wollte sie Jack und Nele rausschmeißen. *Hat er mich eben asozial genannt? Spinnt der jetzt?* Hilfesuchend schaute sie Frederick an, der ihre Wut offenbar bemerkte.

»Ich für meinen Teil kann nur sagen, dass in der Touristik alle eine Heidenangst haben. Messen werden abgesagt, Veranstaltungen storniert. Das wirkt sich natürlich auf die Hotels und Gaststätten aus. Wenn die jetzt auch noch Reisen verbieten, kann ich einpacken. Und nicht nur ich, wie ihr euch denken könnt. Ich finde ja auch, dass man das Virus durchaus ernst nehmen muss. Auch ich kenne die Bilder und Zahlen aus Italien und so weiter. Aber ich bin der Meinung, man muss genau hingucken und nicht vorsichtshalber alles dichtmachen. Lieber sorgfältig überlegen, anstatt hysterisch zu handeln.« Juliette schaute Nele und Jack an. Etwas verschämt erwiderten sie Fredericks Blick. Darauf konnten sie nicht antworten. Vorsorge, die niemandem wehtat, war das eine. Aber Existenznöte ließen sich nicht durch Statistiken wegschieben; es ging dabei um Menschen. *Wenn ihr wüsstet, was wir alles in den letzten Jahren durchgemacht haben*, dachte Juliette.

Betretenes Schweigen erfüllte den Raum. Juliette schaute zu Nele, die auf ihrem Stuhl unruhig hin und her wippte. Schließlich brach es aus ihr heraus. »Und Jack?«, rief sie. »Findest du, deine Firma ist wichtiger als sein Leben? Wir haben keine Zeit mehr. Die Zahlen und Bilder sind die von vor vierzehn Tagen. Wenn wir jetzt nichts unternehmen, und zwar drastisch, dann wird es übel enden!« Ihre Gesichtsfarbe färbte sich rot. Jack versuchte, beruhigend nach ihrer Hand zu greifen, doch Nele zog sie weg. »Nein, lass das. Ganz ehrlich, Frederick. Was ist dir wichtiger? Leben oder Geld? Sag schon!«

Frederick schaute zu Boden. Er kniff seine Augen zusammen, Juliette konnte erahnen, was in ihm vorging. Wie häufig hatte sie damals Angst gehabt, ihn an einem Strick zu finden. Bei den ganzen Demütigungen, die er ertragen musste. Wie oft er damals auf das Übelste beschimpft worden war. Von ehemaligen Mitarbeitern seiner damaligen Firma, von Gläubigern, die ihn verprügeln wollten, von seinem Insolvenzverwalter, der ihm Straftaten vorwarf. Doch er sagte nichts.

Juliette schäumte. Selbst wenn Nele ihre Freundin war: Frederick so in die Ecke zu drängen, das ging gar nicht. »Du bist so zynisch, Nele. Wie kommst du dazu …«

»Ruhe jetzt!« Frederick ging dazwischen. Jack nickte zustimmend. »Lasst uns das nicht tun. Lasst uns nicht streiten. Warten wir doch erst mal ab, wie es weitergeht.«

Nele stand auf, ging in die Küche und würdigte Frederick und Juliette keines Blickes mehr.

»Ich glaube, wir müssen dann jetzt auch mal gehen«, sagte Jack ein wenig verlegen. »Ben! Kommst du?«

»Ihr müsst jetzt noch nicht gehen! Ist doch noch früh! Es sind Schulferien.« Frederick versuchte, den Abend zu retten. Doch Juliette empfand es nun auch als ratsam, sich für heute zu trennen.

»Ich bin müde, Frederick. War ein langer Tag.« Jack und Nele zogen sich Jacken und Schuhe an. Langsam beruhigte sich das Blut in ihren Adern. Unangenehm berührt versuchte Juliette, zum Abschied etwas Versöhnliches zu sagen: »Also, wenn ich etwas Falsches gesagt habe, dann tut mir das leid.«

»Schon in Ordnung, Juli. Jeder hat seine Meinung. Wir hören uns, okay?«, antwortete Nele trocken, während Jack schwieg.

Frederick und Juliette blieben sprachlos zurück. Es dauerte einige Sekunden, bis die beiden ihre Worte wiederfanden. Schweigend standen sie nebeneinander in der Küche und spülten Geschirr. Juliette war die Erste, die die Stille brach: »Was war denn das eben?«

»Ja, das frage ich mich auch.« Er legte sein Handtuch beiseite, schaute Juliette ernst an und gab ihr einen Kuss. »Offenbar wird der Ton rauer. Die Zeiten unruhiger.«

Nele

»Unglaublich! Oder? Unglaublich!« Nele schäumte noch immer. Hastig stapfte sie die Straße entlang, ihr Atem ging schnell. Jack antwortete nicht, er trug Ben auf seinen Schultern. »Findest du das nicht auch unfassbar? So zu reden?«

»Die nehmen das wohl nicht so ernst.«

»Und deinen Eingriff am Herzen ignorieren sie komplett?« Nele konnte ihre Wut nicht zurückhalten, Tränen schossen in ihre Augen. »Wie habe ich mich in ihnen getäuscht!« Jack ging schweigend neben ihr her. Sie sah an seinem ernsten Blick, dass auch er mit seinen Gefühlen zu kämpfen hatte. »Sie nehmen es nicht ernst und sind nicht bereit, sich für Menschen wie dich einzuschränken. Wenn dir nur ein Erkrankter zu nahe kommt …« Nele schüttelte sich. Jack war schwer vorerkrankt. Sie wäre zu allem bereit, um ihn zu schützen. Ihn und auch die anderen Menschen aus den Risikogruppen. »Meinen die, ihr Geld wäre wichtiger als deine Gesundheit? Meinen die das wirklich ernst?« Nele redete sich immer weiter in Rage.

»Ist doch gut jetzt«, versuchte Jack, sie zu beruhigen, und legte seinen Arm um sie.

Nele hielt an und drückte sich fest an ihren Mann, sodass Ben beinahe herunterfiel. »Ich brauche dich, Schatz. Du musst echt aufpassen, mit wem du Kontakt hast. Im Krankenhaus bist du ja meist geschützt, aber sonst?«

»Wird schon nichts passieren.«

»Trotzdem. Ich will, dass du vorsichtig bist!« Dann kam die Wut wieder. »Ganz ehrlich. Ich weiß ja nicht, mit wem die sich sonst noch so treffen. Ich wäre jetzt aber mal vorsichtig bei Frederick und Juliette.« Für Nele stand fest: In dieser Zeit waren Vorsicht und Rücksichtnahme das oberste Gebot. Lieber zu Hause bleiben als etwas riskieren.

Als sie später wach im Bett lag, wälzte sie sich unruhig hin und her. Immer wieder gingen ihr Juliettes Worte durch den Kopf. Wie konnte sie nur denken, dass das alles nicht so schlimm sei, weil es die Jungen und Gesunden nicht betraf? Offenbar hatte sie jedes Maß verloren.

Erst spät in der Nacht schlief sie endlich ein.

17. Kapitel

10. März 2020

Frederick

Frederick wachte vollkommen gerädert auf, als der Wecker am nächsten Morgen um kurz vor sieben Uhr laut klingelte. Weil Juliettes Arbeitszeiten wie jedes Jahr in diesen Wochen bis tief in die Nacht andauerten, musste vorrangig er sich in diesen Tagen morgens um die Kinder kümmern. Die Kunden hatten genaueste zeitliche Vorgaben und nahmen keine Rücksicht auf ihr Familienleben.

Frederick bekam seine Augen nur mühsam auf, zumal durch die Lücken im Vorhang kaum Licht in das Schlafzimmer dringen konnte. Die Sonne schien ebenfalls Schwierigkeiten zu haben, in den Tag zu kommen, sie war von dicken Wolken verhangen. Juliette lag mit Schlafbrille vor den Augen im Bett. Frederick hatte gar nicht bemerkt, wann sie gestern ins Bett gekommen war, es musste sehr spät gewesen sein. Ein paar Sekunden beobachtete er seine Frau. Ihre leisen Atemzüge, die langsamen Bewegungen ihres Körpers. Am liebsten wollte er sie wecken und sie umarmen. Der Streit gestern hatte seine Liebe nur gestärkt. Er liebte jede Faser an ihr. Ihre Emotionen, ihren Kampfeswillen, ihre Verletzlichkeit. Doch er ließ sie schlafen. Müde und ein wenig gelangweilt schaute er in die Nachrichten-App seines Smartphones und las in großen Buchstaben:

▸▸▸ Zahl der Infizierten steigt exponentiell! Erklärung des Gesundheitsministers für 11 Uhr angekündigt. ◂◂◂

Sofort war er wach. Er schüttelte den Kopf. *Was da wohl kommt?*

Im Zeitlupentempo stand er aus dem Bett auf und versuchte, lautlos das Zimmer zu verlassen, um Juliette nicht zu wecken.

Wie ein Uhrwerk spulte er das morgendliche Programm ab: Duschen, anziehen, Kinder wecken, Kinder anziehen, Kindern beim Zähneputzen helfen, ein kleines Frühstück machen, dann Karl in den Ferienkurs des Sportvereins und Lisa in die Kita bringen. Minutiös geplant, damit von vornherein kein Zeitverzug möglich war. Das alles mit Flüstern und ständigem Ermahnen der Kinder, bloß nicht zu laut zu sein. Wer wusste schon, wann Juliette ins Bett gekommen war?

Wenig später saß er mit einem dampfenden Kaffee im Büro seines Ladens und atmete erst einmal durch. So sehr er seine Kinder liebte, es war für ihn immer anstrengend, wenn er sich alleine um sie kümmern musste. In diesen Momenten merkte er erst, was Juliette eigentlich alles leistete und wie viel sie ihm abnahm.

Fredericks Mitarbeiter riss ihn aus seinen Gedanken. »Frederick, es gibt erste Stornierungen. Die Leute rufen an und machen sich Sorgen.«

»Wie viele Buchungen sind storniert worden?«

»Fast zwanzig Prozent.«

»Zwanzig?« Frederick erschrak. Das war nicht wenig. Verkraftbar, aber schmerzhaft. »Okay, ruf die Leute an. Schalte eine Info-Seite auf die App. Ich frage mal beim Verband nach.« Der Deutsche Reiseverband musste jetzt helfen. *Die müssten sich doch schon positioniert haben*, dachte Frederick. Normalerweise waren sie gut aufgestellt, um ihre Mitglieder zu vertreten. Schließlich zahlte er nicht wenig Beiträge pro Monat.

Doch er kam nicht durch. Die Leitung war permanent besetzt. *Die werden gut zu tun haben. Ich versuche es später noch mal*, nahm er sich vor. Jetzt musste er die Buchungen checken. Auf der App war rege Betriebsamkeit. Das konnte Frederick in den sekundengenauen Auswertungen erkennen. *Was mache ich jetzt bloß? Abwarten? Den Kunden offensiv begegnen?*

Das Handy ließ ihn aufschrecken. Es war Juliette. »Morgen, Schatz«, begrüßte Frederick ein wenig gequält seine Frau.

»Morgen. Danke, dass du mich hast schlafen lassen. Bin erst um drei ins Bett gekommen.«

»Oh, du Arme. Hast du denn dann gleich schlafen können?«

»Ja, ein Glück.«

»Du, Juli, hier ist ordentlich was los. Die Kunden werden nervös.«

»Weswegen? Wegen des Virus?«

»Klar. Die machen in den Medien so eine Panik. Da würde ich wahrscheinlich auch nervös werden.«

Juliette machte eine kurze Pause. Dann fragte sie Frederick ernst: »Und? Machst du dir Sorgen?«

»Keine Ahnung. Es scheint wirklich eine ernste Krankheit zu sein. Aber Panik hat noch nie geholfen.«

»Sehe ich genauso«, platzte es aus Juliette erleichtert heraus. »Hamsterkäufe, Maskenausverkauf, Verbote. Das sind alles irgendwie keine guten Signale. Warum schützen sie denn nicht zuerst die Alten und Kranken?«

Frederick schwieg. Er war gedanklich zu sehr im Tagesgeschäft seines Unternehmens und machte sich vor allem darum ernste Sorgen und nicht über die Sinnlosigkeit von Maßnahmen. Aber Juliette schien es umzutreiben. »Schatz, nimm es mir nicht übel, aber ich muss jetzt dringend den Reiseverband erreichen. Die müssen doch Infos aus Berlin haben. Lass uns später weiterreden, okay?«

»Klar. Ich muss eh wieder arbeiten, und die Kinder kommen auch schon bald wieder.«

Nachdem er aufgelegt hatte, kamen Frederick lähmende Gedanken. Natürlich hatte Juliette recht. Panik machte keinen Sinn, aber insgesamt vertraute er der Regierung. Er glaubte an dieses System. Sein Scheitern mit seiner ersten Firma akzeptierte er als Eigenverantwortung, er gab vor allem sich selbst die Schuld. Frederick war überzeugt, dass Deutschland eines der besten Staatssysteme auf der Welt hatte. Daher konnte er sich beim besten Willen nicht vorstellen, dass die Politik aus Geltungsdrang oder Machtversessenheit Panik verbreiten würde.

18. Kapitel
11. März 2020

Juliette

Halb Hamburg war im Skiurlaub in Österreich oder der Schweiz. Nicht umsonst waren die recht spät im Jahr gelegenen Frühjahrsschulferien in Hamburg explizit als Skiferien bekannt, zwei Wochen beste Wintersport-Zeit bei angenehmen Temperaturen. Juliette hatte sich nie so richtig damit anfreunden können. Diese Après-Ski-Partys, diese Umweltverschmutzung durch Pistenrodungen und Kunstschnee. Aber vor allem hatte sie einen ungeheuren Respekt vor den Bergen und der Höhe.

Die Straßen waren deutlich leerer, in der Kita von Lisa waren momentan nur sechs Kinder, selbst die Restaurants im Portugiesenviertel hatten jetzt auch ohne Reservierungen zur besten Abendzeit Platz.

Frederick war für eine Nacht in Island auf Geschäftsreise. *Vielleicht tut es mir mal ganz gut, wenn ich heute alleine bin*, dachte sich Juliette, als sie einmal mehr den langen monotonen Weg der Wellingsbütteler Landstraße Richtung Alstertal entlangfuhr. Eine Ampel nach der anderen bremste ihre Fahrt, was sie zunehmend nervte. Im Radio redeten sie nur noch von einem Thema: Corona. Juliette fühlte sich müde. Die Arbeit, dieser Daueralarm in den Medien. Direkt am Morgen hatte sie versucht, ihre Mutter anzurufen, doch die ging nicht ans Telefon. Daher hatte sie beschlossen, Karl bei Ben und Nele abzugeben und Lisa in die Kita zu bringen, um mal wieder nach Wellingsbüttel in die Seniorenresidenz zu fahren. Vor ein paar Tagen hatte ihre Mutter in einem Telefonat geklagt, dass sie sich wieder schwächer fühlte. Juliette musste sich eingestehen, dass sie nicht mehr nachgefragt hatte. Sie hatte in den letzten Tagen anderes im Kopf gehabt, den Streit mit Nele und Jack und dann Fredericks Sorgen um die Firma und ihren Job.

Glücklicherweise war Nele heute für ein paar Stunden zu Hause, sodass Karl bei Ben spielen konnte. Sie sah müde aus und schien distanziert. *Was für ein Kontrast zu den Begrüßungen sonst*, dachte Juliette. Sie umarmten sich nicht, und Nele begründete es mit dem Abstandsgebot, doch Juliette spürte, dass etwas zwischen ihnen stand.

Juliettes Herz brannte. Es war eine Mischung aus schlechtem Gewissen und Unsicherheit. Juliette fühlte sich wie ein kleines Kind, das etwas falsch gemacht hatte und nun ausgeschlossen wurde. Lag es wirklich an der Diskussion von vorgestern? Oder bildete sich Juliette das nur ein? Sie hatte sich ein Herz gefasst und offen gefragt, ob etwas los sei.

»Du, Juli, nimm es mir nicht übel, aber ich habe die ganze Nacht Schicht gehabt. Keine Sorge, alles okay. Es geht nicht immer nur um dich.« Juliette wollte etwas entgegnen, doch Nele schnitt ihr das Wort ab: »Es ist gut, Juli. Wirklich. Fahr zu deiner Mutter. Kein Problem.« Juliette hatte versprochen, in drei Stunden wieder da zu sein, verabschiedete sich von Karl mit einem Küsschen und verschwand noch unsicherer, als sie angekommen war.

Wenig später kam Juliette im Pflegeheim an. Auch hier herrschte eine größere Ruhe als sonst, die Bewohner mussten wegen der Ferien auf viele ihrer Angehörigen verzichten. Juliette hatte zwar einen eigenen Schlüssel, es bestand jedoch die Abmachung, dass sie immer vorher klingeln sollte. Wenn jedoch keiner aufmachte, dürfte sie ihren Schlüssel benutzen. Das war jetzt der Fall. »Mama?«

»Juliette, ich bin hier.« Marlies lag im Bett.

Juliette atmete durch. »Mama, hast du meinen Anruf gar nicht gehört?«

»Nee, weiß nicht, wo das Telefon ist.« Ihre Mutter musste plötzlich stark husten.

Juliettes Blick ging durch die Wohnung, sie suchte nach Zigaretten und einem Aschenbecher, schaute auf den kleinen Balkon. Doch da war nichts zu sehen. »Es geht dir nicht gut, Mama, oder?«

»Ich habe einfach nur Husten. Und fühle mich ein bisschen schwach.« Wieder hustete sie. »Vielleicht sind das noch die Nachwirkungen von der Bestrahlung.«

Juliette glaubte ihr nicht. Der Arzt hatte schon beim letzten gemeinsamen Gespräch ausgeschlossen, dass die Bestrahlung für einen starken Husten verantwortlich sein konnte. Die Behandlungen waren bisher gut verlaufen, hatte er erklärt, Juliettes Mutter habe sogar sehr geringe Nebenwirkungen gehabt. Ein wenig Erbrechen und Durchfall. Vielleicht könne die Schlappheit von der Behandlung kommen, aber der Husten müsse eine andere Ursache haben, sagte der Arzt. Ohne es auszusprechen war allen klar, dass es vom Rauchen kommen musste.

»Kannst du dich ein wenig bewegen? Vielleicht etwas frische Luft schnappen?«

»Warum nicht?« Mit Juliettes Unterstützung hob sie ihren Oberkörper und schleppte sich ins Badezimmer. »Aber schminken brauch ich mich wohl nicht, was?«

Juliette lächelte gequält. Ihren zynischen Humor würde Marlies wohl selbst auf dem Sterbebett nicht verlieren.

Als die beiden wenig später durch den kleinen Park der Seniorenresidenz am Rande des Alstertals gingen, versuchte Marlies, so viel frische Luft wie möglich zu atmen. Es fiel ihr sichtlich schwer. »Ganz ehrlich. Das erste Mal seit Jahren verspüre ich keine Lust mehr auf eine Zigarette. Selbst meine Lunge sagt jetzt, Marlies, altes Mädchen, lass das mal lieber sein.«

Juliette fühlte sich ihrer Mutter plötzlich sehr nah. Trotz ihres Hustens strahlte sie eine gewisse Ruhe aus. Sie hielt sich an Juliette fest und ließ sich von ihr führen. Juliette hatte den starken Drang, ihrer Mutter von den Ereignissen der letzten Tage zu erzählen, zu sehr wühlte es sie auf und zu sehr suchte sie nach einem Verbündeten. Sie fasste sich ein Herz und berichtete von dem Streit mit Jack und Nele erzählen. Marlies hörte ihrer Tochter interessiert zu.

»Ich verstehe das einfach nicht«, sagte Juliette am Ende. »Ich habe nur gesagt, dass man genau hinschauen sollte. Dass man mal nachfragen sollte. Dass man kritisch in alle Richtungen bleiben sollte. Und die haben mich angeguckt, als ob ich eine Außerirdische wäre! Als ob ich etwas Kriminelles gesagt hätte!« Als Juliette das erzählte, kam der Ärger wieder hoch, als wäre sie immer noch mitten in der Diskussion.

Marlies nickte verständnisvoll, dann deutete sie auf eine Bank im Park und sie ließen sich darauf nieder. Eine Minute lang schwiegen sie beide. Dann sagte Marlies plötzlich etwas, womit Juliette keineswegs gerechnet hatte:

»Juliette, Schatz. Ich glaube, es ist an der Zeit, dir etwas zu erzählen.« Juliette drehte sich angespannt zu ihrer Mutter um. Wieder musste Marlies husten. Juliette streichelte ihr den Rücken, um sie zu beruhigen. Dann fuhr Marlies fort: »Ich glaube, du hast ein ganz falsches Bild von deinem Vater.«

»Von Papa? Wieso?«

»Was denkst du von deinem Vater? Was hast du von ihm mitgenommen?«

»Wieso kommst du denn jetzt mit Papa?« Juliette hatte nicht die geringste Lust, an ihren Vater zu denken. »Ich habe dir doch gerade erzählt, dass meine Freunde mich missverstehen und sauer auf mich sind, und du kommst jetzt mit Papa?«

»Ja, gerade deshalb. Ich sehe, dass du verzweifelt bist. Dass du dich ungerecht behandelt fühlst. Also, bitte, mein Kind, sag mir, was du von Papa denkst?« Wieder hustete Marlies.

Juliette wandte den Blick von ihr ab und starrte irritiert in den Park. Widerwillig spielte sie das Spiel mit. »Also, Papa hat glaube ich alles getan, was er konnte. Er war lieb, höflich, fleißig, hat mit mir gespielt.«

»Und sonst?«

Juliette überlegte. Sie wollte ihre Mutter nicht ohne Grund verletzen, nichts Falsches sagen, doch spürte sie auch, dass sie es mit der Frage ernst meinte und eine ernste Antwort forderte.

»Ich habe mir immer gewünscht, dass er hin und wieder mehr Kontra geben würde. Gegen meine Lehrer, gegen andere Eltern meiner Freunde, wenn die als Kind gemein zu mir waren.« Dann zögerte sie, entschloss sich, es aber dennoch auszusprechen. »Und auch gegen dich.« Überraschenderweise reagierte Marlies nicht streng, sondern lächelte sogar. Das ermutigte Juliette, weiterzusprechen: »Und ich habe niemals mitbekommen, dass er sich beschwert hätte, dass er jemals politisch Partei ergriffen hatte. Mama, hatte er überhaupt eine eigene Meinung? Ich fand Papa einfach so … so beliebig!« Als sie das sagte, spürte sie einen Stich im Herzen. Als würde sie ihren Vater mit diesen Worten förmlich verraten.

Doch Marlies blieb ungewohnt ruhig und sanft. »Keine Sorge, ich verstehe dich und du hast recht.« Juliette war verblüfft. *Ich habe recht? Und sie ist nicht verärgert?* Immerhin hatte Marlies ihren Mann abgöttisch geliebt und hatte ihn immer und bei jeder Gelegenheit verteidigt. Jetzt aber blieb sie ruhig und erzählte weiter: »Hast du dich nie gefragt, ob dein Vater schon immer so war? Ob es vielleicht nicht so war, wie es schien?« Marlies hüllte sich für einen Moment in geheimnisvolles Schweigen. Sie nestelte an ihren Jackentaschen, erinnerte sich dann wohl daran, dass ihr Körper nun keine Zigarette mehr vertragen konnte. Es war ein Automatismus der Sucht: Immer wenn ihre Mutter nervös war, musste sie eine Zigarette rauchen.

»Mama, kannst du mir bitte mal erzählen, was los ist? Und block nicht wieder ab.« *Wenn sie es jetzt wieder bei Andeutungen belässt und mich alleinlässt mit meinen Gedanken und Gefühlen, dann war es das. Dann komme ich sie nicht mehr besuchen.* Das stand für Juliette fest. Doch ihre Mutter hatte gar keine Intention, zu blockieren. Sie wollte reden.

»Du hast letztens danach gefragt, wie es uns erging, als wir hier in Hamburg ankamen.« Juliette nickte. »Deinem Vater ging es sehr schlecht. Er hat noch durchgehalten, hat uns bis über die Grenze und dann auch noch nach Wilhelmsburg gebracht, danach brach er zusammen. Er konnte einfach nicht mehr. Kein Mensch hätte mehr ertragen können als er. Ab da musste quasi ich die Führung des Lebens übernehmen. Er war zerbrochen.«

Juliette schluckte. Ihr Mund wurde ganz trocken. Sie wollte die Worte aus ihrer Mutter herausziehen. Bekam sie endlich Antworten auf ihre vielen unbeantworteten Fragen? Auf ihre Panikanfälle? Doch drängen wollte sie ihre Mutter auch nicht. Das schien nicht nötig zu sein. Marlies fuhr fort: »Dein Vater war ein rebellischer Mann. Kannst du dir das vorstellen?« Juliette schüttelte den Kopf. »Deshalb hatte ich mich in ihn verliebt. Die DDR war bekanntlich kein Land für Freigeister, für kritische Menschen und für Menschen, die mutig waren. Dein Vater war aber so ein Mensch. Das war er wohl schon als kleiner Junge. Von Anfang an schien er nicht in das Raster der FDJ zu passen. Und das, obwohl seine Eltern, die Großeltern, die du nie kennengelernt hast, als linientreu galten und dein Opa einen ordentlichen Funktionärsjob hatte.« Marlies musste kurz lachen. »Da sieht man mal wieder, dass einige Gene eine Generation überspringen können. Der Opa deines Vaters war ein Kommunist der ersten Stunde. Er lehnte sich gegen die Nazis auf, landete im KZ und ist nur wegen eines glücklichen Zufalls nicht ermordet worden.« Juliettes Gedanken drehten sich. Was sie da alles hörte, konnte sie kaum glauben. Warum hatte sie nichts davon gewusst? Ein Uropa, der im KZ inhaftiert war? Und ihr

Vater ein Rebell? Wer war der Mann, den sie ihren Vater genannt hatte? Glücklicherweise hatte sie keine Zeit, darüber nachzudenken. Ihre Mutter sprach weiter: »In der Oberschule verschärfte sich die Sache dann. Er driftete immer weiter weg von dem, was im System akzeptiert war. Seine Eltern wagten einen letzten Versuch, ihn auf Linie zu bringen, und schickten ihn nach dem Schulabschluss zum Militär. Weil er aufgrund seines Verhaltens eh keinen guten Ausbildungs- oder Studienplatz bekommen hätte, schien das die letzte Möglichkeit für ihn, im System Karriere zu machen.«

»Was hat er denn konkret in der Schule verbrochen?«

»Verbrochen? Einfach die falschen Fragen gestellt.« Juliettes Mutter machte eine kurze Pause. Dann fixierte sie ihre Tochter und fügte hinzu: »So wie du anscheinend deinen Freunden die falschen Fragen gestellt hast.«

Juliette stutzte. »Das kann man doch gar nicht vergleichen. Hier darf man immer und überall Fragen stellen. Man muss nur mit Reaktionen rechnen. Auch wenn die manchmal nicht so schön sind.«

»Das stimmt, es war kein guter Vergleich. Du hast mich einfach nur an deinen Vater erinnert, als du so aufgeregt erzählt hast.«

Juliette spürte, wie ihr Tränen hochkamen. Niemals hatte sie das Gefühl gehabt, dass sie ihrem Vater ähnlich war. Als sie von ihrer Mutter nun hörte, wie ihr Vater wirklich gewesen war, verspürte sie eine ungewohnte Verbindung zu ihm, auch wenn er schon verstorben war. Sie wollte mehr wissen: »Erzähl bitte weiter, Mama.«

Marlies holte tief Luft, musste husten, sie schien erschöpft zu sein. »Das Militär hätte ihn brechen sollen, doch das Gegenteil war der Fall. Ein Glück war er so schlau, dass er sich zumindest während dieser Jahre nichts Großes zuschulden hat kommen lassen. Danach jedoch entfaltete er all seine rebellische Kraft. In der Zeit lernten wir uns auch kennen. Du kannst dir vorstellen, dass das für mich nicht einfach war. Oma und Opa kennst du ja. Sie waren liebevoll, keineswegs unkritisch mit dem System, aber ganz und gar nicht rebellisch. Wenn, dann fand Kritik hinter verschlossenen Türen statt. Wir waren eben eine ganz normale DDR-Familie. Und da brachte ich einen solchen Revoluzzer nach Hause.«

Marlies musste lachen, als sie in ihren Erinnerungen schwelgte. »Doch meine Eltern mochten deinen Vater. Und bei uns zu Hause hielt er sich auch mit Kampfparolen zurück. War ganz der perfekte Schwiegersohn. In der Zeit trat er in eine Widerstandszelle ein. Offiziell arbeitete er als Hilfskraft in einem KONSUM-Markt. Nach der Arbeit traf er sich mit Gleichgesinnten.« Juliette hielt den Atem an. Unglaublich, dass der Mann, über den ihre Mutter da sprach, ihr Vater sein sollte. Und sie ahnte schon, was dann kam. »Ungefähr zwei Jahre lang dauerte sein Wirken. Die Gruppierung verteilte Flugblätter, nahm Kontakt zu Kirchen auf, schlug Thesen an die Schwarzen Bretter von Universitäten und Schulen. Was sie wollten, war nicht mehr und nicht weniger als Reise-, Kunst- und Meinungsfreiheit. Selbst dein Vater hatte damals sicherlich nicht an freie Wahlen oder so gedacht. Das wäre vermessen gewesen.« Wieder wurde Marlies' Monolog von einem Hustenanfall unterbrochen.

»Als wir beide dreißig waren, hatten sie es jedoch einmal übertrieben. Ich weiß noch genau, wie ich der Meinung war, dass sie *das* lieber nicht tun sollten. Nach all der Zeit der Flugblätter und der informellen Arbeit wägten sich dein Vater und seine Mitstreiter wohl so sehr in Sicherheit, dass sie meinten, in die Öffentlichkeit gehen zu können und einen inoffiziellen Verein, einen sogenannten Klub zu gründen.« Marlies schaute nachdenklich zu Boden. Offenbar fiel ihr dieser Teil der Geschichte zunehmend schwer. »Und wie es damals in der DDR so war, irgendeinen Maulwurf gab es immer. Irgendjemand, der sich eine bessere Position verspochen hat. Ein paar Tage später hat ihn die Stasi abgeholt.«

»Die Stasi? Papa? Unfassbar.« Juliette wusste nicht, wohin mit ihren Gefühlen. Sie versuchte krampfhaft, ihre Tränen zurückzuhalten. Dabei schaute sie durch ihre Mutter hindurch.

»Sie nahmen ihn mit, vor meinen Augen. Ich sehe ihn noch heute, wie er in dem braunen Lada auf der Rückbank saß. Mit ängstlichen, aber tapferen Augen. Selbst in dieser Sekunde wollte er mir Mut machen.«

»Und dann?«

»Dann habe ich zwei Jahre nichts mehr von ihm gehört. Er war im Gefängnis. Ich hatte keinen Kontakt. Nur einmal lernte ich ganz zufällig jemanden kennen, der in dem Gefängnis arbeitete. Mit dem flirtete ich so lange, bis er mir versprach, sich einmal nach deinem Vater zu erkundigen. Und glücklicherweise schien es ihm, zumindest auf den ersten Blick, gut zu gehen. Und er lebte. Das war die Hauptsache für mich. Ich befürchtete nämlich schon, dass in diesem Staat sogar das Schlimmste möglich war.«

Es begann zu nieseln. Trotzdem bewegten sich die beiden keinen Zentimeter, verharrten auf der Bank. Keiner kam auf die Idee, wieder ins Heim zu gehen. Marlies fuhr fort: »Als er entlassen wurde, war ich nicht vorbereitet. Irgendwann stand er einfach vor meiner Tür. Wir schauten uns in die Augen und ich sah, wie gebrochen er war, konnte die Folter und die Pein förmlich spüren, die er erlitten haben musste, und wir beide wussten, dass wir fliehen würden. Und wenn es uns das Leben kostete.«

Juliette konnte nichts sagen. Sie schaute in den Wald vor ihnen. Das, was sie hörte, war für sie unbegreiflich. Sie fühlte sich auf der einen Seite belogen, auf der anderen Seite aber zutiefst mit ihren Eltern verbunden. Sie hatte Schwierigkeiten, mit diesen zwiespältigen Emotionen umzugehen. Es kämpfte in ihr. »Papa war also ein anderer Mensch, als er wieder aus dem Gefängnis gekommen ist?«

Ihre Mutter nickte langsam. »Komplett. Er sprach nicht mehr, schien den ganzen Lebensmut verloren zu haben. Arbeitete fast Tag und Nacht an unserer Flucht, traute keinem Menschen mehr, nicht mal mehr meinen Eltern. Mit seinen Eltern brach er mit der Zeit. Sie weinten ihm aber auch keine Träne nach. Irgendwann, nach fast zwei Jahren …« Marlies schluckte. »Nach fast zwei Jahren war es dann so weit. Der Plan stand und noch ein einziges Mal in seinem Leben hat er die Führung übernommen. Ich werde es ihm nie vergessen, wie er mich … wie er mich … und sich selbst da herausgeholt hat. Einmal hatten sie uns beinahe entdeckt, ich zitterte vor Angst, doch dann sah ich deinen Vater, er legte mir seine Hand an meine Wange und auf … auf meinen Bauch und schaute mich voller Zuversicht und Mut an. Wenig später waren wir über der Grenze.«

Der Regen wurde stärker, mittlerweile saßen die beiden mit durchnässter Kleidung auf der Bank und Marlies musste stark husten. Erst da wurde Juliette aus ihren Gedanken und Gefühlen gerissen. »Komm, Mama, lass uns reingehen.« Marlies hakte sich wieder unter den Arm ihrer Tochter und schleppte sich Richtung Haus. Sie sah jetzt sehr schwach aus. Worte waren nicht mehr nötig, es war erst mal alles gesagt. Juliette schwirrte der Kopf von der ganzen unglaublichen Geschichte. Sie musste sie erst mal verarbeiten.

Zum Abschied nahm sie ihre Mutter fest in den Arm. »Danke, Mama.« Sie schauten sich in die Augen und Juliette spürte auch bei ihrer Mutter eine ungeheure Erleichterung.

»Jetzt muss ich mich erst ausruhen«, sagte Marlies.

Frederick

Wo steckt sie denn bloß? Ob etwas passiert ist? Frederick versuchte schon seit einer Stunde, Juliette zu erreichen. Das Handy war ausgeschaltet, sie hatte keine Mailbox aktiviert, daher schickte er Nachrichten. Aber auch die blieben unbeantwortet. Heute Morgen war er wieder aus der Wohnung geschlichen, damit sie schlafen konnte. Wieder einmal musste sie bis tief in die Nacht gearbeitet haben.

Juliette hatte ihm nicht erzählt, was sie heute vorhatte. Kein Grund zur Sorge, aber normalerweise war sie auf dem Handy immer erreichbar. Frederick ging von einem normalen Tagesablauf aus: dass sie arbeiten, Karl alleine in seinem Zimmer spielen würde und Lisa in der Kita wäre. War sie nicht zu Hause?

Weitere Stunden vergingen, ohne dass sich Juliette meldete. Er musste Gespräche führen, interessante Gespräche. Leider auch erfolglose. Frederick hatte vor ein paar Wochen Kontakte zu Eco-Hotels in Island geknüpft. Eine Destination, die ›Fairreisen‹ noch nicht im Programm hatte. Doch heute wurde ihm mitgeteilt, dass es vorerst zu keiner Zusammenarbeit kommen könnte. Die isländische Regierung schien den Riegel vorzuschieben. Alles dichtzumachen. Weil sich isländische Touristen in Tirol beim Skifahren mit Corona infiziert hätten. *Sogar Island*, dachte Frederick. *Diese kleine Insel.*

Als er mittags am Flughafen in Reykjavik angekommen war, hatte er sich einem Fiebertest unterziehen müssen und war ziemlich irritiert gewesen. Während in Deutschland lediglich darüber debattiert wurde, ob Fußballspiele stattfinden dürften oder nicht, hatte Island bereits einen Ausnahmezustand erklärt. Jeder hier war in Alarmstimmung. Ganz anders als in Deutschland oder gar in Großbritannien oder Amerika, wo die Politiker offenbar noch immer die Krankheit und die Ereignisse in Italien leugnen wollten. Nein, dieses Virus war ernst. Doch wenn Deutschland ebenfalls alles abschließen würde wie hier in Island, dann konnte sein Unternehmen maximal drei Monate durchhalten. Mit den Neueinstellungen der letzten Zeit keine Woche länger.

Nachdem der Fiebertest negativ ausgefallen war, hatte er sich mit seinem potentiellen Geschäftspartner getroffen. Als er durch die menschenleeren Straßen der isländischen Hauptstadt ging, um ins Hotel zu gelangen, gruselte es ihn. Welch eine Szenerie. Wie aus einem Horrorfilm. Er bog von der Hauptstraße in eine kleine Seitenstraße ab. Geschäfte waren geschlossen, Restaurants verriegelt. In diesem Moment wurde Frederick klar, dass dies auch bald in Deutschland gelten würde.

Vielmehr: gelten musste! Wenig später saß er mit seinem Kontaktmenschen im Hotelzimmer. Der Mann setzte sich demonstrativ in die entgegengesetzte Ecke des Raumes, schüttelte ihm weder zur Begrüßung noch zum Abschied die Hand. Befremdlich. Kurze Zeit später war klar, dass Frederick den Weg umsonst gemacht hatte. Einen Deal würde es nicht geben. Doch interessant war die Erfahrung hier in Reykjavik allemal. Und bedrückend.

Doch je später es wurde, je häufiger er auf die Uhr schaute, desto größer wurden die Sorgen um seine Frau. Er versuchte es noch einmal. Ihr Handy war immer noch abgeschaltet. So etwas machte sie eigentlich nie! Frederick und Juliette hatten eine Vereinbarung: Sie wollten füreinander immer erreichbar sein, zu jeder Tages- oder Nachtzeit. Komme, was wolle.

Frederick legte sich aufs Bett, nippte an seiner überteuerten Bierflasche aus der Minibar und schaltete den Fernseher ein. In Island war es schon seit Stunden dunkel. Reykjavik bot normalerweise ein interessantes Nachtleben, doch nicht heute. Auf den Straßen herrschte eine gespenstische Leere, eine depressive Mischung aus Kälte, Dunkelheit und Einsamkeit durchzog die sonst so lebendige Stadt. Frederick schaltete bei den internationalen Programmen hin und her, stoppte plötzlich auf ›Euronews‹. Die deutsche Kanzlerin hielt eine Ansprache. Sie kam ungewöhnlich emotional rüber. Mit klaren Worten, die man nicht gewohnt war. Frederick hörte gespannt zu. Er kannte die Fakten, aber dass die Kanzlerin derartig undiplomatische Worte benutzte, schien ihm bedeutsam. Sie sprach von einer »ernsten Situation«. Wahrscheinlich würden sich sechzig Prozent aller Deutschen infizieren. Man müsse den Ausbruch des Virus flach halten. Das Gesundheitssystem dürfe unter keinen Umständen überfordert werden. Maßnahmen würden nötig sein. Sie appellierte an die deutsche Bevölkerung.

Frederick bekam das Gefühl, dass die Regierung alles im Griff haben würde, wenn sich alle an die Anweisungen hielten. Aber nur dann. Gleichzeitig wusste er, dass seine Firma in ernster Gefahr war. Wenn die Zahlen weiter stiegen, dann würden die Menschen zu Hause bleiben. Bleiben müssen. Dann würde keine einzige Reise mehr gebucht werden.

Frederick trank seine Bierflasche aus, schaltete den Fernseher ab und nahm sehnsüchtig sein Handy in die Hand. Und endlich klingelte es: Juliette.

»Juli, wo warst du denn? Ich habe mir Sorgen gemacht!«

»Tut mir leid. Brauchte mal Zeit ohne Störung, nur für mich.«

»Mensch, Juli, hast du die Kanzlerin gehört? Unfassbar, oder? So hat sie sich noch nie geäußert!« Juliette antwortete nicht. »Juli? Alles in Ordnung?«

»Ich muss dir etwas erzählen. Es ist wichtig. Hast du Zeit?«

Frederick schaute auf die Uhr, es war zwei Stunden vor der deutschen Zeit, Juliette müsste gleich die Kinder ins Bett bringen, er wollte noch mal rausgehen, sich in der Hotelküche etwas zu essen holen und dann ein bisschen arbeiten. »Frederick?« Juliette klang fordernd und genervt.

»Ja, natürlich habe ich Zeit. Was gibt es denn?«

»Ich habe etwas erfahren.«

19. Kapitel

16. März 2020

Nele

Meine Güte, wo bleibt er bloß. Das kann er doch nicht machen. Ich sitze hier und warte und warte. Mache mir Sorgen, habe Todesangst um ihn. Und Jack ruft einfach nicht an. Er meldet sich nicht. Seit drei Stunden sitze ich hier und mache mir die größten Sorgen. Nele war schweißgebadet. Glücklicherweise schlief Ben schon. Doch Jack kam nicht nach Hause. Sein Handy war ausgeschaltet, das Krankenhaus sagte, er sei schon vor Stunden losgegangen. Doch er kam nicht zu Hause an. *Ich werde wahnsinnig.* Nele wurde heiß und kalt, ihr Bauch schmerzte, sie wollte sich am liebsten übergeben, laut losweinen, an die Wand schlagen. Sie schaute auf die Uhr. Zehn Uhr abends.

Ich schaffe es nicht ohne ihn. Ich schaffe es nicht. Dann kamen die Bilder wieder. Als sie sieben Jahre alt war. Als sie zu Hause in Flensburg in der kleinen Wohnung in ihrem Zimmer saß und weinte. Im Flur hörte sie ihre Eltern schreien. Ihr Vater schrie lauter. Ihre Mutter weinte und kreischte. Sie verstand nicht, worum es ging, doch so laut waren sie noch nie gewesen. Obwohl sie sie dauernd streiten hörte. Und plötzlich knallte die Haustür. Und dann war es ruhig. *Ich kann nicht ohne ihn leben!*

Ich brauche ihn! Nele erinnerte sich an die Stille danach. An das leise Schluchzen ihrer Mutter. Daran, dass sie den Mut hatte, zu ihrer Mutter zu gehen und zu fragen. Und an die Antwort: »Papa kommt nicht mehr wieder.«

Nele kauerte sich auf die Couch, krampfte sich zusammen und atmete schwer. Dann hörte sie ein Geräusch, das ihre ganzen Schmerzen und ihre Verkrampfung verschwinden ließ: das Türschloss. Leise wurde die Tür geöffnet und wieder geschlossen. Nele sprang auf und rannte in den Flur. Es war Jack. Mit einem Satz sprang sie in seinen Arm. Jack stöhnte erstaunt auf. »Was ist denn los?« Nele begann, hemmungslos zu weinen. »Ist etwas passiert?«, fragte er besorgt.

»Nichts ist passiert. Du warst nicht da. Du bist nicht nach Hause gekommen!«

»Nele, es ist zehn Uhr. Mein Akku war alle und ich musste noch zum amerikanischen Konsulat. Wegen meines Vaters.«

»Das hättest du sagen müssen. Ich habe mir Sorgen gemacht!«

»Sorgen? Mensch, Nele, es ist doch alles in Ordnung. Ich muss arbeiten und manchmal auch Dinge organisieren.« Jacks Stimme hatte nun einen etwas ärgerlichen Ton. Nele beruhigte sich und wischte sich die Tränen ab. Gleichzeitig ging sie in die Küche, um sich ein Glas Wein einzuschenken.

»Dein Vater? Geht's ihm immer noch nicht besser? Warum warst du beim Konsulat?«

»Na, ich dachte, ich fliege mal wieder meine Eltern besuchen, aber weißt du, was die dort gesagt haben?«

Nele schaute fragend und trank das Glas fast in einem Schluck aus.

»Die USA lassen keinen mehr aus Europa ins Land! Nicht mal mehr amerikanische Staatsbürger.«

»Unglaublich.« Nele fühlte sich besser. Die Wirkung des Weins beruhigte sie ein wenig. »Aber du hast es sicher schon gehört, oder?«

»Was meinst du? Ich habe heute nichts gehört. Mein Handy war ja aus und im Krankenhaus war die Hölle los.«

»Die schließen die Schulen. Auch hier in Hamburg.«

Jacks Antwort ließ nicht lange auf sich warten: »Richtig so. Da gibt es doch keine zwei Meinungen. Man muss die Menschen bestmöglich und schnellstmöglich schützen, um eine Katastrophe zu verhindern. Österreich hat es schon verstanden.« Nele nickte. Sie dachte ähnlich. Vor dem Hintergrund des Brandherdes in Tirol hatte die Regierung seit diesem Tag eine umfassende landesweite Ausgangsbeschränkung erlassen. Restaurants und der Einzelhandel, ausgenommen Supermärkte, blieben geschlossen. Zusammentreffen mit anderen Menschen waren untersagt. »Ja, ein Lockdown muss auch hier kommen, ganz klar. Man muss das Virus aufhalten. Sonst brechen wir in den Krankenhäusern alle zusammen.«

Jack stand auf und schüttete sich jetzt auch ein Glas Wein ein. »Ja. Und er wird kommen, da bin ich mir sicher. Die werden das so machen wie in Österreich. Bayern wird garantiert Druck machen.«

Die beiden setzten sich ins Wohnzimmer, Nele kuschelte sich in Jacks Arme. *Ein Glück habe ich ihn wieder. Ich bin so froh, dass ich ihn habe.* Dann gab sie ihm einen zärtlichen Kuss.

»Jack kann nicht zu seinem kranken Vater? Wie kann das denn sein?« Am nächsten Tag saßen Nele und Juliette in einem kleinen Café am Rand eines Spielplatzes auf Sankt Pauli. Die Schulen und Kindergärten blieben nach den Ski-Ferien geschlossen und die Schüler sollten zu Hause den Lernstoff erarbeiten. Die Bundesregierung samt Bundeskanzlerin hatten deutlich gemacht, dass umfangreiche Beschränkungen im Leben der Bürger nötig seien. Die Krankheitszahlen schossen seit Tagen in die Höhe, die Todesfälle in Deutschland häuften sich. Die Krankenhäuser bereiteten sich auf den Ernstfall vor. Geplante Operationen wurden abgesagt, Betten frei gehalten, Patienten nach Hause geschickt. In Berlin wurde der Umbau einer ganzen Messehalle zu einem Corona-Krankenhaus beschlossen. Gleichzeitig waren die Menschen verunsichert. Es war Erkältungszeit. Wie sollte man einen normalen Schnupfen von Corona unterscheiden? Wieso konnte man sich nicht testen lassen? Die Erste-Hilfe-Stationen der Krankenhäuser waren überfüllt mit unsicheren Menschen, die nicht wussten, was sie tun sollten. Panik machte sich breit, dass in Deutschland bald ähnliche Bilder wie in Italien aus den Kliniken auftauchen würden. Die Menschen solidarisierten sich, Alte und Kranke wurden durch Nachbarn unterstützt, Pflegerinnen und Pfleger gefeiert. Neben der Schulschließung wurden im ganzen Bundesgebiet auch unnötige Zusammenkünfte eingeschränkt. Die Unternehmen wurden aufgefordert, ihren Angestellten die Arbeit zu Hause zu ermöglichen, Restaurantbesuche wurden zeitlich begrenzt. Den Menschen sollte klargemacht werden, dass es fünf Minuten vor zwölf war. Dass es zu einer Katastrophe kommen könnte, wenn sie sich jetzt nicht an die Empfehlungen und Beschränkungen halten würden.

»Trump hat alle Einreisen aus Europa verboten. Er macht Europa für den großen Ausbruch in den USA verantwortlich.«

»Liegt Amerika nicht näher an China als Europa?«, fragte Juliette ironisch.

»Und gleichzeitig leugnet er das Corona-Virus. Relativiert. Es sei ja alles nicht so schlimm.«

Die Worte ihrer Freundin wühlten Juliette auf. Zwar ignorierte sie nicht, was aus Italien und seit einiger Zeit auch aus Spanien und Frankreich gemeldet wurde, aber sie hatte bei alledem ein ungutes, fast ungläubiges Gefühl. Und sie wollte schlichtweg nicht alles glauben, was überall kolportiert wurde. »Also, ich weiß nicht so recht, was hier gerade passiert. Wie lange soll das denn gehen, die Schulen und Kitas zu schließen?«

Plötzlich wurde Nele ernster. Sie wandte sich von Juliette ab und sagte: »Du, ich muss dir ganz ehrlich sagen, ich finde es nicht gut, wie du die Sache einschätzt. Du gefährdest damit Menschen! Ich kann gar nicht glauben, dass du so wenig an deine Mutter denkst.«

Erneut stieg heiße Wut in Juliette auf. Sie spürte einen leichten Schwindel, so explosiv war ihr Ärger. Juliette wandte sich Nele zu, suchte den Blickkontakt, wollte etwas sagen, doch ihre Freundin wich ihrem Blick aus.

»Jack und ich sind uns einig, dass es richtig ist, in dieser Situation zu Hause zu bleiben, wenn es nicht anders geht. Wir wollen ab sofort nur noch zur Arbeit gehen und ansonsten bleiben wir in unseren eigenen vier Wänden. Jack kann seine Eltern nicht besuchen, ich werde meine Eltern jetzt auch schützen und nicht mehr mit

Ben zu ihnen gehen und auch sonstige Treffen meiden.« Juliette wusste gar nicht, was sie sagen sollte. Sie war sprachlos und fühlte sich wie im falschen Film. Denn sie wusste, was Nele als Nächstes sagen würde: »Das bedeutet natürlich auch, dass Ben und Karl sich nicht mehr sehen können.«

Juliette sackte auf der Bank zusammen, fassungslos über das Verhalten ihrer Freundin. Sie blickte zu Ben und Karl, die tollkühn auf den Klettergerüsten des Spielplatzes tobten. In diesem Moment wurde ihr so richtig klar, was es für eine Selbstverständlichkeit geworden war, Freunde besuchen zu können. Wie wichtig und auch besonders es war, dass Karl so einen tollen besten Freund hatte. Und wie schlimm es für Karl sein würde, wenn eben diese Selbstverständlichkeit von einem Tag auf den anderen wegfallen würde. Und was würde das für sie selbst bedeuten? Keine zwanglosen Treffen mehr mit Jack und Nele? Keine sozialen Kontakte?

»Meinst du das wirklich ernst, Nele? Immerhin waren die beiden und auch wir vier immer zusammen. Wenn einer von uns Corona hätte, dann wären wir doch alle längst angesteckt«, platzte es aus ihr heraus.

Doch Nele war vorbereitet. »Ich finde es unmöglich, dass du es *nicht* ernst nimmst, Juli. Wie kannst du durch die Welt gehen und das Virus ignorieren? Das, was du letztens zu dem Thema gesagt hast, war ziemlich krass, Juliette. Glaubst du wirklich den Menschen, die das alles verharmlosen? Glaubst du denen mehr als Jack und mir?«

Juliette war wie vor den Kopf gestoßen. Natürlich kam Nele auf den Abend neulich zurück. Ihr war damals sofort klargewesen, dass dieser Konflikt nicht einfach aus der Welt wäre. Dass dieses Virus irgendetwas in den Menschen auslöste, was vielleicht schon lange Zeit in ihnen schlummerte. Sie war sich in den letzten Tagen überhaupt nicht mehr sicher, ob das, was sie damals in der Diskussion gesagt hatte, wirklich ihre feste Meinung war. Vielleicht wollte sie Jack auch einfach nur Paroli bieten, die Rebellin heraushängen lassen, Kontra geben. Sie spielte manchmal gerne den Advocatus Diaboli, provozierte gerne. Und natürlich verstand sie Neles Angst um Jack, schließlich war er ein sogenannter Risikopatient. Aber jetzt, nach Neles Verhalten in diesen Sekunden, fühlte sie sich bestätigt: Die Menschen spielten verrückt. Und Nele übertrieb maßlos. War sie nicht immer schon einfach nur ein ängstliches Wesen, egal ob es um Jack oder Ben ging? Manchmal schien sie einfach nicht mehr klar denken zu können.

Und genau bei diesen Gedanken setzte Nele noch einen drauf: »Ich glaube, bei dir hat der gesunde Menschenverstand ausgesetzt.«

Das brachte das Fass zum Überlaufen. Juliette atmete tief durch, schloss die Augen, versuchte, sich zu beruhigen, sagte dann: »Nele, sei mir nicht böse. Wir gehen jetzt. Ich glaube, das hat erst mal keinen Sinn mehr.« Sie stand auf, ging zum Klettergerüst und holte Karl unter Protest herunter, schaute noch einmal mit finsterem Blick zu Nele und ging, ohne sich zu verabschieden. Nele schaute ebenso grimmig in eine andere Richtung. Lediglich Ben rief den beiden traurig nach.

Später, als Juliette Lisa und Karl ins Bett brachte, streichelte sie ihre Kinder, bis sie tief und fest eingeschlafen waren. Dann schossen ihr die Tränen in die Augen. Sie ging an ihren Schreibtisch und arbeitete bis tief in die Nacht.

20. Kapitel
22. März 2020

Frederick

»Du willst noch ins Büro? Sonntags?« Juliette schien eher verwundert als verärgert zu sein. Der Familie war der Sonntag heilig. Und bisher hatte Frederick sich immer an diese Regel gehalten. Doch heute ging es nicht anders. Seit Tagen hatte er nur noch seine Kunden im Kopf. Stundenlang grübelte er, malte sich Szenarien aus, was passieren könnte, und überlegte, wie er Herr der Situation werden konnte. Jedoch vergeblich. Er fühlte sich ohnmächtig, als wäre er ein Gefangener des Virus und der Politik. Keiner wusste, wie sich die Situation entwickeln würde. Die Politiker waren mittlerweile beinahe unberechenbar geworden. Jede Sekunde konnte ein Ministerpräsident auf dem Fernsehbildschirm erscheinen und weitere Maßnahmen gegen die Pandemie verkünden. Nichts war für Unternehmer mehr planbar.

»Sorry, Schatz. Ich muss. Ich kann nicht anders. Ich muss vor Ort sein. Die Leute drehen durch. Meine Mitarbeiter haben Angst. Allen ist egal, ob heute Sonntag ist.«

Juliette schien die Ernsthaftigkeit der Lage zu begreifen und gab Frederick einen Kuss. Dann stieg er auf sein Fahrrad und radelte durch menschenleere Straßen.

Seit einigen Tagen konnte er nicht mehr richtig schlafen. Er aß wenig, hatte permanent Kopfschmerzen und sein Körper stand unter Daueranspannung. Frederick versuchte, es vor den Kindern nicht zu zeigen, und auch mit Juliette sprach er kaum über die Firma. Er musste stark und zugleich ein Ruhepol sein. Wenn auch er noch wie die anderen Menschen vor Angst erstarrte, würde die Familie zusammenbrechen.

Als er im Büro ankam, den Laden aufschloss und sich hinter seinen Schreibtisch setzte, brachte ihn die Unruhe beinahe um. Er merkte, wie Panik in ihm hochkroch. Er sah sich abermals vor Gericht stehen. Beim Insolvenzverwalter Rechenschaft ablegen. Er sah die wütenden Angestellten, die auf Gehalt warteten. Die finsteren Gestalten, die sich vor dem Haus zeigten. Die gelben Umschläge im Briefkasten.

All das war so gegenwärtig vor seinen Augen, als wäre es gestern gewesen. Frederick schrie auf. Als wollte er böse Geister verjagen. Doch sie gingen nicht weg. *Ich darf nicht versagen, ich darf nicht versagen. Ich muss die Sache in den Griff bekommen.* Mit kaltem Schweiß auf der Stirn schaltete er seinen Computer an und öffnete das Auswertungsprogramm der ›Fairreisen-App‹. Sein Körper entspannte sich von der einen Sekunde auf die andere. Schwer atmete Frederick durch. Fast keine weitere Stornierung einer Buchung stand im Programm. Sogar einige Neuanfragen, deren Beantwortung durch seine Mitarbeiter noch ausstand. Hektisch trank er ein kaltes Glas Mineralwasser. Gleich ging es ihm besser. Er wischte sich den Schweiß von der Stirn, streckte sich und öffnete dann die Reiseanfragen. *Diesmal mache ich es persönlich,* dachte er sich freudig. *So wie früher.* Und heute Abend gehen wir schön essen. Schnell tippte er noch eine Nachricht an Juliette ins Handy. ›Es wird alles gut, Schatz. Ich bin zuversichtlich. Kuss.‹

Juliette

Die Stimmung zwischen Juliette und Frederick war gelöst, als sie am späten Nachmittag in das Restaurant Ola Lisboa direkt neben ihrem Wohnhaus eintraten. Nur noch wenige Menschen hatten sich hierher verirrt. Restaurants durften seit einer Woche nur noch eingeschränkt öffnen. Tische mussten auseinandergestellt werden, Abstand eingehalten werden. Erstaunlicherweise regte sich bei den Menschen in ganz Deutschland und auch in Hamburg kaum Widerstand gegen die teilweise rigiden Anordnungen. Überall achtete man auf Abstand, Kontakte wurden gemieden, die Familien blieben meist unter sich und das Händewaschen wurde wiederentdeckt. Die erste Woche der Schulschließung war ein Abenteuer für Eltern und Kinder. Karl hatte Spaß an den neuen Medien, entdeckte die Video-Telefonie und konnte mit Ben zumindest noch auf diesem Weg sprechen. Stundenlang schloss er sich mit Juliettes altem Laptop in sein Kinderzimmer ein und spielte mit seinem Freund via Monitor. Die Lehrer der Rudolf-Roß-Schule bemühten sich nach besten Kräften, den Schulbetrieb per Distanz aufrechtzuerhalten, doch eigentlich funktionierte nichts richtig. Juliette und Frederick versuchten sich abwechselnd bei Karl als Aushilfslehrer. Auch wenn die häusliche Situation und die Enge der Wohnung Schwierigkeiten mit sich brachten, lag doch etwas Besonderes in der Luft. Eine Veränderung, die den Menschen spannend erschien. Die Bedrohung blieb spürbar, die Zahlen entwickelten sich dramatisch, doch man merkte, dass viele Menschen froh waren, einmal aus dem alten Trott aussteigen zu können, gezwungen waren auszusteigen. Die Arbeitgeber wurden angehalten, ihren Mitarbeitern so gut es ging Homeoffice anzubieten, und so waren auch die Straßen der Hansestadt nahezu leer.

Als ihnen der Ladeninhaber Julio einen Tisch zuwies, schaute sich Juliette um. Das Restaurant war fast leer, ganz hinten, in der anderen Ecke des Lokals, saß noch ein älteres Paar, ein Mann wartete vor der Tür auf sein Essen, das er zum Mitnehmen bestellt hatte. Frederick und Juliette setzten sich mit Karl und Lisa an den Tisch. Die Kinder spielten sofort vergnügt mit einigen Spielsachen, die sie mit ins Restaurant genommen hatten, damit ihnen nicht zu langweilig werden würde, und bestellten wie bei jedem Besuch jeweils ein Glas Kiba und die leckeren Sahne-Nudeln, die Julio immer eigens für sie zauberte.

Frederick schien guter Laune zu sein. Er war entspannter als in den letzten Tagen.

»Sag mal, ist etwas passiert, dass du so gute Laune hast?« Juliette lächelte ihn an.

Frederick nahm ihre Hand. »Die Firma. Gut, dass ich heute im Büro war. Offenbar beruhigen sich die Menschen. Kann ja auch nicht angehen, dass alle durchdrehen. Von mir aus jetzt einfach ein paar Wochen zu Hause bleiben und dann geht das Leben eben weiter. Die Menschen wollen Sachen erleben, wollen Länder kennenlernen, wollen reisen. Das werden sie sich nicht verbieten lassen.«

Julio kam an den Tisch und brachte Frederick und Juliette ein Glas Wein. Frederick prostete Juliette zu, die ein wenig gequält zurücklächelte. *Wenn er sich da mal nicht täuscht. Ich wünsche mir ja, dass er recht hat. Doch glauben kann ich es nicht. Wenn ich an Nele denke, wird mir ganz schlecht. Und auch die anderen Eltern spielen verrückt. Ich bete, dass Frederick recht hat.*

»Heute ist ja diese Konferenz von Kanzlerin und Minsterpräsidenten. Ich hoffe sehr, dass du recht hast und Merkel kühlen Kopf bewahrt.«

»Sie wird appellieren, vielleicht Informationsstrategien ankündigen, dass die Menschen so gut es geht zu Hause bleiben sollen. Mehr wird da nicht kommen. Ich habe so ein Gefühl, Schatz. Wenn die Menschen Ruhe bewahren, wird alles gut. Und wir haben sogar neue Anfragen herein bekommen! Kannst du dir das vorstellen? Die Menschen wollen in den Urlaub. Das ist ein guter Indikator.« Juliette sagte nichts, hörte Frederick skeptisch zu. Er fuhr fort: »Die Kanzlerin wird auch diesmal keine Law-and-Order-Politik betreiben. Sie unterscheidet sich doch sehr von dem aus Österreich. Und von dem aus Bayern. Die wird mit Bedacht und Ruhe herangehen, so wie sie es immer getan hat.«

»Ich hoffe es sehr, Schatz.« Juliettes Gefühl war ein anderes. Sie musste sich ablenken, wollte nicht daran denken, Fredericks entspannte Stimmung genießen. Die vergangene Woche war anstrengend genug gewesen. Gemeinsam hatten sie versucht, den Familienalltag unter diesen Bedingungen zu bewältigen. Frederick fuhr zwar drei Mal in der Woche noch ins Büro, doch blieb er nur für einige Stunden. Den Rest des Tages teilten die beiden in feste Schichten ein. Sie waren sich einig, dass sie froh sein konnten, so einen flexiblen Arbeitsplatz zu haben. Wirklich miteinander gesprochen hatten sie jedoch nur wenig. Abends verzog sich Juliette in ihr Arbeitszimmer, Frederick mit seinem Notebook ins Wohnzimmer. Daher war Juliette dankbar, dass Frederick die Idee mit dem Restaurantbesuch gehabt hatte.

»Und, Julio? Wie ist die Lage?«, fragte Frederick.

Der winkte ab und blieb auf Abstand. »Frag lieber nicht.« Seine Haut sah fahl aus und seine lebensfrohen Augen wirkten abgekämpft. »Nichts mehr los hier. Ich musste alle Leute nach Hause schicken. Nur Mariella und ich sind noch da.« Julios Frau winkte Frederick und Juliette von der Theke aus zu.

»Komm, wir bestellen jetzt einfach die halbe Karte. Und vergiss nicht den Wein. Heute ist uns alles egal«, sagte Frederick. Das erste Mal seit Langem musste Juliette wieder über ihren Mann lachen. So liebte sie ihn. Ohne Bedenken, einfach mal machen. Sie musste sich eingestehen, dass sie ihn so schon lange nicht mehr erlebt hatte.

»Ja! Alles egal!«, wiederholten die Kinder und alle mussten lachen.

Als Julio zur Theke ging, um die Getränke vorzubereiten, nahm Frederick Juliettes Hand. Sie lächelten sich an und sahen sich tief in die Augen.

Es waren für Juliette die ersten Momente seit einiger Zeit ohne schwere Gedanken. Und die genoss sie in vollen Zügen. Sie alberte mit Frederick herum, scherzte mit Julio und seiner Frau, die Kinder liefen im Restaurant hin und her, durften später mit den Handys der Eltern spielen. Ein Weinglas nach dem anderen wurde bestellt und später die brasilianische Musik aufgedreht.

Langsam wurde es dunkel und das Lokal musste schließen. Beschwingt gingen Frederick und Juliette die hundert Meter Fußweg zu ihrer Wohnung. Beinahe hätten sie die Ministerpräsidentenkonferenz vergessen, vergessen, dass heute über die Zukunft des Landes entschieden wurde. Als sie die Tür aufschlossen, die Kinder in ihre Zimmer hüpften, sank Frederick beschwipst auf die Couch und schaltete ermüdet den Fernseher an. Gleichzeitig schaute er auf sein Smartphone, das er während des Essens nicht angesehen hatte. Diverse Nachrichten waren eingegangen. Von Kollegen, Bekannten, von Jack. Dann sah er die Kanzlerin auf dem Bildschirm. Und plötzlich war alles wieder da. Die Bilder, die Sorgen, die Angst, das Virus.

»Juli, komm schnell. Die geben jetzt die Ergebnisse bekannt!«

»Was?« Juliette zog sich im Badezimmer gerade bequeme Klamotten an.

»Na, die Ergebnisse vom Regierungsgipfel.«

Juliette eilte ins Wohnzimmer, stellte sich hinter die Couch und biss sich auf die Unterlippe. Was sie hörte, konnte sie nicht glauben. Sie schaute Frederick an, der erstarrt war. Sie hätte es niemals für möglich gehalten, dass so etwas mal in Deutschland passieren konnte. Sie hörte den Worten zu, nahm die Mimik der Kanzlerin wahr, die Deutlichkeit der Worte. Ihre Kehle schnürte sich zu, ihr blieb die Luft weg und Tränen schossen in ihre Augen. Wut, Unverständnis, Ohnmacht. Angst um Frederick. Um die Firma. Er saß regungslos auf der Couch, seine Gesichtsfarbe verschwand, er hielt den Atem an. Die Ergebnisse waren klar: Nur noch aus wichtigem Grund durfte man aus der eigenen Wohnung gehen, Restaurants wurden geschlossen, die Menschen durften sich in der Öffentlichkeit nur noch mit einzelnen Menschen treffen, sollten innerhalb ihrer eigenen kleinen Familie bleiben. Der gesamte Einzelhandel außer Versorgungsläden blieb geschlossen. Genau wie vor einer Woche in Österreich.

So etwas hatte es noch nie gegeben. Und dann kamen die Worte, die sich anfühlten, als würde ihr ein Dolch ins Herz gestoßen werden: Reisen, auch innerhalb Deutschlands, wurden verboten, Hotels durften nur geschäftliche Kunden aufnehmen, die ein dringendes Anliegen hatten. Sie wollte zu Frederick, konnte sich jedoch nicht bewegen, stand starr im Wohnzimmer. Bis das Statement der Kanzlerin beendet war. Frederick machte den Ton aus. Mit leerem Blick stand er auf, ging zum Fenster, starrte hinaus. Juliette sah die Politiker ernst in die Kameras schauen. Ihr entfuhr ein leises: »Unglaublich.«

Minutenlang sagte keiner ein Wort. Im Hintergrund hörte man den Ton des Tablets, auf dem die Kinder eine Serie schauten. Frederick bewegte sich keinen Millimeter. Juliette hielt die Stille nicht aus, wollte mit ihm reden, hatte aber Angst, etwas Falsches zu sagen. Sie hatte es gewusst. Sie hatte es im Gefühl gehabt, dass die Politiker von Panik erfasst waren. Dass die Menschen diese Maßnahmen wollten. Sie wusste, dass Frederick mit seinem Optimismus falschgelegen hatte. Langsam ging sie zu ihm ans Fenster, berührte sanft seinen Rücken. Keine Regung. »Schatz. Wir schaffen das. Wir halten das durch. Das dauert bestimmt nicht lange.«

Plötzlich drehte sich Frederick um. Laut antwortete er: »Nicht lange? Meinst du, das Virus geht plötzlich weg? Das bleibt! Und breitet sich aus. Die Politik hat damit ein verheerendes Zeichen gesetzt. Ein Zeichen, dass der Weg nun darin besteht, sich einzuschränken, dass alle Opfer bringen müssen. Zugunsten einiger weniger, die sterben könnten. Die Politik hat sich ganz klar dafür entschieden, dass der Gesundheitsschutz über allem steht. Ohne Rücksicht auf Verluste.« Juliette zuckte zusammen. So viel Wut kannte sie nicht bei ihrem Mann. Würde sie ihn nicht besser kennen, könnte man beinahe Angst vor ihm haben. »Schatz. Warten wir mal ab.«

»Abwarten? Worauf denn? Sei nicht blauäugig. Ich kann dichtmachen. Wieder einmal!«

Dichtmachen? Nein. Das wird nicht passieren. Das darf nicht passieren. Noch einmal so ein Drama hält Frederick nicht durch. Halte ich nicht durch!

»Nein, Frederick! Wir kämpfen!« Dann nahm sie ihn in den Arm und schüttelte ihn sanft durch.

Für einen Moment schien Frederick wieder ruhiger zu sein. Dann schaute er auf den lautlosen Fernseher. Immer noch stellte sich die Kanzlerin den Fragen der Reporter. Schlagartig wurden seine Gesichtszüge wieder hart. »Da kannst du sicher sein. Ich werde kämpfen. Von der da lasse ich mir mein Geschäft nicht kaputt machen. Solange der Rechtsstaat hierzulande gilt, werde ich um mein Recht kämpfen.« Dann verließ er das Wohnzimmer, schlug die Badezimmertür mit einem lauten Knall hinter sich zu und schloss sich ein.

Fassungslos blieb Juliette alleine im Wohnzimmer zurück. Flüchtig kam ihr ein Gedanke, den sie niemals Frederick zum Vorwurf machen würde. Sie würde es noch nicht einmal wagen, das Thema anzusprechen, aber es war so offensichtlich. Es drängte sich förmlich auf: Warum, Herrgott noch mal, warum hatte Frederick die Firma nicht Ende letzten Jahres verkauft? Sie versuchte, die Wut auf Frederick herunterzuschlucken. Das wäre nicht gerecht, aber schließlich war es auch ihr Leben. Dann kam die Wut auf die Kanzlerin. Auf die gesamte Politik. Und auf diesen Gesundheitsminister, der seit einigen Tagen erstmalig auffällig geworden war. *Wieso denken die sich nicht etwas aus, dass es den Menschen möglich macht, weiter zu arbeiten? Wieso schützen sie nicht vor allem die Alten und Vorerkrankten? Nur weil Österreich angefangen hat, dann Bayern knallhart nachgezogen ist? Und jetzt müssen es alle so machen wie Bayern? Dieser Überbietungswettbewerb der Maßnahmen ist einfach widerlich!*

Plötzlich klingelte ihr Handy.

»Hallo? Ja, das bin ich. Was – meine Mutter?« Juliette erschrak, ihr Gesicht wurde kreidebleich.

»Okay, ich komme sofort.« Dann legte sie auf.

Frederick stürmte aus dem Badezimmer, entschlossen, wütend. Er gestikulierte, redete und redete. Dann sah er Juliettes Gesicht und verstummte. »Was ist los?«

»Meine Mutter. Ihr geht's sehr schlecht.« Beide verstummten und sahen sich an. Frederick kam auf Juliette zu, wollte sie in den Arm nehmen. Doch Juliette wich zurück. Sie blickte auf den Boden, überlegte, versuchte, ruhig zu bleiben. *Ich habe jetzt keine Kraft für deine Firma. Für die Probleme, die kommen werden*, dachte sie. Sie nahm ihre Jacke, steckte die Schlüssel ein und verschwand. Im Hausflur sagte sie noch zu Frederick: »Pass auf die Kinder auf. Ich melde mich.«

September 2021
Zola

Keiner wagt es, auch nur einen Ton von sich zu geben. Noch niemals habe ich so eine Stille bei so vielen Menschen erlebt. Es scheint, als hätten alle das Atmen eingestellt. Nichts passiert, schon seit Stunden. Wir drängen uns dicht an dicht auf den harten Sitzen in dem kleinen Boot. Durch die winzigen Bullaugen des Rettungsbootes können wir nur spärlich etwas erkennen. Weit und breit ist kein Militärboot mehr zu sehen. Ich muss an Jamal denken. Was ist bloß geschehen? Ist er festgenommen worden? Hat er versucht, mit dem Boot anderswohin zu fahren? Ist er womöglich gekentert und ertrunken? Doch ich habe keine Zeit, mir lange darüber Gedanken zu machen. Ich muss mich um mein eigenes Leben kümmern. Ich muss es schaffen.

Kein Windzug dringt ins Innere. Der Mann neben mir stinkt bestialisch. Ich versuche, nur durch den Mund zu atmen, doch ich bin froh, überhaupt genügend Sauerstoff zu bekommen. Immer wieder klatscht es an das Schiff, die Wellen schaffen es sogar, so einen Koloss zu bewegen. Keiner wagt es aufzustehen und durch das große Frontfenster zu gucken oder gar das Boot zu verlassen. Wir haben keine Ahnung, wie es weitergeht. Ich rechne jede Sekunde mit unserer Entdeckung. Was wird dann passieren? Werden die uns einfach über Bord ins Meer schmeißen? Werden sie uns verhaften lassen? Zurückschicken?

Zurück nach Simbabwe? Eher würde ich sterben. Es gibt dort keine Zukunft mehr für mich. Die Menschen dort werden noch für lange Zeit von diesem Diktator drangsaliert werden. Wenn ich zurückkehren würde, wäre ich in Gefahr. Ich werde schwermütig, wenn ich an mein schönes Land denke. So schön, aber so kaputt.

Und die Menschen verhungern und verdursten. Und dann kommt die Gewalt. Haben die Menschen in Europa schon einmal ein Rudel fast verhungerter Löwen gesehen, die um eine einzige Antilope kämpfen? Wenn die Antilope Glück hat, kann sie sich aus dem Staub machen, während die Löwen sich gegenseitig zerfleischen.

Plötzlich ertönt ein ohrenbetäubender Lärm. Ein metallenes Geräusch knallt gegen die Außenwand des Bugs. Alles zittert, der Schiffsmotor wird lauter. Jemand flüstert: »Die ziehen den Anker ein.« Ja, das muss der Anker gewesen sein. Kein Zweifel! Wir fahren los! Die suchen uns gar nicht, keiner hat uns bemerkt. Ich schaue in die Augen der anderen. Jeder scheint verstanden zu haben: Wir fahren los. Wir sind entkommen. Wir haben wieder einen kleinen Schritt geschafft. Einen Schritt Richtung Freiheit. Keiner weiß, wohin das Schiff uns führt. Doch jeder Meter, jede Seemeile von Afrika weg, könnte unsere Rettung bedeuten. Das Schiffshorn heult auf, das Schiff setzt sich in Bewegung. Die Anspannung fällt von mir ab, langsam kommt der Hunger.

21. Kapitel

23. März 2020

Juliette

Nachdem Juliette mitten in der Nacht aus dem Krankenhaus Heidberg zurückgekehrt war, in das ihre Mutter verlegt worden war, war sie völlig erschöpft, leer und abwesend. Sie konnte nicht mehr weinen, zu viele Tränen hatte sie in der Nacht schon vergossen. Sie war alleine, sie wollte es alleine schaffen. Anrufe und Nachrichten von Frederick hörte sie nicht. Erst als sie ins Auto stieg, sah sie, dass er ganze fünfzehn Mal angerufen und zehn Nachrichten geschickt hatte. Sie antwortete kurz und knapp: »Komme.«

Fassungslos hatte Juliette im Pflegeheim der Diagnose des Amtsarztes gelauscht. In diesem Moment wurde alles real. Realer konnte es nicht mehr werden. Vor einiger Zeit hatte sie um ihren Vater getrauert. Gebangt, als ihre Mutter die Krebsdiagnose erhalten hatte, sie bei den Behandlungen unterstützt, sie fast jeden Tag besucht und sich dann über gesundheitliche Fortschritte gefreut. Und schließlich, in dieser wirren Zeit, in der Freunde sich abwandten, weil man die falschen Fragen gestellt hatte, in denen die Gesellschaft auf den Kopf gestellt wurde, Mitarbeiter entlassen oder in Kurzarbeit geschickt wurden, Unternehmen Insolvenz anmelden mussten, das politische Klima sich veränderte, Ehen zerbrachen, war Juliette plötzlich mittendrin.

»Ihre Mutter ist an COVID-19 erkrankt«, sagte der Amtsarzt spröde, der gerufen wurde, als die Pfleger einen Verdacht gehabt hatten.

Sofort kamen die Bilder aus Italien hoch, von weinenden Menschen, hektischen Ärzten in grünen Kitteln und schweren Atemmasken. Von Menschen, die auf Fluren verreckten, überforderten Pflegern, Militärlastwagen, die Särge reihenweise abtransportierten. »Aber das ist nicht das einzige Problem. Der Krebs hat weiter gestreut. In die Lunge. Alles, was wir bisher über COVID-19 wissen, ist, dass die Funktion des Sauerstoffaustausches im Blut gestört werden kann. Bei Menschen mit vorgeschädigter Lunge wirkt sich das natürlich entsprechend aus. Und Ihre Mutter war starke Raucherin, wie Sie ja wissen.«

Corona. Ihre Mutter hatte Corona. Das war alles, was sie hörte. Ihre Mutter würde daran sterben. In Juliette tobte ein Sturm. Wie hatte sie nur der Meinung sein können, dass das alles ein wenig übertrieben sei? Nicht eine Sekunde dachte sie nun an ›Fairreisen‹ und an die schweren finanziellen Zeiten, die bevorstanden. Soeben hatte sie gehört, dass diese tückische Krankheit ihr ihre Mutter nehmen würde.

Der Arzt sagte weiter: »Wir werden sie nun ins Heidberg-Krankenhaus verlegen. Da wird sie zunächst weiter untersucht.«

»Kann ich sie sehen?«

»Nein, aber Sie können sie kurz anrufen. Sie ist ansprechbar. Sie hustet zwar stark, aber ansonsten geht es ihr einigermaßen.«

»Was muss ich sonst beachten?«

»Man muss natürlich davon ausgehen, dass Sie nun auch infiziert sind. Sie werden sich mit Ihrer Familie in Quarantäne begeben müssen, solange das Ergebnis Ihrer Corona-Tests nicht ermittelt wurde. Darum muss ich Sie und Ihre Familie schnellstmöglich bitten.«

Wenig später sprach sie über das Telefon mit ihrer Mutter. »Mama, wie geht's dir?«

Marlies hustete, atmete schwer, stieß ein kurzes »scheiße« aus. Juliette antwortete: »Diese blöde Krankheit. Haben die wohl doch alle recht.«

»Was sagst du?« Marlies sammelte sich und versuchte, ruhig zu sprechen.

»Na, das Corona.«

»Schatz, Corona ist meine kleinste Sorge. Glaub mir. Ich habe zu viel geraucht. Und ich habe diesen verdammten Krebs. Ich habe deinen Vater verloren. Und ich bin alt. Das ist mein Problem.« Juliette begann zu weinen, schluchzte ins Telefon. Ihre Mutter versuchte, sie zu beruhigen. »Juliette, Schatz. Fahr nach Hause, komm gerne morgen wieder. Du musst dich ausruhen. Und geh zu deinem Frederick. Du brauchst jetzt deine Familie ganz besonders.«

»Nein, ich komme noch mit ins Krankenhaus. Wenn du dein Zimmer zugewiesen bekommen hast, fahre ich nach Hause.«

Als Juliette Stunden später die Wohnungstür aufschloss, lag die Wohnung im Dunkeln. Sie hörte nur das leise Ticken der Wanduhr. Alles schlief. Sie schlich sich ins Büro und sendete eine E-Mail an ihre Kunden, dass sie sich für einen Tag zurückziehen müsse, da ihre Mutter an Corona erkrankt sei. Im Notfall sei sie natürlich erreichbar, übermorgen würde sie wieder zur vollen Verfügung stehen.

Sie konnte nicht mehr verstehen, was in ihr vor sich ging. Es war ein heilloses Chaos der Gefühle und Emotionen. *Dieser Anruf, dass es Mama schlecht geht. Die Panik, dass sie stirbt.* Diese surreale Situation, dass diese Krankheit, die es bisher nur im Fernsehen, in sozialen Medien und in der Zeitung zu geben schien, plötzlich in der eigenen Familie stand. Bisher hatte sie versucht, gelassen mit dem Thema umzugehen, hielt vieles für übertrieben und unverhältnismäßig. Die blanke Panik, die dann in ihr hochkroch, als der Arzt das Wort Corona aussprach. Das Kämpfen mit den eigenen Argumenten, den eigenen Fragen, die allesamt schlagartig und eindeutig beantwortet schienen, als sie die Menschen in Schutzanzügen im Krankenhaus sah. Wenn es ihre Mutter getroffen hatte, dann konnte es jeden treffen. Mit einer plötzlichen Absolutheit waren sämtliche Bedenken über die Gefährlichkeit der Krankheit weggewischt worden: Menschen starben. Und man musste alles dafür tun, diese Krankheit zu vernichten. Selbst wenn es das finanzielle Aus von Frederick und seiner Firma bedeuten würde.

Und dann wieder die Worte ihrer Mutter, die diese Absolutheit zum Einstürzen brachten. Diese Weisheit, die man nur bei Menschen spüren konnte, die selbst dem Ende des vermeintlich doch endlosen Lebens entgegensahen. Wie arrogant konnte auch sie in manchen Situationen sein. Wie konnte sie andere verurteilen, wenn sie bisher selbst davon ausgegangen war, dass das Leben schon irgendwie ewig währen würde? *Was ich bisher nicht gemacht habe, kann ich ja problemlos morgen nachholen. Oder übermorgen. Oder nächste Woche. Oder nächstes Jahr.* Juliette wurde in diesen Sekunden klar, dass sie sich von ihrer Mutter verabschieden musste. So oder so. Ob nun morgen, in einer Woche oder in einem Jahr. Oder vielleicht auch erst in zehn Jahren. Aber der Abschied würde kommen.

Dann hörte sie das Knarren der Dielen, wusste, dass Frederick hinter ihr stehen würde. Und hörte seine Stimme. Leise. Sanft. »Warum hast du dich denn nicht mal gemeldet?« Juliette antwortete nicht. »Wie geht's Marlies?«

»Sie hat Corona.«

»Mein Gott.«

22. Kapitel

1. April 2020

Jack

»Frederick, ich kann jetzt schlecht.« Jack hatte absolut keine Lust auf ein Gespräch. Es war weniger der Streit vor ein paar Tagen, der ihre Freundschaft belastete, vielmehr musste Jack zugeben, dass er sich noch nicht vollständig erholt hatte. Zweimal pro Woche ging er zu einer ambulanten Reha-Praxis, zu mehr konnte ihn Nele nicht überreden. Aber das Herz machte ihm weiterhin zu schaffen. Die stundenlange Belastung im Krankenhaus machte sich immer mehr bemerkbar, Sport konnte er schon lange nicht mehr machen. Er fühlte sich wie ein alter Mann.

Frederick klang niedergeschlagen, aber trotzdem ließ sich Jack nicht auf ein Telefonat ein. »Lass uns später reden, ich melde mich bei dir«, sagte er.

Es war später Nachmittag und er saß erschöpft auf der Couch in seinem Büro im Krankenhaus. Er hatte eigentlich nur noch eine Stunde Dienst, aber die Patienten fluteten die Notaufnahme. Deutschland stand unter Schock. Die Straßen waren leer, Geschäfte und Restaurants geschlossen. Alle Menschen, die keinen systemrelevanten Beruf ausübten, waren aufgefordert, von zu Hause zu arbeiten. In einigen Städten wurden sogar Passierscheine ausgegeben, um sich bewegen zu dürfen. Und der kaltfeuchte Frühlingsbeginn verlängerte die Erkältungszeit im ungünstigsten Augenblick. Reihenweise meldeten sich die Menschen krank. Die Arztpraxen verweigerten Erkältungspatienten den Einlass, aus Angst, bei einem positiven Corona-Patienten selbst die Praxis schließen zu müssen. Die Gesundheitsämter waren heillos überfordert, die Infektionsketten nachzuverfolgen. Und auch in Jacks Krankenhaus platzte die Notaufnahme aus allen Nähten. Beim kleinsten Husten eilten die Menschen ins Krankenhaus, stets die Bilder aus Italien im Kopf. Auch die Intensivstationen füllten sich. Jack eilte von Patient zu Patient, sah alte Menschen an Beatmungsgeräten, junge Menschen, die um ihr Leben bangten, und verzweifelte Angehörige, denen der Zugang zu ihren Liebsten verwehrt wurde. Jack sah täglich diese Leute, ertrug die Bilder von Sterbenden. Was er jetzt ganz bestimmt nicht ertragen konnte, war jemand, der ihm in diesem Moment vorjammerte, dass er vielleicht in der nächsten Zeit ein bisschen weniger verdienen würde.

»Ja, okay«, erwiderte Frederick. »Ich wollte nur Bescheid geben. Wir sind in Quarantäne. Julis Mutter wurde positiv getestet.«

»Wirklich?« Jack konnte sein Erstaunen nicht zurückhalten. Natürlich wünschte er niemandem etwas Böses, aber er musste zugeben, dass er die in sozialen Netzwerken verbreitete Meinung, dass die Verharmloser doch bitte auf Beatmungsgeräte verzichten sollten, wenn es sie erwischte, nicht unbedingt abwegig fand. Schließlich drohte die Überlastung des Gesundheitssystems und es dauerte sicherlich nicht mehr lange, dass die Ärzte die gefürchtete Triage anwenden müssten, die

Auswahl, wer eine medizinische Behandlung bekommen sollte und bei wem es weniger Sinn machen würde. Schnell versuchte Jack, diese Gedanken zu verdrängen. Schließlich ging es um Juliette. Und um ihre Mutter. »Mein Gott, Frederick. Das ist schlimm. Wo liegt sie?«

»Im Heidberg-Krankenhaus.«

»Bei Nele?«

»Sieht so aus. Noch geht es ihr ganz gut. Aber ihr Krebs. Du weißt ja …«

Jack spürte, dass ihm die Unterhaltung unangenehm war. *Ich habe eigentlich absolut keine Lust, mit ihm darüber zu sprechen. Schließlich hatten Juliette und Frederick vor ein paar Tagen diese tödliche Krankheit als Erkältung abgetan. Hatten die Meinung vertreten, dass man so weiterleben sollte wie zuvor. Glaubten offenbar nicht daran, dass es sechzig Prozent der Deutschen erwischen könnte.*

Vor einer Stunde hatte er ein Beatmungsgerät abstellen müssen. Wieder einmal war der Kampf vergeblich gewesen. Er spürte, dass ihm die Kraft für mitleidige Gefühle fehlte.

»Mensch, passt auf euch auf. Halt mich bitte auf dem Laufenden. Ich muss jetzt aber los. Corona wartet auf mich.«

Als er auflegte, fühlte sich Jack nicht gut. Der letzte Satz war überflüssig gewesen. Aber das Gespräch hatte ihn angestrengt. Er spürte, wie sein Herz schneller schlug. Das Letzte, was er jetzt noch gebrauchen konnte. Im nächsten Moment stürmte eine Krankenschwester herein.

»Doktor, bitte sofort kommen. Der Patient in der Zwölf. Lunge kollabiert.«

Schnell setzte er seinen Mundschutz auf, den er schon seit Stunden getragen hatte. Jack wusste, dass er ihn eigentlich schon längst hätte wechseln müssen, aber überall im Land waren medizinische Schutzausrüstungen Mangelware. Immerhin versprach die Politik, sich darum zu kümmern. *Die werden schon bald etwas liefern lassen.* Dann rannte er der Schwester hinterher. Wahrscheinlich war der Weg auch dieses Mal wieder umsonst. Als er in Zimmer zwölf ankam, piepte das Gerät, andere Ärzte waren bereits anwesend und versuchten, den Patienten zu retten. Jack blickte in die Krankenakte. Sechsundachtzig Jahre alt. Aus dem Seniorenheim. Jack musste das Gerät abstellen lassen. Es war zu spät.

Frederick

»Der Hausbau verzögert sich«, berichtete Frederick Juliette emotionslos, als er den Hörer auflegte. Frederick war in den letzten Tagen in einer Schockstarre, dem Virus und seinen Nebenwirkungen gnadenlos ausgeliefert. Er saß mit seinem Notebook im Büro der Wohnung, seit drei Tagen in Quarantäne, und musste mit ansehen, wie nahezu alle Buchungen aus seinem System verschwanden. Es gab aufgeregte und teilweise wütende Anfragen, was mit den Anzahlungen passieren würde. Frederick scheute sich nicht, allen Kunden persönlich zu antworten. Und wenn er eben bis in die Nacht E-Mails schrieb.

Das entsprechende Schreiben des Amtsarztes zur Quarantäne hatten sie am folgenden Tag, nachdem Marlies ins Heidberg-Krankenhaus eingeliefert wurde, zugestellt bekommen. Frederick und Juliette mussten sich den Ernst der Lage immer und immer wieder ins Gedächtnis holen, denn hier in ihrer kleinen, schönen Altbauwohnung in Sichtweite der Elbe, verbarrikadiert vor dem Virus, bekamen sie nichts mit. Das Leben dort draußen schien ein anderes zu sein.

Manchmal ertappte sich Frederick, wie er am Fenster stand und auf die Straße blickte. Die Restaurants waren geschlossen, nur wenige Schiffe hupten auf der Elbe, Autos fuhren deutlich weniger, nachts war es gespenstisch leer. Die Menschen waren aus dem einst so quirligen Portugiesenviertel verschwunden. Es war bedrückend. Frederick war kein Querulant, war er noch nie gewesen, doch langsam verstand er die Welt immer weniger. Wieso mussten die Restaurants komplett schließen, anstatt die Tische auseinanderzustellen? Wenn es so war, wie die führenden Virologen des Landes in einer Talkshow nach der nächsten behaupteten, dass bei zwei Meter Abstand quasi keine Ansteckung möglich war, warum forderte man die Menschen nicht auf, diesen Abstand einzuhalten? Warum ließ man nicht nur eine begrenzte Anzahl an Kunden in ein Geschäft, damit dieser Abstand eingehalten werden konnte, warum um Himmels willen schaffte es die Regierung nicht, Mundschutze zu beschaffen, die in Bus und Bahn getragen werden konnten, warum konzentrierten die Politiker sich nicht darauf, herauszubekommen, wie und wo die Menschen sich wirklich ansteckten? Und warum sollte ein einsamer Urlaub in einer Eco-Lodge auf einer Alm in Bayern gefährlich sein? Aber Frederick konnte nichts tun. Er war machtlos, ausgeliefert. Selbst demonstrieren war verboten. Es galt durchzuhalten und zunächst die Quarantäne zu bewältigen.

Frederick klappte seinen Laptop zu. Es war an der Zeit, sich mit seinen Kindern zu beschäftigen. Juliette musste arbeiten. Sie saß in ihrem Büro vor dem Rechner, für sie galt keine Krankschreibung. Und die Kinder hatten schon seit Tagen einen Lagerkoller. Ihm machte es mehr und mehr zu schaffen, sich nach dem Tempo der Kinder richten zu müssen, ständig verantwortlich für sie zu sein, ständig ihren Bedürfnissen gerecht zu werden. Dazu kam die schier unlösbare Aufgabe, sich mit Karl hinzusetzen und Homeschooling zu machen. Frederick und Juliette spürten, wie sie diesbezüglich an ihre Grenzen kamen. Merkten, wie ungeduldig, wie ungerecht sie sein konnten. Und Karl wollte nicht verstehen, dass er sich hier zu Hause hinsetzen musste, um zu lernen. Nicht selten endete das Lernen mit Gebrüll. Und einer Auszeit, um es in einer Stunde noch einmal zu versuchen. Karl war aggressiv geworden, schubste Lisa mehrfach rücksichtslos um. Etwas, das er sonst nie getan hatte. Er konnte abends oft nicht einschlafen und begann dann zu weinen. Das Schlimmste war aber, dass sie seit einigen Tagen selbst nicht mehr vor die Tür gehen durften. Waren die geschlossenen Schulen und Kitas in den Wochen zuvor schon eine Herausforderung gewesen, waren diese vier Wände der Wohnung nun ein wahres Gefängnis.

»Der Hausbau verzögert sich und ich mag mir gar nicht ausmalen, für wie lange.«

Juliette schaute Frederick sorgenvoll an. Noch nie hatten sie eine größere Sehnsucht nach Weite und dem Garten gehabt wie in den letzten Tagen der Quarantäne. Doch beiden war klar, dass die Zukunft so unsicher war wie nie zuvor. »Und hat er gesagt, woran es liegt?«

»Na, die können nicht weiterbauen.«

»Klar, aber warum nicht? Geht das auch etwas konkreter?«

»Nee, hat er nicht gesagt. Aber ist ja offensichtlich. Alles steht mehr oder weniger still. Die werden kein Material mehr bekommen. Schnell mal in den Baumarkt gehen und und ein Lichtschalter kaufen ist ja beispielsweise gerade nicht drin«, antwortete Frederick.

»Der will sich bestimmt absichern, der Bauunternehmer«, stimmte Juliette zu. Die beiden schauten sich in die Augen, die Vertrautheit in diesen Sekunden tat Frederick gut. Er ging zu ihr hin und nahm sie fest in den Arm. Er wollte sie nie wieder loslassen. Alles vergessen. Einfach mit den Kindern abhauen. Dahin, wo es keine Panik gab, wo die Sorgen verschwanden. Aber wo war der Ort? Gab es den? Er dachte an die schönen Momente. Die Hochzeit, die sie an der Nordsee gefeiert hatten, die Geburt der beiden Kinder, der Moment, als Frederick wieder frei war, als damals sein Insolvenzverfahren abgeschlossen war, alles Vergangenheit war und er sich Neuem zuwenden konnte. Juliette war immer an seiner Seite gewesen.

Doch Juliette riss ihn aus seinen Gedanken. Frederick bemerkte seit zwei Tagen, dass Juliette immer unruhiger wurde, nicht stillsitzen konnte und zusehends die Beherrschung mit den Kindern verlor. Sie fühlte sich an etwas erinnert, sagte sie. Wie ein Déjà-vu. Als ob sie schon einmal tagelang nicht rausdurfte. Beide wussten, dass es nicht der Wahrheit entsprechen konnte, schließlich hatte es in Deutschland noch nie einen solchen Lockdown gegeben. doch Juliette fühlte sich im wahrsten Sinne des Wortes eingesperrt.

»Schatz, ich weiß nicht mehr, was ich machen soll. Karl will seit Tagen, dass ich bei ihm schlafe. Er ist gar nicht mehr zu beruhigen, wenn ich ihm sage, dass das nicht immer geht. Dass ich arbeiten muss. Dass ich mein eigenes Bett habe.«

»Das wird schon. Gib ihm Zeit.«

»Ich will das alles nicht mehr, ich kann nicht mehr. Ich muss hier raus.« Juliette begann zu weinen. Sicherlich quälte sie auch weiterhin die Ungewissheit, was nun mit ihrer Mutter passieren würde. Doch sie mussten durchhalten. Es half nichts. Irgendwann würde es sicherlich vorbei sein.

Plötzlich schreckten sie hoch. Das Telefon klingelte, die Nummer im Display konnte Frederick nicht zuordnen. Skeptisch hob er ab.

»Hallo?«

»Hier ist das Labor für biomolekulare Medizin. Ihre Testergebnisse sind da.«

»Und?«

»Negativ. Alle vier Ergebnisse haben keinen Befund ergeben.«

»Negativ!« Juliette sprang in seinen Arm. Frederick setzte sich erleichtert auf einen Stuhl und atmete durch.

»Okay, also dürfen wir jetzt alle wieder ein normales Leben führen?«

»Natürlich alles nur im Rahmen der Allgemeinverfügung, wie Sie ja wissen«, erwiderte die Dame aus dem Labor.

Frederick rollte mit den Augen. »Natürlich, alles nur in dem Rahmen. Vielen Dank. Wiederhören.« Dann legte er auf und schaute Juliette an. Beide fielen sich um den Hals.

»Endlich«, sagte Juliette. »Gilt das ab sofort?«

»Die Dame sagte, sie schickt gleich etwas per E-Mail. Das wären dann sozusagen unsere *Entlassungspapiere*.«

»Dann lasst uns doch gleich mal an die Elbe gehen.«

Er nickte. »Gute Idee.« Auch die Kinder würden garantiert erleichtert sein, mal wieder etwas anderes zu sehen als die eigenen vier Wände. Unvorstellbar, dass einige Menschen eine Ausgangssperre für alle forderten. Ohne Anlass. Einfach aus Sorge vor dem Virus.

Als die vier wenig später an den Landungsbrücken spazierten, las Frederick eine Nachricht auf seinem Smartphone: »Die Ausgangs- und Kontaktbeschränkungen werden bis zum neunzehnten April verlängert.« Doch Juliette antworte nicht und kuschelte sich an ihn. Es schien, als hätte sie gar nicht zugehört. Die Sonne blinzelte über die Elbe, die Wolken verzogen sich. Es sah aus, als würde der Frühling kommen. Und den dunklen Winter endlich verscheuchen.

23. Kapitel
6. April 2020

Juliette

Juliette raste zum Krankenhaus. Sie überfuhr mehrere gelbe Ampeln, auf der zweispurigen Langenhorner Chaussee stadtauswärts überholte sie andere Autos, als wären sie Slalomstangen. Sie weinte nicht, sie war absolut fokussiert. Sie spürte eine unangenehme Anspannung. Sie wartete förmlich darauf, dass die Panik begann. Doch sie kam nicht. Juliette blieb rational und achtete darauf, gleichmäßig zu atmen.

Zügig parkte sie ein und rannte zum Eingang des Krankenhauses. Der Pförtner fragte nach ihrem Begehr und Juliette antwortete schlicht: »Meine Mutter stirbt.«

»Corona?«, fragte dieser emotionslos. Juliette nickte.

»Da kann ich nichts tun. Sie dürfen ohnehin nicht hinein.«

»Ich darf nicht zu meiner Mutter, wenn sie stirbt?«

»Nein. Vorschrift ist Vorschrift.«

»Ich pfeife auf Ihre Vorschrift.« Juliette übersprang die Barriere und rannte zur Treppe. Der Pförtner war mit seinen geschätzten hundertdreißig Kilo nicht in der Lage, ihr zu folgen, schrie ihr nur hinterher. Doch war Juliette klar, dass er nach ihr suchen lassen würde. Sie hatte also wenig Zeit. Schnell las sie den Zettel, auf dem sie notiert hatte, auf welcher Station Marlies lag, sprang die Treppen hinauf, wunderte sich über das menschenleere Krankenhaus. Ein überfordertes Gesundheitssystem habe ich mir irgendwie anders vorgestellt, dachte sie, als sie die Station erreichte.

»Was machen Sie hier?«, rief plötzlich eine Frau mittleren Alters in Schutzkleidung und mit Atemschutzmaske. Kurz überlegte sie, ob sie an ihr einfach vorbeilaufen sollte, doch sie musste ihre Mutter finden.

»Ich bin die Tochter von Frau Koenen. Ich muss sie sehen.«

»Lesen Sie keine Nachrichten? Das ist ausgeschlossen! Keiner darf zu COVID-Patienten außer wir Pfleger und die Ärzte. Gehen Sie nach Hause. Sie werden dann informiert.«

»Ich wurde informiert. Man hat mir gesagt, es gehe ihr sehr schlecht.«

Plötzlich hörte sie eine bekannte Stimme: »Juli!« Juliette drehte sich um, es war Nele. »Juli, was machst du denn hier?«

Juliette blickte in Neles Gesicht. Es war freundlich, so wie früher. Juliette wollte ihr um den Hals fallen, doch Nele blockte ab. »Abstand bitte.« Dann wandte sie sich an die andere Krankenschwester. »Ich mache das hier schon. Keine Sorge.« Skeptisch musterte diese Juliette noch einmal von Kopf bis Fuß und verschwand schließlich in eines der Zimmer.

Als sie alleine auf dem Flur standen, kamen Juliette die Tränen. »Sie haben mich angerufen. Meine Mutter. Ihr geht's wohl schlecht.« Nele nickte mitleidig, sagte jedoch nichts. »Nele, kann ich zu ihr? Ich muss sie noch einmal sprechen.«

Nele sah ihr für einige Sekunden in die Augen und sagte dann: »Warte hier einen Moment. Setz dich am besten da hinten kurz hin, damit du nicht auffällst.« Nele zeigte auf ein paar Besucherstühle am Rande des Flurs. Dann verschwand sie.

Juliette wartete. Kein Mensch war weit und breit zu sehen, es war ganz still. Nur das Ticken der Wanduhr dröhnte in ihren Ohren. Dann hörte sie ein paar Signalgeräusche aus dem Schwesternzimmer, mal ein leises Stimmengewirr aus einem Untersuchungszimmer. Ansonsten herrschte Totenstille. Was hatte Nele vor? Würde sie mit neuen Informationen kommen? Würde sie ihr die schlimmste aller Nachrichten überbringen?

Dann hörte sie Schritte vom seitlichen Flur. Es war Nele, die eilig zu Juliette ging. Sie hatte einen Zettel und einen Ganzkörper-Anzug in der Hand. Leise sagte sie: »Unterschreib das bitte, dass du auf eigene Gefahr hier bist, und zieh den Anzug an.« Juliette lächelte ihre Freundin an. Wenn es darauf ankam, war Nele eben doch für sie da. Corona hin oder her.

»Juli, ich finde es nicht gut, was du machst. Es ist hoch gefährlich!« Juliettes Lächeln verschwand. »Aber deiner Mutter geht es schlecht. Ihr Zustand hat sich leider rapide verschlechtert.«

»So schnell?«

»Leider nichts Ungewöhnliches, haben mir meine Kolleginnen erzählt. Am Ende kann es ganz schnell gehen.«

Am Ende. Da waren die entscheidenden Worte. Juliette machte sich keine Illusionen, sie hatte es schon vor einiger Zeit gespürt, dass ihre Mutter langsam Abschied nahm. Die Art und Weise, wie sie letztens im Park mit ihr geredet hatte, war von einer Weisheit, die nur jemand ausstrahlen konnte, der auf den letzten Metern seines Lebens war. Trotzdem stachen diese Worte wie Messer in Juliettes Herz. Sie spürte die Tränen in ihren Augen und nickte nur stumm. Neles Stimme wurde sanfter: »Sie bereiten sie in der Intensivmedizin zur Beatmung vor. Das kann sehr unschön werden. Das willst du gar nicht sehen, Juli, glaub mir. Komm schnell, du kannst sie vorher noch sprechen.« Mit eiligen Schritten folgte Juliette ihrer Freundin und setzte die Atemschutzmaske auf. Sofort kroch ein unangenehmes Gefühl in ihr hoch. Schweiß bildete sich auf ihrer Stirn. *Ruhig, Juliette. Es muss sein. Es geht um Mama.* Kurz darauf sprach Nele mit einer der Stationsschwestern der Intensivstation. Nach einer kurzen Diskussion und einem weiteren Kontrollblick auf Juliette nahm diese sie in Empfang, Nele verabschiedete sich mit einem kurzen Winken. Zusammen mit der Schwester ging Juliette weiter durch die Station. Sie spürte, wie sich ihre Kehle zuschnürte. Diese Apparate, die Geräusche der Maschinen, dieses Licht. Menschen lagen an Schläuchen, teilweise nicht ansprechbar, Krankenpfleger standen neben den Betten, justierten immer wieder die Geräte.

»Sind das alles Corona-Kranke?«, fragte Juliette entsetzt.

Die Schwester schüttelte den Kopf. »Nein. Die haben andere Krankheiten. Wir haben hier nur vier COVID-19-Erkrankte.« Dann sah sie Juliette ein wenig mitleidig an. »Mit Ihrer Mutter sind es fünf.« Kurz darauf kamen sie in einem Zimmer an. Die Schwester sagte: »Ich tue das hier nur für Nele. Sie verbürgt sich für Sie. Ich verstehe, dass sich Angehörige verabschieden wollen. Aber bitte machen Sie es kurz und verschwinden dann unauffällig. Wir werden in Kürze bei Ihrer Mutter die invasive Beatmung vorbereiten. Sie können gerne hinterher beim Doktor nach dem Stand der Dinge fragen. Aber erzählen Sie nicht, dass Sie hier waren.« Juliette nickte und die Schwester ging. Und Juliette fand sich alleine vor einer Tür in der Intensivstation wieder. Sie atmete noch einmal tief durch und öffnete die Tür.

Sie erschrak. Ihre Mutter lag regungslos in einem Bett, bleich wie eine Leiche, es schien, als seien ihre Haare teilweise ausgefallen. Ihr Gesicht war unter einer Sauerstoffmaske verborgen, es piepte aus einem der Geräte und bei jedem Piepen zuckte ihr Körper ein wenig zusammen. Juliette stand fassungslos vor ihrer Mutter. Niemals würde sie dieses Bild vergessen können. Schnell versuchte sie, sich zusammenzureißen, sie würde nicht viel Zeit haben. Und plötzlich öffnete ihre Mutter die Augen.

»Mama!« Juliette streichelte ihr über die Wange. Trotz des Handschuhs fühlte sich die Berührung gut an. Durch den Handschuh spürte sie, dass ihre Mutter glühte. Mit einer schweren Bewegung deutete ihre Mutter an, dass Juliette sie von der Sauerstoffmaske befreien sollte. Juliette zögerte, sah sich um. Durfte sie das? War das ungefährlich? Marlies packte Juliette am Arm und deutete nochmals auf die Maske. Juliette nahm sie behutsam vom Gesicht und zog sie ein wenig herunter.

»Mama. Was machst du bloß?« Juliette begann zu weinen.

»Schatz. Keine Zeit.« Marlies' Stimme war schwach und brüchig, doch schien sie um Klarheit im Kopf zu kämpfen. Sie wollte Juliette offenbar etwas Wichtiges mitteilen.

»Mama, schone dich. Du bekommst jetzt die richtige Therapie und dann wirst du in ein paar Wochen wieder!«

»Hör mir zu!« Marlies drückte Juliettes Arm fester, damit sie ihre Aufmerksamkeit bekam. Juliette schaute ihre Mutter irritiert an. Sie wollte bei ihr sein, ihre Mutter nicht alleine lassen und keine Gespräche führen. Doch Marlies setzte an: »Ich werde sterben.« Juliette fühlte einen Dolch im Herzen. »Ich werde sterben, Schatz. Und es ist okay für mich.«

»Scheiß Corona!«, schluchzte Juliette.

»Rede nicht so einen Blödsinn.« Marlies' Atmung wurde flacher. Ein rasselndes Geräusch kam bei jedem Einatmen aus ihrer Lunge. »Ich bin alt. Ich habe Krebs und ich habe auch sonst keine astreine Lunge, wie du weißt. Ich wäre so oder so bald gestorben.« Juliette nickte zögernd. »Ich muss dir etwas sagen. Eigentlich wollte ich es dir nie erzählen, aber … du hast letztens die richtigen Fragen gestellt.« Juliette zuckte ein wenig zurück. Wollte sie das wirklich wissen? Ein dubioses Geheimnis, am Sterbebett gebeichtet? Sie fühlte sich wie im falschen Film.

Doch Marlies ließ sich niemals den Mund verbieten, also blieb Juliette nichts anderes übrig, als zuzuhören. »Du bist nicht in Hamburg geboren, sondern in der DDR. Als wir auf der Flucht waren, warst du schon geboren. Du warst zwei Jahre alt.« Juliette traute ihren Ohren nicht. Marlies presste die Worte mittlerweile angestrengt aus sich heraus. »Du warst im Kofferraum eines Autos. Eingesperrt. Im Dunkeln. Über Stunden. Und durftest keinen Mucks machen. Durftest nicht weinen. Du wärst beinahe erstickt. Ich bereue es bis heute zutiefst, dich in eine solche Gefahr gebracht zu haben.«

Marlies hob langsam ihren Kopf und drehte sich zu Juliette. »Als wir ein paar Stunden später alle heil über die Grenze gekommen waren, warst du mehr tot als lebendig. Du hattest eine akute CO_2-Vergiftung. Offenbar war der Kofferraum zur Auspuffanlage nicht ganz abgedichtet. Die Ärzte haben tagelang um dein Leben gekämpft.« Bilder schossen in Juliettes Kopf. Bilder, die sie nie zuordnen konnte. Vom Hafen. Von Schiffen, alten Baracken, armen Menschen in grauen Klamotten. Bilder, die sie für einen Traum gehalten hatte. Marlies begann, stark zu husten. Juliette wusste, dass sie ihrer Mutter die Maske jetzt wieder aufsetzen musste, doch einen Satz brachte sie noch heraus. »Du bist ein starker Mensch, Schatz. Du hast viel von deinem Vater. Freiheitsliebend und kämpferisch. Für mich bleibt nur noch die Freiheit zu sterben. In Würde.« Dann legte sie ihren Kopf wieder auf das Kissen und schloss die Augen und schien einzuschlafen. Juliette schob die Sauerstoffmaske wieder sanft an die richtige Stelle und streichelte ihrer Mutter die Wange. Noch einmal öffnete Marlies die Augen, eine kleine Träne bahnte sich aus ihrem Auge den Weg. Dann gab Juliette ihrer Mutter einen Kuss und die Tür ging auf.

»Was machen Sie denn hier?«, sagte eine ärgerliche weibliche Stimme.

Noch einmal schaute Juliette ihrer Mutter in die Augen, dann eilte sie an der Schwester vorbei, die perplex hinter ihr herrief: »Hey! Wer sind Sie?«

Schnell suchte sie eine Toilette, verriegelte die Tür, entledigte sich ihrer Schutzkleidung und legte sie auf den Spülkasten. Für eine kurze Zeit schloss Juliette ihre Augen und versuchte zu realisieren, was gerade geschehen war. Die Flurtür ging auf. »Hallo?«, rief jemand. »Ist hier jemand?« Juliette zog auf der Toilette kauernd die Füße hoch. Kurze Zeit später war die Suchende wieder verschwunden. Schnell holte sie wieder den Zettel heraus und las den Namen des Arztes, der für ihre Mutter zuständig war. Zu ihm wollte sie nun auf der Stelle. *Denn ich habe ein Recht zu erfahren, was mit meiner Mutter als Nächstes passiert.*

Doch als sie den Arzt gefunden hatte, hörte sie seine Worte kaum. Sie war verloren in ihren Gedanken, schaute ins Leere. Das Adrenalin nahm ab, ihr Geist kam zur Ruhe und sie war überfordert von den Eindrücken und den letzten Worten ihrer Mutter. Sie wusste nur eins: Ihre Mutter würde jetzt zu ihrem Vater gehen. Sie würde sterben. Der Arzt erzählte etwas von Beatmung, vom Verlauf der Krankheit. Dass die Lunge stark vorgeschädigt war und daher COVID-19 sozusagen das letzte Puzzleteil im Sterbeprozess sei. Juliette nickte und nickte, stellte keine Fragen. »Ihre Mutter hat eine Patientenverfügung erteilt.«

Juliette nickte. »Ja, das weiß ich.«

»Wir versuchen, diese nun bestmöglich zu respektieren, aber hier haben wir leider eine gewisse Grauzone, der wir uns nicht entziehen können.«

Juliette nickte noch einmal.

Der Arzt fuhr fort: »Wir werden mit der Beatmungsprozedur beginnen, so wie wir es bei allen COVID-Patienten machen. Dafür müssen wir Ihre Mutter irgendwann in ein künstliches Koma versetzen und auf den Bauch drehen.«

Jetzt schüttelte Juliette den Kopf. »Darf sie denn nicht in Würde sterben?«

»Vielleicht muss sie ja nicht sterben«, antwortete der Arzt.

»Sie wird sterben.«

Der Arzt kniff die Augen zusammen, wollte zum Sprechen ansetzen, doch Juliette unterbrach ihn. »Sie wird sterben. Glauben Sie es mir.« Juliette sah ihm ruhig und bestimmt in die Augen.

»Okay. Wie dem auch sei. Wir sind erst mal dazu verpflichtet, das so zu handhaben. Ich halte Sie die ganze Zeit auf dem Laufenden.«

Juliette stand auf und wandte sich zur Tür. Sie fühlte sich müde, wollte zu Frederick, wollte in seinen Arm. Wollte zu ihrer Familie. Wollte erst einmal alles vergessen. Zum Abschied sagte der Arzt: »Es tut mir leid, dass Sie Ihre Mutter nicht mehr sehen können. Geben Sie die Hoffnung nicht auf!«

Wortlos verließ Juliette das Zimmer.

Jack

»Fast sechstausend Neuinfizierte!« Erschöpft saß Jack abends im Sessel und starrte gedankenversunken auf den Boden. »Dreihundert Tote. An einem Tag.« Er schüttelte den Kopf. Langsam verlor er die Geduld mit den Menschen, die immer noch nicht hören wollten, wie gefährlich die Sache war. Mit der Politik, die nach seiner Meinung teilweise zu zaghaft agierte. *Warum macht man nicht eine umfangreiche Ausgangssperre? So wie in den anderen Ländern?*

Nele gab ihm ein Glas Wasser und setzte sich zu ihm. »Ich kann es auch nicht mehr verstehen. Es ist zum Verrücktwerden. Diese Menschen reden von Freiheitsbeschränkungen. Was ist denn mit den Menschen, die ihre Freiheit zum Leben erhalten wollen?«

»Ach, hör auf. Denen ist nicht mehr zu helfen. Gucken nur auf sich. Weil sie sich für ein paar Wochen mal ein wenig einschränken müssen.« Jack sagte es nicht, aber er dachte an Frederick und Juliette. Natürlich hatten sie es sicherlich schwer mit ihrer Selbstständigkeit, natürlich mussten alle Opfer bringen. Aber die Zahlen logen eben nicht. An diesem Tag fühlte sich Jack unendlich müde. Er kämpfte und kämpfte mit seinen Kolleginnen und Kollegen jeden Tag aufs Neue gegen die Krankheit. Die Betten waren voll. Und ja: es waren vor allem ältere Menschen. Menschen, die meist eine weitere schwere Erkrankung mitbrachten. Oder jüngere Patienten mit schweren Mehrfacherkrankungen, aber es waren auch die fitten Alten. Die allesamt noch ein gutes Leben vor sich hatten. *Wie kann man die gefährden? Und wer weiß, wie das Virus auf unsere Kinder übertragen wird? Was macht es mit den Kindern?*

»Juliettes Mutter ist heute gestorben.« Nele unterbrach seine wütenden Gedanken.

Jack stutzte. »Wirklich?« War da ein Gefühl der Genugtuung? Schnell versuchte Jack, diese Emotion wegzuschieben. *So wirst du nie denken!* »Hast du mit ihr geredet?«

»Ich habe sie ein letztes Mal zu ihrer Mutter geschleust. Auf dem inoffiziellen Weg.«

Jack zog Nele zu sich auf den Schoß, nahm sie in den Arm. Was war seine Nele für eine gute Seele, half ihrer Freundin auch in dieser schweren Zeit. Sie konnte eben nicht anders. Minutenlang saßen die beiden eng umschlungen auf dem Sessel. *Sechstausend neue Fälle. Dreihundert Tote. Wenn das so weitergeht!*

Frederick wartete, hörte nichts, sah immer wieder auf sein Handy. Keine Nachricht. Er machte sich große Sorgen um seine Frau, wollte sie beschützen, wollte die Zeit anhalten, doch saß er ohnmächtig auf dem Sofa. Er hatte kein unkompliziertes Verhältnis mit Marlies gehabt. Sie war kein einfacher Mensch und zur Zeit seiner Pleite hatte sie sich nicht immer nett verhalten, doch verband ihn mit ihr eine ähnliche Leidensgeschichte: der schwere Kampf der Selbstständigkeit. Und sie war nun mal die Mutter seiner großen Liebe. Und eine tolle Oma.

Unruhig saß er vor dem Fernseher und schaute Nachrichten. Die neuesten Zahlen, erschreckende Bilder aus New York, diskutierende Politiker und Mediziner. Er konnte es nicht mehr sehen. Dann klingelte das Festnetztelefon. Gleichzeitig bekam er eine Nachricht auf sein Smartphone. Es war Juliette, die schrieb: »Ich komme. Kuss.« *Kuss.* Welch ein schönes Wort. Frederick fühlte eine große Erleichterung. *Kuss.* War das ein gutes Zeichen? Mit einem Lächeln ging er zum Festnetztelefon und hob den Hörer ab.

»Hallo? – Nein, ich bin ihr Ehemann. Wer spricht denn da? Das Heidberg-Krankenhaus? Meine Frau ist gerade auf dem Weg aus dem Krankenhaus nach Hause. Vielleicht ist sie noch da? – Na, okay. Sie können mir aber auch alles sagen. Wir haben keine Geheimnisse.«

Frederick hörte zu und erstarrte. »Okay, danke für die Nachricht«, brachte er noch heraus. »Wiederhören.«

Frederick legte auf und sank in den Stuhl. *Mensch, Marlies. Machst dich so einfach auf den Weg, ohne mir Tschüss zu sagen. Ich verspreche, auf deine Tochter aufzupassen. Und sie zu beschützen. Egal, was kommt.*

24. Kapitel

25. April 2020

Frederick

Es wurde ernst. Das Geld schien ihm durch die Finger zu rinnen. Die Bank hatte glücklicherweise noch nicht angerufen. Entweder war auch dort kein geregelter Betrieb möglich oder die Sachbearbeiter hatten tatsächlich interne Anweisungen, dass Zahlungen gestundet und Überziehungen geduldet werden sollten. Trotzdem drückten die Kosten. Tag für Tag wurde der Saldo roter. Seine Mitarbeiter waren entweder bereits gekündigt oder ebenfalls, so wie viele andere Menschen im Land, in Kurzarbeit geschickt worden. Für die Soforthilfe des Bundes war Fredericks Unternehmen nicht geeignet. Er hatte schlichtweg zu viele Angestellte. Für ihn standen nur Kredite zur Verfügung, die aber wieder zurückgezahlt werden mussten.

Frederick versuchte, nun alles alleine zu machen. Sein Steuerberater half ihm bei den Buchungen, sein Rechtsanwalt hielt ihm den Rücken frei bei Gläubigern und Lieferanten. Noch konnte er die übrigen Gehälter bezahlen, aber schließlich musste auch er leben. Und seine Familie ebenso. Niemals wieder wollte er wie damals in eine solche Lage kommen.

Es ging keine Buchung mehr ein. Die Menschen dachten in diesen Tagen an alles andere außer ans Reisen. Keiner wusste, was in ein paar Tagen, Wochen, Monaten oder vielleicht Jahren war. Insgeheim hofften viele auf die schnelle Entwicklung eines Impfstoffes, aber keiner konnte realistisch sagen, wann es so weit sein würde.

Frederick saß im Büro und verspürte eine ungeheure Lust auf einen Drink. Die Kinder schliefen schon, Juliette arbeitete noch. Leise ging er in die Küche, nahm sich ein Glas aus dem Schrank, ließ drei Eiswürfel hineinfallen und schüttete sich einen Rum ein. Als er zurück an seinem Schreibtisch war, schaltete er leise Musik an. Erschöpft klappte er das Notebook zu, sank in seinen Stuhl und schloss die Augen. Er nahm einen Schluck und sofort spürte er die wohlige, tückische Wirkung des Rums. Er schmeckte das Zuckerrohr, das Vanillearoma, die Exotik. Vor seinem geistigen Auge sah er Palmen, Strand, Sonne und Menschen ohne Sorgen.

Und ohne Masken. Die Politiker hatten angekündigt, eine Maskenpflicht in Geschäften und Lokalen sowie in Bus und Bahnen einzuführen. Als Frederick das hörte, konnte er nur den Kopf schütteln. Die Hauptphase der Pandemie war vorbei und jetzt führten sie eine Pflicht ein? Frederick erinnerte sich an den Besuch in Hagenbecks Tierpark im März. Wie wurde er damals von Jack und Nele angegangen, weil er sich eine aufsetzen wollte. Wie er als asozial beschimpft wurde.

Die Musik machte ihn sentimental. Er hielt die Augen geschlossen, trank noch einen Schluck, spürte, wie es ihn übermannte. Er ließ seinen Tränen freien Lauf, dachte an seine Familie, an das Haus, das sie bauen wollten. Plötzlich spürte er eine warme, weiche Hand an seiner Wange. Schnell öffnete er die Augen, sah durch seine tränenverschwommenen Augen, dass Juliette vor ihm stand.

»Hey, Schatz. Ich bin bei dir.« Dann nahm sie ihn in den Arm. Und weinte mit ihm. Minutenlang lagen sie sich in den Armen, sagten nichts und weinten. Frederick wusste: *Solange wir zusammenhalten, kann uns nichts passieren. Solange du bei mir bist, kann ich stark sein, kann kommen, was will.* Juliette begann zu lachen, wischte sich die Tränen aus dem Gesicht und sagte: »Weißt du, was wir jetzt machen? Wir besaufen uns jetzt. Als wenn nichts wäre. Die Kinder schlafen, wir machen Musik im Wohnzimmer an, tanzen und rauchen einen Joint.« Dann zog sie Frederick leise durch den Flur ins Wohnzimmer. Sie schlossen die Tür und überließen Corona sich selbst.

25. Kapitel
27. April 2020

Juliette

Es war keine Trauer möglich, kein Abschied, keine letzten Gedanken und kein Trost. Kopfschüttelnd war Juliette aus dem Saal gegangen, der eigens für Bestattungen in dieser Zeit vorbereitet wurde. Bis auf Frederick, Karl und Lisa durfte kein anderer, nicht Marlies' alte Freundinnen, keine ehemaligen Geschäftspartner oder Nachbarn, noch nicht einmal der Mann von Marlies' verstorbener Schwester, teilnehmen. Juliette hatte den Bestatter beim Planungsgespräch fassungslos angesehen. Während Frederick versuchte, Juliette zu beruhigen, sagte der Bestatter schlicht: »Tut mir leid. So sind die Vorschriften.« Während der Ansprache des Pastors im schmucklosen und kalten Saal mussten sogar Karl und Lisa Abstand zu ihren Eltern halten. Der Sarg wurde nicht aufgebahrt, sondern in einer hygienisch abgeriegelten Halle gelagert und für die Beerdigung vorbereitet.

Noch während der Pastor sprach, überkam Juliette die Übelkeit. Nicht wegen der Trauer, nicht wegen des Verlustes ihrer Mutter. Ihr war dieses ganze Schauspiel zuwider. Und dann war sie einfach gegangen, stellte sich an die frische Luft und zündete sich eine Zigarette an. Vor ein paar Tagen hatte sie wieder angefangen zu rauchen, vorgestern hatte sie es mit Frederick gemeinsam übertrieben. Ihr ging es in den gesamten nächsten Tagen nicht gut, aber das war ihr egal. Obwohl sie schon vor der Geburt von Karl mit dem Rauchen aufgehört hatte und es konsequent bis zuletzt durchgezogen hatte, war ihr Drang nach etwas hygienisch Unreinem, etwas Dreckigem und moralisch Fragwürdigem groß. Sie hatte geraucht und gewartet, dass der Pastor dort drinnen mit seiner Zeremonie fertig war. Widerwillig ging sie schließlich langsam dem andächtig blickenden Pastor hinterher und wollte es nur hinter sich bringen. *Mama hätte sich über diese Art der Beerdigung lustig gemacht. Ich hätte gerne ihr Gesicht bei der ganzen Sache gesehen.*

Frederick

Die Kinder waren bedauerlicherweise die Verlierer. Sie durften weiterhin nicht zur Schule, wussten nichts mehr mit sich anzufangen, jedes Spielzeug war mehrfach gespielt, alle Bücher gelesen, die Spielplätze waren geschlossen, keine anderen Angebote für die Freizeitgestaltung gegeben. Die Ausgangsbeschränkung wurde auch an der Elbe massiv von der Polizei und vom Ordnungsamt kontrolliert. Wer keinen triftigen Grund hatte, durfte die eigene Wohnung nicht verlassen. Verweilen in der Sonne war verboten.

Das frühlingshafte Wetter lockte die Menschen an die Luft. Der Zweifel und der Widerstand gegen die Maßnahmen wuchsen. Und mit ihnen auch die Kompromisslosigkeit und die Aggressivität von Befürwortern der Maßnahmen, die kein Verständnis dafür hatten, dass man nicht alles tat, um sich und die anderen Menschen zu schützen.

»Schatz, Karl weint mittlerweile jeden Abend in seinem Bett.« Juliette schaute Frederick verzweifelt an. Aber er wusste auch nicht, wie er helfen konnte. Diese Isolation, das Herausreißen aus dem sozialen Alltag. »Ich versuche es ja, aber ich kann ihm einfach nicht erklären, warum er Ben nicht mehr sehen darf. Er begreift das alles nicht wirklich«, sagte sie.

Als Juliette und Frederick spät nachmittags am Küchentisch saßen, erkannte er die vollkommene Erschöpfung seiner Frau. Der Anblick machte ihn wütend. Wütend auf Nele und Jack, die den Umgang mit Karl unterbunden hatten, wütend auf die Menschen, die weiterhin wie selbstverständlich die Maßnahmen hinnahmen und befürworteten, wütend auf die Regierung und die ganze Gesellschaft. Juliette hatte sich vor ein paar Tagen bei Nele mit einer Nachricht bedankt, dass sie ihre Mutter noch einmal sehen konnte. Doch es kam keine Antwort zurück. *Was für eine Zeit,* dachte Frederick. *Ich könnte kotzen, wie die Menschen sich im Supermarkt aus dem Weg gehen, als würden sie bei einer falschen Berührung plötzlich tot umfallen. Außerdem die Schule! Diese verdammte Schule! Wie können die den Eltern so etwas auferlegen? Und den Kindern das antun?* Frederick musste aufstehen und verließ den Raum. Schnell ging er auf den Balkon, atmete die saubere Luft ein, lauschte. Abends waren immer noch kaum Geräusche zu hören.

»Du kannst ruhig auch mal was mit Karl machen!« Juliettes Stimme zitterte, als sie plötzlich hinter ihm auf dem Balkon auftauchte.

»Was meinst du? Ich kann gerne morgen mit ihm an die Elbe gehen. Bisschen frische Luft schnappen. Das wird ja nicht verboten sein.«

Nahezu hysterisch kicherte Juliette zur Antwort. Frederick schaute sie verwundert an. »Das meinte ich natürlich nicht«, sagte sie ernst und fordernd. Er hob ahnungslos die Arme. Was wollte sie nur von ihm? »Frederick, ich sitze hier seit Wochen jeden Tag mit Karl und wir hauen uns die Köpfe ein. Ist dir das schon mal aufgefallen?«

Frederick wollte ihr etwas entgegnen, aber Juliette schnitt ihm das Wort ab: »Ich geh jetzt eine halbe Stunde ins Badezimmer und *du* machst Mathe mit ihm. Ist das klar?« Irritiert schaute er ihr hinterher. *Uns gegenseitig zu zerfleischen ist das Letzte, was wir jetzt brauchen können,* dachte er angesäuert. Er versuchte, sich zusammenzureißen, und ging zu Karl ins Zimmer.

»Ich kann das einfach nicht!«, schrie der.

»Was kannst du denn nicht?«

»Ich mache jetzt gar nichts mehr!«

»Na, lass doch mal sehen.« Frederick zog die Mathematik-Aufgaben zu sich hin und versuchte, zu verstehen, um was es ging. *Meine Güte, ist das viel. Und das sollen die armen Kinder alleine zu Hause lernen? Unfassbar, wie das Land die Kinder im Stich lässt. Unglaublich, wie wenig digitalisierte Ausstattungen die Schulen haben.* »Komm, Karl, setz dich nicht so unter Druck. Lass uns das gemeinsam machen.« Und dann rechnete er, schrieb Zahlen auf und versuchte, Karl dazu zu bewegen, sich noch einmal zu konzentrieren. Er versuchte es mit Humor, mit Härte, mit Verständnis. Nach dreißig Minuten lag sein Sohn weinend auf dem Bett und Frederick starrte ratlos auf die Aufgabenzettel.

Am nächsten Tag wollte Frederick seinen Freund Jack zur Rede stellen. Das Schweigen zwischen ihnen hielt schon zu lange an. Diese Sprachlosigkeit kam für einen Macher und Unternehmer wie ihn normalerweise nicht infrage und Karls Tränen vom gestrigen Tage wirkten weiterhin nach. Am Abend war das erste Treffen des Vereinsvorstands des örtlichen Sportvereins angesetzt, in dem Jack und Frederick schon seit zwei Jahren gemeinsam arbeiteten. Fünf Menschen waren erlaubt, es fand unter freiem Himmel auf der Terrasse des Vereinsgeländes statt und es galten strenge Hygienevorschriften. Und seit Kurzem auch die dringende Empfehlung, sein Gesicht mit einer Maske zu bedecken.

Frederick kam unangekündigt, er wollte Jack abholen und gemeinsam mit ihm zum Vereinsheim gehen. Daher entschloss er sich, einfach bei ihm zu klingeln. Als Jack die Tür öffnete, blickte Frederick in die Augen eines erschöpften, ausgemergelten Mannes.

»Frederick, was machst du denn hier?«

»Na, ihr habt das Reden mit uns ja eingestellt. Ich dachte, ich komme dich abholen und wir gehen ein Stück gemeinsam.«

Jack nickte. »Gute Idee. Eigentlich wollte ich gar nicht gehen. In diesen Zeiten sollte man auf persönliche Treffen verzichten.«

Frederick wusste selbst nicht so genau, was er sagen sollte. Doch er wollte Jack zur Rede stellen. Schließlich waren alle noch dieselben, die Welt war dieselbe, die Stadt war dieselbe. »Sag mal, meinst du nicht, wir sollten mal wieder normal miteinander umgehen?«

Jack verdrehte die Augen und ging los. Doch Frederick ließ nicht locker. Er eilte ihm hinterher und legte nach:

»Ganz ehrlich. Jeder kann doch seine eigene Meinung zu der Sache haben, aber wir sind trotzdem Freunde.«

»Das ist keine Meinung. Das hat mit Meinung ganz und gar nichts zu tun. Das ist es ja, was ihr nicht versteht!« Jacks Schritt wurde schneller. So als wollte er Frederick weglaufen, aber er ließ nicht locker. »Das sehe ich anders. Egal. Ich denke an die Kinder, Jack.«

»Ich auch!« Wütend blieb Jack stehen und drehte sich zu seinem alten Freund um. Er kam Frederick bedrohlich nahe. »Gerade die Kinder. Weißt du, dass ich heute ein Kind für tot erklären musste? Es sind nicht nur die Alten, es sind auch Kinder!«

»Ein Kind? Ernsthaft?« Frederick erschrak bei dem Gedanken, doch Jack ließ ihm keine Zeit zu denken.

»Natürlich! Und da ist es auch egal, dass dieses Kind Leukämie hatte.«

»Es war vorerkrankt?«

»Na und? Ein Kind ist ein Kind!« Jack eilte weiter. Doch Frederick ließ sich nicht abschütteln.

»Mensch, Jack. Es geht mir um *unsere* Kinder. Karl vermisst Ben tierisch.«

»Frederick. Ihr müsst doch endlich begreifen, dass es in diesen Zeiten einfach nicht geht. Die Kinder werden es überleben.«

Jetzt wurde Frederick wütend. Nun reichte es langsam. Die ganze Zeit hatte er sich nicht provozieren lassen, aber keiner sollte ihm sagen, was sein Sohn zu überleben hatte und was nicht. »Wahrscheinlich trägst du jetzt auch eine Maske, oder?«

Jack blieb stehen und schaute ihn fassungslos an. »Natürlich trage ich eine Maske. Die lockern jetzt. Das ist hochgefährlich. Geschäfte dürfen wieder aufmachen.

Restaurants bestimmt auch bald. Ich halte es für komplett falsch, aber wenn, dann nur mit Mundschutz.«

Jetzt hatte Frederick Jack da, wo er ihn haben wollte: »Ach, und ich dachte, du findest das mit den Masken asozial, wenn man sie dem medizinischen Personal wegkauft?«

»Was willst du damit sagen?«

»Dass du nicht stringent bist, Jack. Gestern so, heute so.« Eine Versöhnung war aussichtslos, aber Frederick akzeptierte es nicht mehr, sich so von seinem Freund behandeln zu lassen.

Jack kochte mittlerweile vor Wut. Frederick wunderte sich. Eigentlich war er sonst nie so einfach aus der Reserve zu locken gewesen. »Damals gab es eben zu wenige von den Dingern. Ist heutzutage etwas ganz anderes! Außerdem ist es doch erwiesen, dass die Masken auch andere schützen.«

»Natürlich könnten sie schützen. Aber wo macht das denn überhaupt Sinn? Im Supermarkt? Willst du mich verarschen? Oder im Restaurant beim Gang zum Klo? Ja! Natürlich sollte man in diesen Tagen Masken in der Bahn tragen. Und natürlich in Krankenhäusern und Pflegeheimen als Gast. Wenn man überhaupt hineinkommt. Aber war das Wichtigste nicht Abstand halten? Die Maskenpflicht ist ein Symbol. Nichts weiter!«

»Wenn die Masken helfen, nur einen Menschen vor einer Ansteckung zu schützen, dann sage ich: Natürlich müssen überall Masken getragen werden. Und wer das nicht mitmacht, handelt unsolidarisch. Apropos: Wo ist eigentlich deine Maske?«

Irritiert schaute Frederick ihn an. »Ich werde keine tragen, da kannst du sicher sein. Und schon gar nicht meine Kinder. Was ist denn das für ein Bild für die Kleinen? Die müssen doch Angst bekommen, dass hier überall das Virus lauert. Und wie du weißt, brauchen gerade Kinder die Mimik im Gesicht für die Kommunikation und genügend Luft zum Atmen.«

»Kinder sind meistens viel anpassungsfähiger als wir Erwachsenen. Und ich kann es nicht mehr hören. Die Masken seien ein Symbol der Unterdrückung, so ein Blödsinn.«

»Nicht der Unterdrückung«, fiel Frederick ihm ins Wort, »sondern dafür, dass die Menschen denken, jetzt tun sie etwas gegen die Ausbreitung des Virus. Anstatt sich auf die wichtigen Sachen bei der Bekämpfung des Virus zu konzentrieren.«

»Wie dem auch sei. Die anderen werden es genauso sehen: Du wirst eine Maske tragen müssen.« Jack blieb unversöhnlich.

Aber auch Frederick gab nicht nach: »Wir sitzen alle weit auseinander, schütteln keine Hände, sitzen draußen auf der Terrasse.«

»Trotzdem wirst du eine tragen müssen. Dafür werde ich sorgen.«

»Tu, was du nicht lassen kannst. Unsere Familie setzt sich nicht einfach so ein Ding auf, nur weil jemand sagt, dass es jetzt gemacht werden muss. Wie gesagt. Im Krankenhaus: natürlich! Im Altenheim: das könnte Sinn machen. Und in der Bahn sowieso. Aber in Geschäften? Und hier gleich bei der Vorstandssitzung?«

Im aggressiven Ton antwortete Jack: »Du wirst es nicht verhindern können, Frederick. Und du solltest mal daran denken, dass du die Allgemeinheit damit schützt. Alles andere wäre egoistisch.«

»Natürlich!«, sagte Frederick ironisch. »Jetzt kommt wieder die Egoismus-Keule. Vor ein paar Wochen war ich egoistisch, weil ich aus Spaß eine Maske aufgesetzt habe. Jetzt bin ich egoistisch, weil ich hinterfrage, wann das Tragen Sinn macht.«

Jack reagierte nicht mehr. Mit schnellem Schritt eilte er zum Vereinsheim. Bis dorthin redeten beide kein Wort mehr miteinander.

Was Frederick dann erwartete, hätte er sich in seinem schlimmsten Albtraum nicht vorstellen können. Nach kurzer Diskussion war es entschieden: Frederick wurde mit den Stimmen der übrigen vier Vereinsvorstände von der Sitzung ausgeschlossen. Fassungslos hörte er einem Vorstandskollegen zu, der als Begründung angab, Frederick würde fahrlässig die Gesundheit der anderen gefährden, weil er sich weigerte, eine Maske zu tragen. Seine Frage, warum er denn irgendwen gefährde, wenn er zwei Meter von den anderen entfernt sitzen würde, blieb unbeantwortet. Selten war Frederick so sprachlos gewesen. Er stand auf, entfernte sich wortlos von der Sitzgruppe, drehte sich noch einmal um und drohte: »Das wird noch ein Nachspiel haben. Ich bin Jurist, wie ihr wisst.«

Jack rief ihm hinterher: »Davor haben wir sicherlich keine Angst.«

Mit kochendem Blut ging er durch die leeren Straßen Richtung Portugiesenviertel. *Mein Gott. Wie wird das noch enden? Auf der Welt, in Hamburg und mit den Menschen.*

September 2021
Zola

Mein Bauch brennt. Mein Mund ist ausgetrocknet. Es ist kein Hungergefühl mehr, es sind nur noch Schmerzen. Wir sind bestimmt schon Stunden unterwegs. Weiterhin wagt sich keiner der Menschen, die mit mir hier im orangefarbenen Rettungsboot kauern, hinaus. Einmal kam ein Besatzungsmitglied. Schnell, beschäftigt. So hat er nichts bemerkt. Als er am Boot vorbeikam, legten wir uns flach auf den Boden. Danach stand eine Frau nicht mehr auf. Keiner kümmerte sich um sie. Ich zog sie am Arm, doch sie blieb liegen. Stundenlang. Bis jetzt. Ob sie noch atmet, weiß ich nicht. Aber was soll ich denn tun? Rettung gibt es nicht. Essen haben wir nicht. Den letzten Schluck Wasser aus meiner Flasche muss ich bis zuletzt aufbewahren. Und darf die Flasche keinesfalls zeigen. Was würden die Leute sonst mit mir machen?

Die See wird rauer. Wellen peitschen auf. Der Koloss schwankt. Und setzt seine Fahrt unbeirrt fort.

Doch die Stimmung wird nervöser. Keiner kann schlafen, obwohl wir es alle bitter nötig haben. Jeder von uns hat wohl einen Verlust zu betrauern. Und in diesen ruhigen Sekunden, an Bord des Containerschiffes mit unbekannter Richtung, haben wir zum ersten Mal Zeit, uns darüber Gedanken zu machen. Wir alle haben irgendwie den Weg aus unseren Heimatdörfern bis ans Mittelmeer geschafft, sind Mord, Raub und Vergewaltigung entgangen, haben Hunger und Durst getrotzt. Danach der Ritt auf dem winterlichen Mittelmeer, Todesangst vor dem Ertrinken. Dann das Militär.

Ich bin mir sicher: Das Schlimmste habe ich überstanden. Aber ich habe nicht mit den Menschen gerechnet. Letztendlich ist jeder sich selbst am nächsten. Das musste ich schon so oft bitter erfahren.

Es beginnt mit einem Wutanfall. Einer der Männer, der schon die letzten Stunden grimmig geschaut hat und von dem ich nicht abschätzen kann, woher er stammt, musste sich immer wieder am Rücken kratzen. Immer und immer wieder fasst er sich mit seinen Fingern so weit es geht an den Rücken und stößt dabei erschreckende Laute aus. Minutenlang. Keiner sagt etwas, bis ein anderer junger Mann die Geduld verliert und etwas auf Französisch schreit. Keine Sekunde später stürzt sich der kratzende Mann auf den anderen, schlägt ihm ins Gesicht. Der andere hat keine Chance. Das Blut spritzt durch das ganze Boot. Mein Kleid bekommt etwas ab, ich wende mich ab, will nicht zusehen. Immer wieder kommt dieser dumpfe Schlag. Bis nichts mehr zu hören ist. Ich schaue nicht hin. Mir wird übel, einige weinen leise, andere blicken fast regungslos auf die Szenerie. Der kratzende Mann flucht, brüllt herum, schlägt gegen die Wand des Bootes. Ich habe Todesangst, dass wir nun entdeckt werden. Ich sehe es auch in den Augen der anderen. Doch keiner traut sich, sich gegen diesen starken Kerl zu erheben. Als er dazu übergeht, auch andere Männer zu schubsen, springe ich auf. Ungläubig über mich selbst schreie ich ihn an: »Hör auf! Schluss!« Tatsächlich stoppt der Mann irritiert, schaut mich an. Keiner springt mir bei. Ich erwarte, dass er mich nun verprügelt. Er tritt zu mir, er ist zwei Köpfe größer als ich, doppelt so breit, mit kräftigen Oberarmen. Seine Augen leuchten rot und feucht. Er holt aus, da öffnet jemand die Tür zum Rettungsboot. Jemand schreit: »Was wollt ihr denn hier?« Mein Blut gefriert in den Adern.

26. Kapitel

2. Mai 2020

Frederick

Donnernd kündigte der Himmel an, was sich gleich über Hamburg ergießen würde. Frederick schaute nach oben und kniff die Augen zusammen. Richtung Außenalster strahlte noch die Sonne, von der Elbe rückte langsam, aber bedrohlich das Gewitter an. *Ich muss mich beeilen,* dachte Frederick. Er war auf dem Weg zum Juwelier am Neuen Wall. Juliette hatte bald Geburtstag und er war davon überzeugt, dass er ein Zeichen setzen musste. Ein Zeichen der Hoffnung und ein Zeichen der Wertschätzung. Normalerweise war Frederick kein guter Schenker. Es fiel ihm schwer, kreativ zu sein und sich zu überlegen, über was sich ein Mensch, der eigentlich schon alles im Leben hatte, noch freuen würde. Doch diesmal wusste er es ganz genau und ihm war dafür auch kein Preis zu hoch. Eine feine Halskette sollte es sein. Das Einzige, was Juliette aufgrund ihrer Panikattacken an ihren Hals ließ.

Er stiefelte schnellen Schrittes den Jungfernstieg entlang, war in Gedanken beim Haus in Wedel, bei dem es erfreulicherweise in den letzten Tagen gut und schnell voranging. In Frederick wuchs die Hoffnung, dass sie doch noch im Sommer einziehen könnten. *Wir brau-*

chen einen Ortswechsel, wir sind alle verrückt geworden in der Enge. Wedel wird ein Neuanfang.

Plötzlich wurde er aus seinen Gedanken gerissen. Er hörte lautstarke Stimmen aus Mikrofonen, Klatschen, Jubeln, Pfeifen und Buhen. Diese Geräuschkulisse war das absolute Gegenteil von dem, was in den letzten Monaten auf den Straßen zu hören war. Dort holten sich die Vögel wieder die Hoheit der Lautstärke zurück, das stetige, sonore Brummen der Großstadt war kaum mehr vernehmbar gewesen. Selbst der Hafen schraubte seine Aktivität zurück. Was er jetzt hörte, war fast schon ein Relikt alter Zeit. Als er an der Ecke zum Neuen Wall ankam, traute er seinen Augen nicht. Auf dem Rathausmarkt standen über tausend Menschen, zwar meist mit Abstand voneinander, teilweise ohne Mundschutz, und hielten Schilder und Fahnen hoch. Unglaublich, dachte Frederick. Der Mann am Mikrofon sprach von Verteidigung der Freiheitsrechte, von Grundrechtszerfall und Widerstand. Die Menschen jubelten nach fast jedem Satz. Frederick sah bunte Fahnen, Plakate, die von Angst und Freiheit sprachen, aber auch merkwürdige Menschen und absurde Schilder

Frederick stellte sich an den Rand der Versammlung und beobachtete mit Abstand das Geschehen. Es sprachen Unternehmer, die von Existenzängsten, und Anwälte, die von ihrer Arbeit berichteten. Ein Mann redete auf der Bühne in ruhigem und sympathischem Ton von seinem Sohn, der in Portugal leben würde und den er nun nicht mehr sehen könne. Der Mann erzählte, er sei Rechtsanwalt und kein Impfgegner. Er wolle einen liebevollen Umgang, eine gewaltfreie Diskussion und dass er noch immer an den Rechtsstaat glaube. Die Gerichte würden ja auch allmählich immer mehr Klagen gegen die Corona-Beschränkungen stattgeben. Keine Aggression lag in seiner Stimme, keine Polemik war zu hören. Langsam beschlich Frederick das Gefühl, dass er nicht der Einzige war, der Sorgen hatte. Dass da draußen unzählige Menschen waren, die ähnlich skeptisch Fragen stellen wollten. Er fühlte sich merkwürdig beschwingt, spürte eine besondere Energie. Er war nicht mehr alleine. Nie hatte er bisher an einer Demonstration teilgenommen. Er mochte diese Menschenmassen und die Vereinnahmung für ein Thema und das Zujubeln bestimmter Personen nicht. Diesmal hingegen meinte er, ein Ventil zu sehen, das nach Wochen der Sprachlosigkeit endlich seine Ängste und Sorgen ausspach. Keine der normalen Parteien hatte es sich bisher zur Aufgabe gemacht, auch mal andere Sichtweisen einzunehmen. Eine Opposition zum Durchregieren der Ministerpräsidenten und der Kanzlerin gab es nicht.

Langsam entfernte er sich von der Demonstration, doch er nahm sich vor, sich später darüber zu informieren. Er rief Juliette an. »Hallo, Schatz, weißt du, dass gerade eine Demo am Rathausmarkt stattfindet? Da protestieren tatsächlich welche gegen die Beschränkungsmaßnahmen!«

»Ja, das geht durch die Medien, habe ich von gehört.«

»Und?«, fragte Frederick neugierig. »Werden die Fragen, die die Menschen haben, endlich mal weiter transportiert?«

»Vergiss es. Nazis, Leugner, Radikale, unverantwortliche Impfgegner und sonstige Verschwörungstheoretiker, sagen die. Von allen Seiten werden sie dafür verurteilt, in diesen Zeiten demonstrieren zu gehen.«

»Wie bitte? Alle Medien? Das stimmt gar nicht. Ich sehe es mit meinen eigenen Augen.«

»Alle schreiben dasselbe. Und in den sozialen Netzwerken ist die Hölle los. Frag besser nicht, wer von unseren Freunden mich schon alles beschimpft hat.«

Frustriert legte Frederick auf. Er schüttelte den Kopf, als er die Straßen entlangging. Er hatte merkwürdige Gedanken. In den letzten Jahren, als sich die Menschen beim Thema Flüchtlingskrise polarisierten und irgendwann aufhörten, miteinander zu sprechen, hatte er eine klare Auffassung gehabt: Diese Minderheit, diese kleine Gruppe von Abgehängten, von Nazis und Faschisten, mit denen kann und darf man überhaupt nicht reden. Und so handhabte er es damals auch. Doch jetzt empfand er es, als wäre er diesmal auf der anderen Seite. Das erste Mal auf der falschen Seite. Das fühlte sich ohnmächtig an. Und machte wütend. *Natürlich,* sagte sich Frederick, *kann man das von damals nicht vergleichen. Damals haben Menschen andere Menschen aus rassistischen Gründen abgelehnt, diesmal geht es um die Gestaltung des Miteinanders in einer Krisensituation. Das ist etwas vollkommen anderes!* Doch war es das wirklich? Ging es nicht auch damals bei vielen Menschen vor allem ums Zuhören? Um Ängste und Sorgen? Natürlich, auch damals gab es Menschen, die felsenfeste Rassisten waren. Genau wie es heute hoffnungslose Anhänger von Verschwörungstheorien gab, die nicht zu erreichen waren. Aber was dachte die Mehrzahl dieser Menschen, die dort demonstrierten?

Er fühlte sich diffamiert und in die Ecke gedrängt. Diese Gedanken machten Frederick rasend. Er wollte doch nur eine Zukunft. Er wollte nicht wieder scheitern.

Aufgewühlt machte er sich auf den Weg zum Juwelier. Als er eintrat, nahm er das Schild an der Tür gar nicht wahr, doch im Laden wurde er von einer Verkäuferin sofort mit eindringlichem Ton darauf hingewiesen, dass Maskenpflicht herrschte. Frederick sah sich um. Er war der einzige Kunde in dem ungefähr fünfzig Quadratmeter großen Laden. Die Kassenbereiche waren mit einer Plexiglasscheibe vom Verkaufsraum getrennt. Die Verkäuferin trug keinen Mundschutz, doch sie machte ein ernstes Gesicht. Frederick fühlte sich angegriffen, als hätte er einen Ladendiebstahl begangen. Aufgewühlt sagte er: »Hier ist doch keiner. Und Sie sind hinter Ihrer Scheibe geschützt.«

»Das ist egal. Pflicht ist Pflicht! Setzen Sie bitte eine Maske auf.«

»Ich habe keine Maske«, stammelte Frederick irritiert und blickte wieder zur Tür, um zu schauen, ob vielleicht ein anderer Kunde eintrat. Doch er sah weit und breit keinen.

»Dann müssen Sie den Laden verlassen.«

Frederick wurde ärgerlicher. »Gute Frau, ich halte Abstand von Ihnen und Sie sind hinter der Scheibe. Außerdem haben wir hier in Hamburg vielleicht tausend akut Erkrankte. Die Wahrscheinlichkeit …«

»Verlassen Sie den Laden!«, unterbrach die sichtlich aufgebrachte Verkäuferin.

Frederick war sprachlos. Er rang nach Gedanken und Worten. Die Verkäuferin legte nach. Dabei merkte Frederick, dass in ihren Worten ebenfalls Angst schwang. Aber nicht vor dem Virus, sondern vor etwas anderem: »Wissen Sie, was es kostet, wenn das Ordnungsamt mich erwischt, dass Sie hier in meinem Laden ohne Maske sind? Tausende von Euros! Im Zweifel machen die meinen Laden dicht.«

Frederick verstand es jetzt. Mit gemischten Gefühlen verließ er wortlos das Juweliergeschäft. Er verstand, dass die Ladeninhaberin durch die Androhung von hohen Geldstrafen und unter dem Eindruck des erst vor Kurzem zu Ende gegangenen Lockdowns nicht anders handeln wollte. Aber die Demütigung, wie ein Verbrecher aus einem Laden geworfen zu werden, überwog deutlich. Konsterniert trat er den Heimweg an. So etwas hatte er noch nie erlebt. Nicht einmal in der Zeit seiner Insolvenz. Dass er an einem Ort unerwünscht war. Erst beim Sportverein, jetzt hier. Historische Parallelen aus Zeiten des DDR-Regimes schossen in seinen Kopf, die er jedoch versuchte, zu verdrängen. *Denk rational, alter Kerl. Lass dich nicht fertigmachen. Du hast schon so viel Scheiße erlebt. Dir kann keiner etwas. Bestelle ich eben eine Kette im Internet.*

Juliette

Endlich! Nach langer Zeit kam wieder eine gute Nachricht. Vielleicht würden Nele und Jack jetzt doch zur Vernunft kommen. Vor ein paar Sekunden hatte Juliette auf dem Weg zum Supermarkt eine Nachricht von Nele bekommen. Ein paar Floskeln. Und dann kam die Frage, ob sich Ben und Karl vielleicht doch einmal sehen könnten. Man könne ja aufpassen. Juliette stöhnte auf. *Mein Gott, Nele*, dachte sie. *Corona ist kein Killervirus, das durch die Luft schwebt und alles anfällt, das nicht schnell genug ist.* Aber sie zwang sich dazu, Neles Sorgen und Einstellung zu respektieren, und antwortete, dass sie sich sehr über die Nachricht gefreut habe und Karl sicher aus dem Häuschen sein würde, Ben wiederzusehen. Die beiden einigten sich darauf, dass Ben heute Nachmittag von Jack vorbeigebracht würde, wenn dieser auf dem Weg zur Schicht war. Endlich, dachte sich Juliette, endlich bekommt mein kleiner Mann mal wieder etwas Abwechslung beim Spielen.

Vor zwei Tagen hatte sich Juliette von ihrem Arzt ein Attest ausstellen lassen, das sie von der Maskenpflicht befreite. Aufgrund einer psychischen chronischen Krankheit könne sie aus medizinischen Gründen keinen Mund-Nasen-Schutz tragen.

Nun stand Juliette vor dem Supermarkt und beobachtete für ein paar Sekunden das Treiben. Die Menschen gingen sich weiträumig aus dem Weg, als wäre jeder Mensch das Virus selbst. Alle waren ausnahmslos hinter einer Maske versteckt, warteten geduldig bei den Einkaufswagen, bis sie an der Reihe waren. Juliette bekam Beklemmungen. Sie atmete tief durch und ging zum Eingang. Jeder starrte sie an, böse, fragende Blicke fixierten sie, es war nur eine Frage der Zeit, dass sie angesprochen wurde. Es war die Hölle.

Frederick

Frederick war sich sicher, die schönste Halskette für Juliette ausgesucht zu haben, die es im Internet gab. Sie hatte ihm eine Nachricht geschrieben, dass Ben um sechs Uhr kommen würde. Frederick wunderte sich, dass Nele gerade jetzt das Spielen der beiden Jungs erlaubte. Jack hatte ihr ja sicher vom Eklat beim Sportverein erzählt. Trotzdem freute er sich für seinen Sohn. Und er hatte es nicht aufgegeben zu hoffen, dass sie sich alle vier wieder annähern würden.

Frederick hörte, wie Juliette die Haustür aufschloss. Schnell klappte er sein Notebook zu und ging ihr in die Küche hinterher. Dort sah er eine völlig verstörte Juliette. Kreidebleich war ihr Gesicht. Verängstigte Augen schauten ihn an. »Was zum Geier ist passiert?«, fragte er und wollte sie in den Arm nehmen.

Juliette sagte erst mal nichts, wehrte ab und räumte mit zitternden Händen den Einkauf in die Schränke ein. Dann kamen ihr die Tränen. Leise, verzweifelt, resigniert. »Ich kann das nicht. Das ist so schlimm!«

»Was ist schlimm?«

»Diese Maske. Alle tragen sie. Wirklich alle. Nur ich war nackt! Ja, nackt fühlte ich mich.«

Frederick schnaufte erleichtert durch. *Ach, darum geht es also, nichts Dramatisches.* Er hatte schon gedacht, sie wäre überfallen worden. Er ging auf sie zu, streichelte sanft ihre Schulter. Dann redete sie weiter: »Mindestens zehn Menschen musste ich erklären, warum ich keine Maske trage. Einer böser als der andere. Mit Wut und Hass in den Augen. Obwohl sie mindestens drei Meter von mir weg standen, teilweise die Maske unter der Nase trugen. Ich kann es einfach nicht verstehen.«

»Aber du hast doch dein Attest. Hat danach denn trotzdem noch jemand gemeckert?«

Juliette schüttelte den Kopf. »Hat niemanden interessiert. Kann sich ja jeder holen, haben einige gesagt.«

»Schatz, beruhige dich. Ich wurde heute auch aus einem Geschäft rausgeworfen.«

»Frederick, ich bin fix und fertig. Ich ertrage es nicht mehr. Die Menschen sind reihenweise zu Zombies geworden. Zu Schafen. Man muss sich irgendwie wehren! Wir müssen uns wehren!«

Juliette schaute ihn sehnsüchtig und fordernd an. Eindringlich fuhr sie fort: »Wie lange soll das denn gehen? Es sind nur noch gut zwanzigtausend akut Infizierte in ganz Deutschland. Die Wahrscheinlichkeit, einen akut Infizierten im Supermarkt zu treffen, ist eins zu viertausend.«

»Das habe ich heute auch gesagt. Aber weißt du was? Die Ladeninhaberin hatte Angst davor, dass sonst wieder alles geschlossen wird. Die Politik hetzt die Menschen gegenseitig auf, indem sie die Angst verbreiten, dass alles wieder dichtgemacht wird.«

Juliette blickte ihn mit hoffnungslosen Augen an.

»Weißt du, diese Demo heute. Da waren Menschen, die so denken wie wir.«

Juliette zuckte mit den Achseln. Frederick gab ihr einen Kuss und sagte: »Vielleicht gucke ich mir das mal an.«

Es klingelte an der Tür. Frederick und Juliette schauten sich erschöpft an, verharrten ein paar Sekunden. Noch ein Klingeln. Dann ging Frederick hinaus und öffnete die Tür. Es waren Jack und Ben.

27. Kapitel

2. Juni 2020

Frederick

Es kündigte sich ein Rekordsommer an. Die Meteorologen prognostizierten ein weiteres Dürrejahr und die Menschen genossen immer mehr und freizügiger den Sonnenschein auf Plätzen, Straßen und in Parks. Die Strände an Nord- und Ostsee sowie an den großen Badeseen wurden weiterhin streng kontrolliert, Tagestouristen waren verboten, Polizisten und Ordnungsämter patrouillierten an den Urlaubsorten. Die Stimmung hatte sich in den letzten Wochen weiter aufgeheizt. Gebetsmühlenartig predigten zahlreiche Virologen und die Regierungen von Bund und Ländern, dass man es mit einem Marathon zu tun habe, dass man Geduld haben müsse und noch am Anfang sei. Die zweite Welle würde im Herbst kommen, und in demonstrativer Einmütigkeit regierten die Länder mit Spitzenpolitikern jeglicher Couleur trotz einiger regionaler Unterschiede durch. Parlamente wurden zu Nebenschauplätzen. Es schien egal zu sein, ob es eine rote, eine schwarze oder eine grüne Regierung war, eine mit gelben oder dunkelroten Koalitionspartnern, alle hatten fast ausschließlich den Gesundheitsschutz der Bevölkerung im Sinn und diskutierten in der Ministerpräsidentenkonferenz vierzehntägig die neuesten Entwicklungen. Die parlamentarische Opposition versuchte, eigene Punkte zu setzen, versagte aber, es wurden außerparlamentarische Initiativen, Bewegungen und sogar Parteien gegründet. Reihenweise wurden Verordnungen der Länder von den obersten Verfassungsgerichten wieder verworfen. Doch das Land blieb in einem Ausnahmezustand, auch wenn das Wetter es nicht erahnen ließ. Und vor allem blieben die Schulen weiterhin geschlossen. Ein geregelter Betrieb wurde nicht mehr vor den Sommerferien in Aussicht gestellt.

In den letzten Wochen schien es bergauf zu gehen. Wenn auch langsam. Frederick musste weitere Angestellte entlassen. Er hatte jetzt nur noch eine einzige Mitarbeiterin, den Rest musste er alleine bewältigen. Er befand sich also wieder dort, wo er angefangen hatte. Immerhin schienen die anstehenden Sommerferien das Unternehmen retten zu können. Frederick kämpfte wie ein Löwe um jeden Kunden, rief alte Kunden an, machte Aktionen und sicherte den Unterkünften reibungslose Abläufe zu. Seine App wurde in dieser Zeit unwichtiger. Aufgrund der Unsicherheit der Lage vertrauten die Menschen eher auf einen direkten Kontakt. Auch die Quartiere zogen sich aus dem Buchungssystem zurück. Viele eröffneten gar nicht wieder. Frederick und Juliette hatten große Mühe, ihre privaten Kosten zu decken. Und immer wieder stieg in ihnen die Verzweiflung hoch, wie es bloß weitergehen sollte.

»Und wenn du dich doch bei dieser Initiative engagierst, die die Demonstrationen veranstaltet?« Seit einiger Zeit kamen in vielen deutschen Städten Menschen unterschiedlichster Richtungen zusammen, um gegen die

Aufrechterhaltung der Beschränkungen zu demonstrieren. Frederick hatte es nach seiner ersten Begegnung intensiv beobachtet und noch bei einer anderen Kundgebung in Hamburg zugehört. Jedoch befremdeten ihn viele der Einträge in den sozialen Netzwerken und auch immer mehr Teilnehmer der Demonstrationen. Auch wenn diese Menschen in der Unterzahl waren.

»Ich weiß nicht. Ich war ja hin und wieder bei den Grünen engagiert, schon damals vor Corona. Ich glaube, das könnte ein Weg sein, um sich Gehör zu verschaffen.«

»Die Grünen? Die gehen den Weg aber voll mit.«

»Ich kann ja versuchen, da etwas Bewusstsein zu schaffen. Immerhin sind da auch viele Freiberufler und Künstler. Die müssen sicher alle leiden!«

Juliette schaute ihn skeptisch an. »Versuch es. Ich bin gespannt.«

»Bisher war ich nur Zuhörer. Aber vielleicht stelle ich bei der nächsten Versammlung was zur Diskussion.«

»Mach das.« Aus den Kinderzimmern dröhnte Geschrei. Karl ärgerte Lisa und sie schrie mal wieder ohrenbetäubend zurück. In den letzten Wochen war es immer öfter eskaliert. Mal wollte Karl seine Spielsachen nicht teilen, dann haute Lisa ihren großen Bruder scheinbar völlig grundlos. Und jede Auseinandersetzung endete in großem Geschrei. Juliette vergrub ihr Gesicht hinter beiden Händen, nachdem das Gebrüll lauter und aggressiver wurde. Es würde nicht lange dauern, dann würde wieder einer weinen. Und meistens war es die kleine Schwester. Frederick sah Juliette an, spürte den Stress in sich wachsen. Jeder Ton war wie Schmerz in seinem Kopf, in seinem Herzen. Bitte hört auf, flehte er innerlich. Doch sie hörten nicht auf.

Ratlos schaute Juliette Frederick an. »Wie lange soll das bloß noch so weitergehen?«, fragte sie mit verzweifelter Stimme.

»Ich weiß es nicht. Die machen unsere Kinder völlig kaputt. Und die ganzen Familien.« Mittlerweile schien der verbale Streit in eine körperliche Auseinandersetzung übergegangen zu sein. Frederick hörte »Aua!« und »Lass das!«. Er stand auf, während Juliette kraftlos sitzen blieb. Schnell rannte er ins Kinderzimmer, doch da war es schon zu spät. Wieder einmal lag Lisa auf dem Boden, wild heulend mit dicken Tränen. Und wieder einmal stand Karl mit verschränkten Armen daneben und sagte kein Wort. Frederick hätte schreien können. *Jetzt dauert es wieder eine halbe Stunde, bis sich Lisa beruhigt, und Karl verbarrikadiert sich den ganzen Abend in seinem Zimmer und redet kein Wort. Verdammt noch mal. Das muss ein Ende haben. Ich kann nicht mehr. Wir können nicht mehr.*

Und die langen Sommerferien begannen gerade erst. Der Schulstoff war das eine, aber viel schlimmer für die Kinder war die soziale Isolation während der langen Schulschließung. Dass sie nicht mit Klassenkameraden spielen, toben und sich reiben konnten. Warum schien keiner zu begreifen, dass die Nebenwirkungen der Maßnahmen so schlimm waren? *Und das bei dieser verschwindend geringen Anzahl an akut Infizierten,* dachte Frederick.

Juliette erschien und schaute auf die Uhr. »Kinder, wie wär's? Wollen wir ins Einkaufzentrum gehen? Ich muss für Karls Schule noch ein paar Sachen besorgen, Hefte und Stifte. Ihr könnt euch jeder etwas Kleines aussuchen. Ist das eine Idee?« Frederick hätte Juliette die Füße küssen können. Tatsächlich funktionierte es: Lisa hörte auf zu weinen und schaute mit großen, roten Augen ihre Mutter an. Und auch Karl lockerte seine Körperspannung und nickte trotzig mit dem Kopf. Frederick sackte erleichtert in den Kindersessel und schnaufte durch. *Gut gemacht, Schatz,* dachte er. Und wenn es mit Geschenken gelöst wurde: Ablenken und Stimmung retten.

Doch dann fiel es ihm wieder ein: Juliette verzichtete seit einiger Zeit auf nicht wirklich notwendige Einkäufe. Zu groß war ihre Beklemmung, in den Geschäften als Außenseiter gebrandmarkt zu werden. In letzter Zeit zweifelten immer häufiger Ladenbesitzer ihr Attest an, schimpften über ihr angeblich egoistisches Verhalten. Kurz überlegte er, ob nicht lieber er gehen sollte, doch er musste noch einmal ins Büro. »Willst du dir das wirklich antun?«, fragte er.

»Ja, ich habe die Sachen für Karl vergessen. Online bestellen würde zu lange dauern. Karl freut sich nach der langen Zeit zu Hause darauf, endlich mal wieder in die Schule zu gehen, und braucht die Sachen. Und für die Kinder ist es toll, mal rauszukommen. Also opfere ich mich und gehe durch die Hölle. Wieder einmal.«

Frederick lächelte sie dankbar an. »Lass dich bitte nicht ärgern. Einfach rein und wieder raus, okay?«

Wenig später ging sie mit Karl und Lisa die Einkaufsstraßen Richtung Hamburger Innenstadt entlang. Lisa packte sie fest an ihre Hand, beäugte dabei jeden Passanten und wurde noch schärfer von den anderen Fußgängern mit Mundschutz fixiert. Die Anspannung bei ihr war grenzenlos. *Warum musste ich hier raus? Wieso konnte ich das nicht anders arrangieren?* Wohl fühlte sie sich nur noch in den eigenen vier Wänden. Hier draußen schien sie eine Verbrecherin zu sein. Sie wusste nicht, ob hinter den dunklen Masken auf den Straßen jemand schlummerte, der sie verfluchte, oder ob es jemand war, der Verständnis zeigte, aber nicht den Mut hatte, die Maske ebenfalls nicht zu tragen. Juliettes Lunge brannte. *Schnell in die Europapassage, dann wieder ab nach Hause.* »Mama, nicht so fest!«, klagte Lisa. Erst durch Lisas Stimme wurde Juliette aus ihrer Anspannung gerissen. Karl trottete gelangweilt hinter ihnen her.

Endlich erreichten sie den Eingang der Europapassage. Juliette schnaufte durch, drehte sich zu Karl um, wies ihn an, sich ein wenig zu beeilen. Als sie den Eingang der Passage passierten, bäumte sich plötzlich eine Frau auf, die groß gewachsen war, kräftig aussah und Mitte vierzig gewesen zu sein schien.

»Warum tragen Sie keine Maske?«, keifte die Frau Juliette unvermittelt an. »Und Ihre Kinder auch nicht?«

Juliette war perplex und erschrocken. Sie hatte die Frau nicht im Ansatz kommen sehen. Schnell packte sie Lisas und Karls Hände. Karl schaute die Frau böse an, Lisa begann zu weinen. Juliette nahm ihren ganzen Mut zusammen und schrie zurück: »Finden Sie es etwa normal, dass Kinder eine Maske tragen? Kinder sollen frische Luft atmen! Halten Sie mal lieber Abstand von mir!«

Plötzlich keifte jemand hinter ihr: »Unverschämtheit! Sie bringen die Menschen um!« Eine weitere Frau erschien im Rücken von Juliette und auf einmal war sie förmlich eingekesselt. Ein Mann höheren Alters schrie Juliette ein paar Wörter an den Kopf, die sie nicht verstehen konnte, offenbar kam der Mann aus Bayern, und im nächsten Moment waren Juliette, Lisa und Karl von vier Personen umzingelt, die Juliette abwechselnd Beleidigungen an den Kopf warfen, dass ihr die Tränen kamen. »Bitte, die Kinder…«, schluchzte sie leise. Sie versuchte, rückwärts gehend sich aus dem Pulk zu befreien, doch die zweite Frau versperrte ihr den Weg. »Da müssen Sie jetzt auch gar nicht heulen, sondern setzen Sie sich lieber endlich eine Maske auf! Haben Sie nicht gehört, dass die Zahlen wieder ansteigen? Und das nur wegen Idioten wie Ihnen. Sie werden Blut an Ihren Händen haben! Sie müssen damit leben, dass Sie dafür verantwortlich sind, dass Menschen sterben.« Lisa stolperte über das Bein der Frau, knallte hart auf den Betonboden, weinte jetzt hemmungslos. Juliette ließ ihre beiden Kinder nicht los, zog Lisa hoch, Karl hatte ebenfalls begonnen zu weinen. Juliette sah nach oben, blickte in diese Augen voller Hass und Wut. Voller Unverständnis und Unerbittlichkeit. Die Gesichter verdeckt, keine Mimik erkennbar, nur dunkle, finstere Augen. Es hatte keinen Sinn zu diskutieren. Wenn sie von ihrem Attest erzählen würde, könnte es die Sache nur schlimmer machen. Die blanke Panik stieg in ihr hoch. Juliette betete, dass Frederick wie durch ein Wunder erschiene. Sie befreien würde. *Wieso kann er jetzt nicht hier sein? Meine Kinder. Sie werden meinen Kindern etwas antun.* Als sie gerade anfangen wollte, um Hilfe zu schreien, kamen plötzlich zwei Männer über die Straße gelaufen, beide ohne Maske, beide kräftiger Statur und begannen, ihrerseits den Pulk der sechs Menschen zu beschimpfen. Der Kessel öffnete sich, es entstanden zwei Fronten. Juliette befreite sich und die Kinder und zog sie ein paar Meter weiter auf die Straße. Die Autos auf dem Ballindamm hupten, stoppten, dann beobachteten sie das Geschehen. Die sechs Menschen wichen vor den beiden Männern zurück, die Frauen schrien, der ältere Mann aus Bayern begann, einen der jungen Männer ohne Maske zu schubsen. Daraufhin fiel der erste Schlag.

Juliette rannte zur Alster und blickte nicht mehr zurück. Wenige Sekunden später hörte sie Polizeisirenen und sah Blaulichter. Stumm zog Juliette ihre Kinder hinter sich her, die immer noch schluchzten. Fassungslos starrte sie dabei ins Leere, zitterte am ganzen Leib, war kreidebleich. Sie verstand nicht, was gerade passiert war. Sie wollte doch nur für ihren Sohn ein paar Stifte und Hefte kaufen. Jetzt wurde es ihr klar: Es waren Mauern entstanden. Mauern im Kopf. Und im Herzen.

Frederick

»Unfassbar. Unfassbar.« Frederick stand vor seiner Frau und hörte mit offenem Mund und brennendem Herzen zu. Sofort nachdem Juliette ihn weinend angerufen hatte, war er mit seinem Fahrrad in Hochgeschwindigkeit nach Hause gefahren. Schockiert lauschte er, was Juliette und seine Kinder erleben mussten. Es ging seit einigen Tagen durch die Presse, dass es solche Vorfälle in ganz Deutschland gab. Dass Menschen auf andere Menschen losgingen, die keine Masken trugen. Trotz ärztlicher Bescheinigung. Ganze Ladenketten untersagten den Zugang zu ihren Läden für Menschen, die keine Maske trugen, auch wenn sie ein Attest hatten. Aber dass seine eigene Familie das erleben musste, wollte Frederick nicht begreifen. Ärger, Homeschooling, Anfeindungen, fehlende Demokratie, all das war das eine. Und irgendwie zu verkraften. Aber wenn die eigene Frau und die eigenen Kinder angegriffen wurden, dann ging es eindeutig zu weit. Noch während Juliette schluchzend redete, schwor sich Frederick, dass so etwas nie wieder passieren würde. *Ich werde meine Familie schützen. Ich werde mithelfen, dass das alles ein Ende hat. Dieser Maskenwahn, diese religiöse Verehrung eines Stoffstückes, die Diskriminierungen von Andersdenkenden. Das muss ein Ende haben.* Mit bösem Blick schaute Frederick durch Juliette durch.

»Schatz, hörst du mir überhaupt zu?«

Frederick erwachte aus seinen Gedanken, blickte auf Juliette und nickte stumm. Sie wischte sich die Tränen aus dem Gesicht und fuhr fort: »Du kannst einem wirklich Angst machen, wenn du so guckst.«

»Ja, gehörig Angst sollen diese Menschen auch vor mir haben«, erwiderte er ernst.

Dann ging er ins Arbeitszimmer und verschloss die Tür. Er klappte sein Notebook auf und las in den sozialen Netzwerken. Zunächst die Postings von seinen Freunden. Dass die Lage weiterhin prekär sei, man nicht lockern dürfe. Es sei immer noch lediglich ein Bruchteil der Menschen in Deutschland gegen das Virus immun. Natürlich waren die Zahlen der Erkrankten in Deutschland immer noch in dem Bereich, dass die Krankenhäuser das ohne Probleme bewältigen konnten. Die ersten Lockerungen der Beschränkungsmaßnahmen, die Ende April und Anfang Mai unternommen wurden, hatten aber die befürchteten Folgen. Die Behörden sprachen von einem leichten Anstieg der Infektionszahlen. Zwar weiterhin nicht dramatisch, aber die Experten sagten, dass man sich nach wie vor alles kaputt machen könne, was man sich mühsam aufgebaut hatte, und dass eine zweite oder dritte Welle drohen würde. *Das versteht kein Mensch,* dachte Frederick. *In einigen Bundesländern dürfen die Kinder noch nicht in die Schule und die erlauben jetzt wieder Bundesligaspiele.* Er spürte, wie Wut in ihm aufstieg. Er dachte, dass es sich niemals ändern würde, wenn nichts getan wurde. Die Infektionszahlen waren extrem gering, doch dann erfanden die Politiker eben andere Parameter, die die Beschränkungen rechtfertigen sollten. Was für eine Willkür! Und gab es eigentlich noch die Parlamente? Debatten? Dann klickte er auf Gruppen, die sich Corona-Rebellen nannten oder ähnliche Namen trugen, sah Einträge, die zu einem entschlossenen Handeln aufforderten. Er las Berichte, die ähnlich klangen wie das, was Juliette erleben musste. Dann trat er einer der Gruppen bei. Und spürte eine ungeheure Erleichterung. *Ich bin nicht alleine.*

28. Kapitel

10. Juni 2020

Frederick

Bald standen Sommerferien an. Selbstverständlich kam es für Frederick nicht infrage, in dieser Situation irgendwohin zu fahren. Selbst wenn sie die Mittel dazu gehabt hätten, wäre es undenkbar gewesen, das Geschäft alleine zu lassen. Gerade in dieser Zeit, wo die Reisewarnungen in fast allen Ländern aufgehoben wurden und der Betrieb wieder zaghaft anzog. Und noch eine gute Nachricht hatte er für Juliette parat, als er abends nach Hause kam.

»Schatz, der Bauunternehmer hat heute angerufen.«

Juliette hatte sich nur allmählich von dem kürzlich erlebten Schock erholt. Seitdem verließ sie das Haus praktisch nicht mehr. Frederick musste die Kinder in die Schule und Kita bringen und auch sonst alle Dinge erledigen. Daher hoffte er, dass diese Nachricht sie ein wenig auf andere Gedanken bringen würde. In Pyjama saß sie auf der Couch, schaute eine Serie und hielt eine Tasse Tee in der Hand. Neugierig schaute sie Frederick an. Tatsächlich hellten sich ihre Augen ein wenig auf.

»Was hat er gesagt?«

»Er hat erst ziemlich herumgeschwafelt, dann aber gesagt, dass er guten Mutes ist, dass wir noch im Sommer einziehen können, vielleicht sogar im Juli.«

»Im Juli?« Juliette richtete sich auf, ein Lächeln umspielte ihren Mund. »Wirklich schon im Juli?«

»Ja. Freuen wir uns mal nicht zu früh, aber das würde uns richtig guttun. Oder?«

Juliette nickte und atmete tief durch. Beide wussten, dass sie einen Neuanfang brauchten. Ein Zeichen. Einen Ortswechsel. Frederick war erleichtert, dass die Nachricht Juliette tatsächlich aufzumuntern schien. »Das klingt super! Sollten wir jetzt schon die Wohnung kündigen?«, fragte Juliette.

Aber Frederick schüttelte den Kopf: »Nee, lass mal warten, bis wir wirklich genau wissen, wann es losgeht. Zur Not zahlen wir eben ein bisschen länger Miete.« Freudig ging er in die Küche und schenkte sich ein Glas Wein ein. »Möchtest du auch ein Glas?«

»Gerne. Zur Feier des Tages!«, rief Juliette zurück. Das hörte sich gut an. Frederick lächelte und empfand ein gewisses Glück. Etwas, das er lange nicht mehr empfunden hatte. *Vielleicht fügt sich jetzt alles.* Die Firma schien gerettet, das Haus nahm Formen an. Und eventuell würden sie es ja schaffen, im Herbst den Impfstoff zu verabreichen. Dann würde alles wieder wie früher sein. Nur besser. Er stellte die Gläser auf den Couchtisch und ließ sich zufrieden in den Sessel fallen.

Plötzlich klingelte Juliettes Handy. Sie schaute auf das Display: »Eine Nachricht von Nele.« Während sie die Worte las, erstarrten ihre Gesichtszüge. Die positive Energie, die sie ausgestrahlt hatte, entwich wieder aus ihrem Körper. Es dauerte etwas, bis sie mit Lesen fertig war.

Frederick fragte ungeduldig: »Was ist los?«

Juliette schüttelte den Kopf, rang sich ein gequältes Lächeln ab. »Lies selbst.«

Und Frederick las: ›*Liebe Juliette. Ich habe lange damit gezögert und mir auch viele Gedanken gemacht, wie ich dir das sagen soll, und ich denke, Schreiben ist das Beste. Du weißt spätestens seit unserer Diskussion vor einigen Wochen, wie ernst wir die Sache nehmen. Und als ich Ben zu euch brachte, hatte ich das Gefühl, dass du es auch endlich ernst nimmst. Ben geht seit Wochen nicht aus dem Haus, außer zur Notbetreuung. Ben hatte sich gefreut, Karl zu sehen. Aber gestern Abend erzählte er mir, dass Karl wohl auch andere Kinder trifft. Liebe Juliette, ich bin zutiefst enttäuscht von dir. Du hättest mir das sagen müssen. Ich habe dir im Krankenhaus geholfen. Und jetzt hintergehst du mich so. Ich bin der Meinung, dass sich Ben und Karl ab sofort für eine Zeit nicht mehr sehen sollten.*‹

Frederick stöhnte tief auf, schloss die Augen, gab Juliette ihr Handy zurück und rieb sich die Augen. Nein. Es wurde nicht besser.

DIE ZWEITE WELLE

29. Kapitel

28. August 2020

Juliette

Juliette war dünn geworden, geradezu abgemagert. Ihre Wangenknochen stachen unter der Gesichtshaut hervor und ihre Augen sahen müde aus. Große Ringe unter den Augen zeugten von Angeschlagenheit und wenig Schlaf. Sie hatte verschiedene Phasen durchleben müssen. Nach der Schockphase kam die Rebellionsphase, doch nach dem Angriff vor der Europapassage im Frühsommer wurde langsam, aber sicher die Resignationsphase eingeläutet. Dieses Ereignis hatte sich tief in ihr Bewusstsein eingegraben und immer wieder spürte sie ein Gefühl, das ihr Vater in der DDR wahrscheinlich noch viel deutlicher erleben musste: Falsch zu sein, unfrei zu sein und sich verfolgt zu fühlen. Und dann vor Furcht zu resignieren. *Das kann man gar nicht miteinander vergleichen!*, sagte etwas in ihr. *Die DDR war ein Unrechtsstaat, die Freiheitsbeschränkungen der letzten Monate können nicht im Ansatz eine Parallele bieten!* Doch Juliette war das egal. Für sie fühlte es sich so an.

Nach dem Ereignis im Frühsommer zog sie sich zurück, hatte keinerlei Kontakt mehr mit Nele und Jack und schaute sich weder Talkshows noch soziale Medien an. Die Situation, sich unfrei zu fühlen, gepaart mit der großen Angst, dass das Schlimmste vielleicht noch kommen konnte, drückten auf Juliettes Seele. Zeitweise hatte sie die Befürchtung, an einer Depression erkrankt zu sein, so schwer kam sie morgens aus dem Bett. Doch sie riss sich zusammen und funktionierte. Für ihre Kinder, ihren Mann, ihre Kunden und für sich selbst. Sie betete, dass bald alles vorbei war, und hatte in den letzten Wochen große Hoffnungen auf einen Neuanfang in Wedel gesetzt. Doch gerade jetzt gab es neue Entwicklungen zum Haus, die auch den letzten Funken an Freude in ihr verlöschen ließen.

Juliette und Frederick spazierten schweigend an der Elbe entlang. Ein Spaziergang, den sie eigentlich schon in Wedel machen wollten. »Gut, dass wir damals nicht gekündigt haben«, sagte Juliette frustriert. Der Bauunternehmer hatte vor ein paar Wochen angerufen, sich tausendfach entschuldigt und mitgeteilt, dass es mit dem pünktlichen Übergabetermin im Juli leider nichts werden würde. Dafür würden sie die massive Hauseingangstur umsonst bekommen. Es war ein schwacher Trost. Doch die Verträge waren eindeutig: Für den Verzug wegen unvorhersehbarer Ereignisse, wie eine Pandemie es war, haftete der Bauunternehmer nicht. Daher blieb den beiden nur übrig, es zu akzeptieren. Der neue Termin war jetzt für Mitte Oktober angesetzt.

»Vielleicht soll es so sein«, antwortete Frederick. »Der Sommer ist zwar nicht schlecht gelaufen, aber wie du weißt, ist alles wackelig. So haben wir jetzt noch mehr Zeit für die letzten Raten. Und wer weiß, wie sich das mit den Reiserückkehrern weiterentwickelt. Die haben ja schon wieder in den Panikmodus geschaltet. Getrieben von diesem Lautschläger.«

Juliette starrte ins Leere. Sie wusste, dass Frederick recht hatte. Mehr noch: Sie befürchtete das Schlimmste. Seit dem Ende der Sommerferien schossen die Infektionszahlen wieder in die Höhe. Juliette schüttelte den Kopf. Dass es vor allem auch an den viel häufigeren Testungen lag, wurde in der Öffentlichkeit nur am Rande erwähnt. Und die Betten in den Krankenhäusern waren immer noch leer.

Sie dachte fast täglich daran, wie es finanziell weitergehen würde, sollte es erneute harte Maßnahmen geben. *Werden wir das überleben? Wird Frederick das überleben?* Seit Monaten war die finanzielle Zukunft ihrer Familie ungewiss. Die Bank hielt bis jetzt beim Darlehen für das Haus still und es reichte zum Leben, aber Fredericks Firma funktionierte weiterhin auf Kredit und hielt sich gerade so eben über Wasser. Und immer und immer wieder kam ihr in den Sinn, dass er Ende letzten Jahres ein Millionen-Angebot abgelehnt hatte.

Stumm gingen sie weiter, streiften den Rödingsmarkt, fanden sich kurze Zeit später beim Rathaus wieder. Ein ungewöhnlicher Auflauf war dort zu sehen. Menschen standen im Pulk, Kameras waren aufgebaut, schwarze Limousinen parkten am Rand. Frederick und Juliette schauten genauer hin. Die Reporter hielten sich nicht alle an die geltenden Abstandsregeln, Mundschutz trugen die wenigsten. Die beiden erspähten durch den Pulk einen hochgewachsenen korpulenten Mann mittleren Alters im fein sitzenden Anzug, der vor die Kameras trat. Sie erkannten ihn sofort. Sein Gesicht war in den letzten Wochen omnipräsent in Zeitung und Fernsehen, seine Stimme ging durch den Rundfunk. Es war der Gesundheitsminister Dr. Lautschläger. Juliette merkte, wie sich ihre Stimmung durch seinen Anblick veränderte. Sie wurde unruhig und zugleich zornig. Sie wusste, dass Frederick ähnlich fühlte.

»Dieser Arsch. Ich kann den nicht mehr sehen.«

»Der macht eben schon Wahlkampf. Dabei sind ihm alle Mittel recht.«

»Wenn er wirklich Kanzlerkandidat wird und später Kanzler, dann wandere ich endgültig aus«, brummte Frederick. Juliette nickte. Lautschläger war fürchterlich. Er hatte in den letzten Monaten Spaß am Krisenmodus gefunden und zeigte keinerlei Lust, diesen Modus zu beenden. Im Zeichen des parteiinternen Wahlkampfes gab er den harten Hund. Er gefiel sich als der Mensch, der anpackte und die Menschen mit strengen Maßnahmen vor sich selbst beschützen wollte.

»Und das Problem ist, dass die Menschen es gut finden. Die würden ihn sofort als Kanzler wählen. Hast du die Zustimmungswerte gesehen?« Juliette nickte abermals. »Unfassbar!«, sagte Frederick.

»Komm, Schatz, lass uns etwas näher herangehen. Mal sehen, was er heute schon wieder für eine Panik verbreitet«, schlug Juliette vor und dachte an die Auftritte von Lautschläger in den Talkshows. Für Lockerungen sei kein Raum. Man müsse durch die Urlaubsrückkehrer vielmehr an Verschärfungen denken, wo es nötig wäre. Die Fußball-Bundesliga vor Zuschauern sei undenkbar. Und man stehe direkt am Anfang der zweiten Welle.

»Meinst du, er kann noch mehr Blödsinn reden? Er wollte doch schon wieder die Grenzen dichtmachen. Und Reisen ins Ausland verbieten. Was geht denn da noch mehr?«

Frederick und Juliette positionierten sich in Hörweite und lauschten den gestenreichen Ausführungen des Gesundheitsministers.

»Die Lage ist ernst. Die Pandemie ist nicht weg. Ganz im Gegenteil, sie ist voll da. Die zweite Welle rollt an und durch die Schulöffnungen wird es nun gefährlich. Die Urlaubsrückkehrer aus den Risikogebieten waren fahrlässig, daher müssen wir jetzt die Schülerinnen und Schüler sowie Lehrerinnen und Lehrer schützen.«

Schulen? Was redet er jetzt über Schulen? Juliette wurde nervös. An ihren Kindern hatte sie hautnah erlebt, was es hieß, verlassen von der Politik zu sein. Unzureichendes Homeschooling, Vereinsamung und Depressionen. Wie lange hat Karl täglich geweint? Wie viele Schwierigkeiten hatte er jetzt beim Schulstoff? Und er war nicht der Einzige. Laut einer Studie sollten achtzig Prozent der Kinder durch die Schulschließungen Probleme unterschiedlicher Art bekommen haben. *Der Arsch soll die Schulen in Ruhe lassen. Die Schüler müssen lernen. Vor Ort.*

»Daher ist es oberstes Gebot, dass die Schulen geöffnet bleiben!« Der Satz irritierte Juliette. Sie schaute Frederick an, der mit versteinerter Miene auf den Gesundheitsminister starrte. Hatte er sich eben tatsächlich für die Schüler eingesetzt? Doch der nächste Satz ließ Juliette erstarren. »Wir ordnen daher Maskenpflicht für die Schüler ab den weiterführenden Schulen an. Und das nicht nur in den Fluren und Toiletten, sondern auch auf dem Pausenhof und im Unterricht.« Juliette kochte, konnte nicht glauben, dass er das eben tatsächlich gesagt hatte. Ihr wurde heiß und kalt, die Schläfen pochten. »Die Bundesländer sind aufgerufen, entsprechend die nötigen Verordnungen anzupassen. Vielen Dank für Ihre Fragen.«

Juliette wollte sich das nicht länger anhören. *Mein Kind wird keine Maske tragen. Meinem Kind werde ich das nicht antun. Wie kann er bloß? Finden die Menschen das etwa richtig? Stört die anderen Eltern das überhaupt nicht? Überall liest und hört man, dass weder Kinder noch Schulen die Treiber der Infektionen sind. Wieder und wieder wird das hier alles auf dem Rücken der Kinder ausgetragen. Mein Kind soll jetzt stundenlang eine Maske tragen, anstatt dass die endlich mal herausfinden, was die wirklichen Treiber der Krankheit sind? Niemals.* Sie war im Begriff zu gehen, wandte sich ab und wollte Frederick andeuten, dass sie jetzt bitte nach Hause wollte, doch plötzlich hörte sie eine bekannte Stimme rufen, nahezu brüllen.

»Was tun Sie den Kindern an? Wie können Sie es wagen?« Die Reporter drehten sich um, Lautschläger schaute ärgerlich und irritiert in ihre Richtung. Es war Frederick. Er ging einige Meter auf Lautschläger zu. Sprachlos sah Juliette ihrem Mann zu. Sie erkannte ihn kaum wieder. Niemals war er so ausgeflippt. Sie war zu überrascht, um einzugreifen. Frederick bahnte sich den Weg. »Sie machen die Kinder krank! Es gibt keinen Beweis, dass Kinder ansteckender sind als Erwachsene! Wie können Sie den Kindern so etwas antun?«

Lautschläger setzte ein Grinsen auf, schien über Frederick in den Pulk Reporter hinwegschauen zu wollen, wollte ihn offenbar ignorieren, doch Frederick legte nach: »Sie sind gefährlich! Sie müssen weg!« Mittlerweile hatten einige Reporter ihre Kameras auf Frederick gedreht. Das gefiel Lautschläger überhaupt nicht. »Man muss den Kerl aufhalten!«, schrie Frederick in die Kamera. »Er gefährdet nicht nur Existenzen, sondern auch Menschen. Und jetzt macht er sich an die Kinder!«

Juliette bekam Angst. Frederick würde sich damit in Schwierigkeiten bringen. *Das wird sicher überall gesendet. Was werden die Kunden sagen, die Geschäftspartner?* Doch Frederick war außer sich. »Dieser Mann opfert unsere Kinder!« Dann sah Juliette, wie Lautschläger einem Sicherheitsmann einen kurzen Hinweis gab. In Sekundenschnelle standen vier Männer vor Frederick und drängten ihn von der Kamera weg. Gleichzeitig ergriff Lautschläger wieder das Wort.

Juliette bekam Angst, die Wachmänner drängten Frederick immer weiter ab, sie sah, wie sich fünf Polizisten näherten und dann auf Frederick einredeten. Während sich die Wachmänner entfernten und zu Lautschläger zurückkehrten, sah sie, wie die Polizisten kampfbereit vor ihrem Mann standen. Schnell eilte sie heran, doch wurde sie sofort zurückgedrängt.

»Ausweis!«, schrie ein Polizist.

»Was habe ich denn gemacht?«

»Ausweis!«

»Lassen Sie meinen Mann in Ruhe!«

»Zeigen Sie mir erst mal Ihren Dienstausweis!«

»Zum letzten Mal! Ausweis her!«

Frederick stand stumm da, konnte nicht vor und nicht zurück. Juliette wollte zu ihm. *Mach nichts Falsches, Schatz,* dachte sie. *Zeig ihnen doch einfach deinen Ausweis.* Vor Sorge um ihren Mann merkte sie kaum, wie unsanft sie von einem Polizisten weggeschubst wurde.

»Ich habe keinen Ausweis dabei.« Zwei Beamte stürzten sich auf Frederick und drückten ihn zu Boden. Frederick schrie, Juliette sprang an einem Polizisten vorbei, rannte zu Frederick hin. »Meine Frau hat den Ausweis! Meine Frau hat den Ausweis!«, schrie er. Die Polizisten verrenkten seinen Arm hinter seinem Rücken, verdrehten dabei den Oberarm. Frederick schrie vor Schmerzen auf. Juliette schossen die Tränen ein. Laut rief sie: »Lassen Sie ihn los! Ich habe seinen Ausweis in meiner Tasche!« Einer der Polizisten drehte sich zu ihr um. »Ich bin seine Frau. Ich habe den Ausweis.« Dabei wedelte sie zitternd mit dem Dokument. Einer der Polizisten ließ von Frederick ab und kam auf Juliette zu. Mittlerweile beobachteten mehrere Menschen die Szene, schüttelten den Kopf. *Endlich sehen die Menschen mal, was aus diesem Land geworden ist,* dachte Juliette. Doch als sie die verächtlichen Blicke wahrnahm, wusste sie, das Kopfschütteln galt ihr und Frederick. Der zweite Polizist kniete auf Fredericks Rücken, dessen Kopf rot anlief. »Okay, stehen Sie auf«, sagte der Beamte und ließ ein wenig locker. Frederick stand auf, schaute zu Juliette, aus seinen Augen blickte panische Angst. »Hier ist der Ausweis«, sagte Juliette mit bebender Stimme. »Frederick Bauer?«, fragte der Beamte und Frederick nickte außer Atem. »Sie bekommen jetzt eine Anzeige wegen mehrerer Ordnungswidrigkeiten. Und auch wegen Widerstands gegen Vollstreckungsbeamte.«

»Wie bitte?«, rief Juliette. Doch Frederick hob seinen Arm und bedeutete ihr, dass sie keinen Ton mehr sagen sollte. Juliette verstummte. Wortlos steckte er seinen Ausweis wieder ein. Der Beamte deutete mit seiner Hand vom Rathausmarkt weg. »Ich erteile Ihnen ein Platzverbot. Gehen Sie jetzt bitte.« Mit weichen Knien packte Juliette Frederick am Arm und zog ihn weg.

Ohne ein Wort zu sagen, gingen sie schnellen Schrittes und auf direktem Weg nach Hause. Frederick wurde von Meter zu Meter blasser. Doch er sagte nichts. Kein Wort.

Jack

Jack traute seinen Augen nicht. »Hast du das gesehen?« Sprachlos saßen Jack und Nele am Abend vor dem Fernseher. Natürlich war auch dieses Mal wieder Corona das Thema. Es wurde über die Corona-Maßnahmen berichtet und über Gesundheitsminister Lautschläger, den Jack für sein mutiges Auftreten bewunderte.

Der Sprecher berichtete, wie der aus Hamburg stammende Politiker in seiner Heimatstadt von gewaltbereiten Menschen niedergeschrien worden war. Und plötzlich tauchte auf dem Bildschirm ein ihnen bekanntes Gesicht auf: Es war Frederick, der den Gesundheitsminister anpöbelte. Sekundenlang wurde ihr alter Freund gezeigt. Jack schämte sich fremd. Wie hatte Frederick nur so abrutschen können?

»Unglaublich, was durch die Manipulation einiger Menschen und durch die sozialen Medien passieren kann«, sagte Nele. »Frederick war doch so ein kluger Mensch! Jemand, der mitten im Leben stand und mit beiden Beinen auf dem Boden des Rechts! War er nicht mal Rechtsanwalt?«

Jack nickte. Er konnte es nicht glauben. Wo kam diese Wut her? Jeder musste sich in diesen Tagen einschränken. Er verstand es ja, dass sich manche Sorgen um ihre Existenz machten. Gerade die Selbstständigen. Aber so abzudriften? Und sich von Rechten und Staatsfeinden manipulieren zu lassen? »Vielleicht haben wir uns in Frederick getäuscht. Vielleicht schlummerte da schon lange etwas.«

»Gott sei Dank hat Ben sich nicht mehr mit Karl getroffen«, entgegnete Nele und stand auf, um etwas Wasser aus der Küche zu holen. »Ich verstehe es auch nicht. Vor allem, weil Juliettes Mutter an Corona gestorben ist.«

Jack blieb auf der Couch sitzen und fasste sich an die Brust. Wenn er ehrlich zu sich war, hatte er sich immer noch nicht vollständig von seinem Eingriff erholt. Er würde es niemals gegenüber Nele zugeben, aber vielleicht war er doch zu fahrlässig mit der Reha gewesen. Ob er sie jetzt noch nachholen sollte? Im Krankenhaus war wenig los. Die reservierten Corona-Betten waren fast alle leer, trotz steigender Infektionszahlen. Doch Jack und seinen Kollegen war klar, dass es im Herbst und Winter wieder ernst werden konnte.

»Die Nörgler und Verharmloser kommen inzwischen aus allen Ecken gekrochen«, rief er durch die Wohnung. Als Nele zurückgekehrt war, ergänzte er: »Selbst bei unseren Ärzten gibt es jetzt einige, die sagen, es war alles nicht so schlimm. Ich frage mich immer, ob die nicht mal nach Spanien oder Frankreich gucken? Da geht es doch schon lange wieder los.«

»Oder Österreich.«

Jack nickte. Er dachte an sein Heimatland. Und an seine Mutter. Sie litt weiterhin an einer chronischen Krankheit und war alleine mit seinem Vater in einem Haus auf dem Land, fernab von guter medizinischer Versorgung. Als er einen Schluck Wasser trank, kam ihm etwas in den Sinn. »Ich glaube, ich muss dringend mal Mama besuchen«, sagte er nachdenklich.

Nele schaute ihn ängstlich an. »Jetzt? Bist du dir echt sicher?«

Jack wandte sich ihr zu und antwortete: »Ja, gerade jetzt. In Amerika ist es echt schlimm mit Corona. Ich will nicht, dass die beiden sich anstecken. Ich möchte sicherstellen, dass sie gut versorgt sind und sich verantwortungsbewusst verhalten. Am Telefon wiegeln sie immer nur ab, ich solle mir keine Sorgen machen.«

»Und die Klinik?«

»Da ist, wie du weißt, nicht viel los momentan. Und ich habe schon lange ein paar Tage Urlaub verdient.«

»Aber dein Herz!«

Jack nahm Neles Hand und gab ihr einen zärtlichen Kuss. »Schatz, meinem Herzen geht es gut. Und vielleicht mache ich ja doch noch zwei Wochen Kur, wenn ich aus Amerika wieder zurück bin.«

Jack erkannte, dass diese Worte Nele geradezu frohlocken ließen. Er wusste, dass es Neles sehnlichster Wunsch war, dass er endlich mal kürzertreten sollte. Wie oft hatte sie ihm in den Ohren gelegen und ihn gedrängt, diese Kur zu machen. Jack war froh, dass er ihr diesen Wunsch endlich gewähren konnte. Jetzt war die beste Zeit dafür.

Nele setzte sich auf Jacks Schoß und kuschelte sich an ihn. »Okay. Dann haben wir einen Deal: Ich erlaube dir, nach Amerika zu fahren, wenn du dort richtig aufpasst und dich von allem fernhältst, was dich anstecken könnte. Und im Gegenzug versprichst du mir, danach auf Kur zu fahren. Klar?« Jack musste lachen. Er liebte es, wie sie sich um ihn sorgte. Wer hatte schon das Glück, so geliebt zu werden? Jack drückte Nele an sich und streichelte ihren Rücken. Unwillkürlich schossen wieder die Bilder aus der Nachrichtensendung in seinen Kopf. Und er musste an seinen alten Freund denken. *Mensch, Frederick, werde doch bitte vernünftig. Es ist noch nicht zu spät. Macht es Sinn, wenn ich ihn noch mal anrufe?*

30. Kapitel

22. September 2020

Juliette

Das Wetter war lausig. Es regnete und der Nordseewind pfiff um die Häuser. Frederick und Juliette zogen sich die dünnen Übergangsjacken bis unters Kinn. Juliette hakte sich bei Frederick unter und sie stapften durch die Pfützen zu einem kleinen Restaurant in der Hamburger Speicherstadt. Es war ein wunderschöner Abend, die beiden genossen – stets mit gebührendem Abstand zu anderen Gästen – den Wein und die hanseatische Küche und Juliette konnte für eine kurze Zeit alles vergessen, was ihr Sorgen bereitete. Sie lachten, scherzten, dachten an alte Zeiten, sprachen über das Haus, machten sich Gedanken über die Einrichtung und waren sich einig, dass sie das Portugiesenviertel sicherlich sehr vermissen würden.

Frederick nippte noch einmal an seinem Glas Wein. »Sag mal, hast du das aus Afrika gehört?«

»Was meinst du?«

»Na, das Virus.«

Juliette zuckte zusammen. *Bitte nicht das Thema jetzt, warum fängt er damit an?* Trotzdem fragte sie: »Corona in Afrika?«

»Ja. Die Menschen leiden dort ungeheuerlich. Obwohl das Virus dort gar nicht so wütet wie bei uns oder

Amerika, leiden sie natürlich darunter, dass die Weltwirtschaft am Boden ist.«

Juliette nickte. Das war ein Thema, das sie stets verband: Häufig hatten sie sich für Afrika engagiert, viele Organisationen mit Spenden unterstützt. »Laut der WHO sollen da alle Hilfen gegen andere Krankheiten jetzt zurückgestellt worden sein. Andere Impfungen gegen Kinderkrankheiten und so. Alles wegen Corona gestoppt.«

Frederick schüttelte empört den Kopf. »Ja, unglaublich. Die EU hat gerade mal zwei Milliarden Euro bereitgestellt, wovon Deutschland sechshundert Millionen übernehmen will. Sechshundert Millionen. Für ganz Afrika.«

Juliette nickte und schob das Tiramisu von sich weg. Ihr war der Appetit vergangen. »Die armen Kinder dort. Unfassbar, dass Europa wieder so kurzsichtig ist und nicht an die Folgen denkt.«

Frederick nahm ihre Hand, lächelte sie an und sagte: »Ach komm, tut mir leid, dass ich mit dem Thema angefangen habe. Lassen wir uns den schönen Abend nicht verderben.« Juliette schaute ihm in die Augen, beugte sich vor und gab ihm einen langen Kuss. *Nein, Frederick hat recht. Lassen wir uns die Laune nicht verderben.*

Doch vergeblich. Plötzlich hörten sie am anderen Ende des Lokals Aufregung. Es wurde gerufen. »Ein Arzt! Bitte ein Arzt!« Juliette stand auf, schaute um die Ecke Richtung der Schreie. Dort lag ein älterer Mann in einem feinen Anzug auf dem Boden, röchelte, versuchte zu atmen, bekam offenbar keine Luft mehr. Andere Menschen standen um ihn herum. Eine Frau schrie und weinte hysterisch. Der Mann lief blau an. Die Kellner kamen zu den Tischen, baten die Gäste zu zahlen und zu gehen. Was nicht verzehrt werden konnte, würde nicht berechnet werden. Hektisch warf Frederick ein paar Scheine auf den Tisch, Juliette achtete nicht darauf, ob es der richtige Betrag war. Wortlos zogen sie ihre Jacken über und verließen mit den anderen Gästen das Restaurant. Ohne ein Wort zu wechseln, gingen sie wie Roboter durch den Regen. Beide wollten nicht darüber sprechen, aber sie wussten sofort, was sie gesehen hatten.

Am nächsten Morgen stand es als Schlagzeile auf der ersten Seite der Zeitungen: »Corona-Tote in Hamburg steigen wieder!«

Juliette

Juliette fühlte sich, als wäre sie in einer Wiederholungsschleife. Die gleichen Reflexe, die gleichen Bilder, die gleichen Schlagzeilen und Diskussionen. Hatten die Talkshows bereits seit einiger Zeit wieder neue Themen besprochen, schalteten alle Sender nun abermals auf das Thema Corona. Erneut zogen die Politiker vor die Kameras und sprachen von dramatischen Zuständen. Doch eines war anders: Der Ton war rauer als im März des Jahres, die Menschen standen keineswegs mehr geschlossen hinter den Maßnahmen der Verantwortlichen und der Virologen, sondern hatten sich in zwei Lager gespalten. Zwischenpositionen schienen kaum noch möglich zu sein. Es gab nur schwarz oder weiß.

Juliette besuchte das Grab ihrer Mutter auf dem Ohlsdorfer Friedhof und war in Gedanken versunken, während sie den Blumenschmuck austauschte. Nun würde es wieder von vorne losgehen. Dabei war doch allen Beteiligten schon lange klar, dass eine zweite Welle kommen musste. Der Impfstoff oder Medikamente waren nach wie vor weit entfernt und eine Immunisierung der Bevölkerung nicht ansatzweise vorhanden. Daher würde das Virus das schlechte Wetter, die Erkältungsphasen und das vermehrte Aufhalten in engen Räumen ausnutzen, um sich wieder auszubreiten.

»Ach, Mama, gut, dass du das alles nicht mehr miterleben musst.« Sie legte Blumen auf das Grab und ging dann langsam die geschwungenen Parkwege entlang zu ihrem geparkten Auto. Sie ließ sich Zeit, Karl hatte heute einen Präsenztag an der Schule und Frederick hatte es übernommen, ihn in die Schule und Lisa zur Kita zu bringen, sodass Juliette ein wenig Zeit für sich haben konnte. Einfach mal in den Tag hineinleben.

Doch ihre Gedanken konnte sie nicht abstellen. Die Regierungen hatten aus dem letzten Mal lernen wollen und stellten bei einer Verschärfung der Situation sofortige Schließungsmaßnahmen in Aussicht. Dafür hatten sie bereits im Vorwege die Voraussetzungen geschaffen und die jeweiligen Verordnungen vom März nicht ausgesetzt, sondern lediglich abgeändert. In Hamburg stellten sich die Menschen daher seit dem Morgen, als die Nachrichten über die Corona-Infizierten über die Ticker liefen, die Frage, wie es nun weiterging. Cafés und Läden richteten sich auf Schließungen ein, viele arbeitende Menschen blieben vorsorglich zu Hause. Und die Nachrichten überschlugen sich. Juliette bekam eine WhatsApp auf ihr Handy. Es war die befreundete Mutter eines Kindes aus Lisas Kita. ›*Dreiundfünfzig bestätigte Tote seit gestern. Wehe, die machen die Kita jetzt wieder ganz zu. Liebe Grüße.*‹ Nein. Das durfte nicht passieren, das konnte nicht passieren. Juliette hatte die halbe Nacht wach gelegen. Der Zusammenbruch des Mannes im Restaurant war furchtbar gewesen, weckte in Juliette aber auch neue Energie. So sehr sie das Schicksal des Mannes auch bedauerte, Sterben gehörte zum Leben dazu, sagte sie sich. Krankheiten und selbst Corona gehörten dazu. Und das Leben ging weiter. Juliette würde nicht noch einmal so widerspruchslos hinnehmen, dass die Gesellschaft aus Sorge vor Krankheit und Tod aus den Fugen geriet.

Morgen würden nach langer Zeit mal wieder Fredericks Bruder Patrick und Elisa zu Besuch kommen. Zumindest hofften alle, dass die Nachrichtenlage sich nicht genauso überschlug wie damals, als quasi stündlich Verordnungen und Einschränkungen verkündet wurden. Juliette hatte beschlossen, etwas Leckeres für alle zu kochen, genügend Wein einzukaufen und zur Abwechslung schöne Stunden wie im letzten Jahr zu erleben. Endlich über andere Themen sprechen, sogar die Beamten-Jobs der beiden interessierten sie nun. Als Juliettes Telefon klingelte und Frederick am Apparat war, fühlte sie echte Freude, seine Stimme zu hören. »Hallo, Schatz.«

»Hi, Juli. Du, ganz kurz. Wo bist du denn gerade?«

»Ich komme eben vom Friedhof und wollte jetzt kurz für morgen einkaufen gehen. Frederick, was hältst du von Spaghetti Bolognese mit Salat und leckerem Nachtisch?«

»Klingt super. Du, ich muss dringend ein paar Termine wahrnehmen. Hier bricht schon wieder alles zusammen. Die Hotels machen dicht und stellen Buchungen infrage. Kannst du nachher die Kinder abholen? Sorry, ich wusste, dass der Tag nur für dich sein sollte.«

Juliette sackte in sich zusammen. Sie hatte es befürchtet. Seit Monaten redete Frederick kaum noch über sein Geschäft mit ihr. Wahrscheinlich wollte er sie schützen und fraß alles in sich hinein. Und insgeheim hatte sie gehofft, niemals wieder etwas Derartiges von ihm zu hören. Die Firma stand am Abgrund. »Na klar, Schatz. Mach ich. Kümmere du dich bitte um die Kunden. Ich gehe einkaufen und drücke dir die Daumen.« Sie legte auf, senkte ihren Blick und stieg schließlich in ihr Auto.

Frederick

Er konnte ihr nicht die ganze Wahrheit sagen. Frederick saß im Büro und verstand nicht, was gerade passierte. Was er in seinem E-Mail-Postfach lesen musste. Fast fünfzig Mails waren seit gestern eingegangen.

Am gestrigen Sonntag hatte in Berlin eine große Demonstration gegen die Corona-Maßnahmen stattgefunden. Vierzigtausend Menschen hatten sich auf den Straßen gesammelt. Vorausgegangen war eine Gerichtsschlacht über Verbote und Auflagen. Letztendlich gewannen die Demonstranten den Prozess und zogen in einer aufgeheizten Stimmung durch Berlin. Die Bilder wurden in das ganze Land gesendet. Stets versehen mit schlimmen Bildern von Nazis und Reichsbürgern, die ihre eigene Agenda fahren wollten. In den Berichten über die Demonstration kamen auch Bilder von Kundgebungen aus anderen Städten hinzu. Unter anderem auch aus Hamburg.

Aus diesem Grund war Frederick plötzlich ein bekannter Mann. Er war der Pöbler vom Rathausmarkt, der den beliebten Minister Lautschläger aggressiv angegangen war. Und die sozialen Netzwerke liefen heiß. Die Seiten von ›Fairreisen‹ wurden plötzlich reihenweise negativ bewertet. Frederick war ein Covidiot, ein Leugner. Einige Kommentare stellten ihn sogar in die rechte Ecke und riefen offen zum Boykott von ›Fairreisen‹ auf.

Sein Mail-Postfach gab ihm den Rest: Kunden stornierten, Hotels kündigten die Zusammenarbeit. Frederick schlug die Hände vorm Gesicht zusammen. Das wackelige Gebilde seiner Firma, das er in den letzten Wochen mühselig und mit viel Arbeit zusammengehalten hatte, brach nun endgültig zusammen. Sein Magen drehte sich, Frederick atmete schnell. Er wollte sich einfach in eine Ecke zurückziehen und niemals mehr herauskommen. Sofort kamen die Bilder wieder hoch. Die Bilder von damals. Als er drohende E-Mails von seinen Mitarbeitern bekam. Doch hatten diese zumindest noch einen Inhalt, der nachvollziehbar war. Schließlich bangten die Mitarbeiter selbst um ihre Existenz und brauchten dringend ihr Gehalt, das Frederick nicht mehr zahlen konnte. Doch dieses Mal trieften die Nachrichten nur so von Boshaftigkeit und Unversöhnlichkeit. *Ich habe doch niemandem etwas getan,* dachte er. Er war weder ein Rechter noch zweifelte er an, dass eine gefährliche Krankheit durch das Land ging. Er wollte schreien, weinen, an die Wand schlagen. Doch er saß wie gelähmt vor seinem Rechner und schaute auf den Bildschirm. Der Computer gab den E-Mail-Eingangs-Ton wieder und schon las Frederick die nächste E-Mail mit der Betreffzeile ›Stornierung‹ und dem Satz ›Mit so etwas wollen wir nichts zu tun haben‹.

Frederick ging zu seiner Mitarbeiterin und schickte sie nach Hause. Er musste jetzt alleine sein und nachdenken. Schnell ging er an seinen Büroschrank und holte eine Flasche Rum. Niemals zuvor hatte er dringender einen Schluck zum Betäuben gebraucht als in diesem Moment. Hastig schluckte er herunter. Dann schloss er die Augen und versuchte, ruhig nachzudenken. Was konnte er tun? Er musste eine Erklärung auf die Homepage und die App stellen. Und an den E-Mail-Verteiler eine persönliche Nachricht schicken. Er musste retten, was zu retten war.

Eilig tippte er in seinen Computer. Ihm war egal, ob es sich professionell anhörte. Die Zeilen mussten wahrhaftig sein und die Situation aufklären. Als er die Erklärung hochgeladen und in den sozialen Netzwerken gepostet hatte, wartete er auf die ersten Reaktionen. Und musste umgehend spüren, dass die Anfeindungen lediglich zunahmen. ›Der Typ versucht, sich herauszuwinden‹, ›Wie die Nazis. Dementi nach Tabubruch‹, ›Feigling‹. Frederick hatte keine Chance. Er wusste keinen Ausweg mehr. Wut stieg in ihm hoch. *Was zum Teufel wollen die alle von mir? Wie können die mich so hassen?* Frederick schaute in seine Online-Auswertung. Von den ohnehin wenigen Buchungen waren jetzt fünfzig Prozent wieder kostenfrei storniert. *Es ist vorbei. Ich habe versagt. Endgültig versagt. Wieso konnte ich meinen Mund nicht halten? Aber ich habe doch recht! Wieso erkennen die Menschen das nicht? Wieso beschimpfen die mich derart? Ich will nicht mehr! Ich will hier weg! Für immer!*

Frederick deaktivierte seine Social-Media-Kanäle und klappte das Notebook zu. Ich kann das Juliette nicht erzählen. Das bringt sie um. Aber ich brauche jetzt ihre Hilfe.

Er war froh, dass es seiner Mutter gut ging. Aus ihren Erzählungen am Telefon war er nie so richtig schlau geworden, und obwohl sich die meisten seiner Befürchtungen als unbegründet erwiesen hatten, war es gut, dass er sie nach der langen Zeit besucht hatte. Er hatte das Landleben in dem kleinen Farm-House in Texas genossen, spielte mit seinem Vater stundenlang Schach und traf sich mit alten Freunden. Nach einer Woche war es aber Zeit, wieder zurückzufliegen. *Nele hält es nicht länger ohne mich aus.* Er wollte sich um sie kümmern und außerdem vermisste er Ben. In ein paar Tagen, nachdem er einen Corona-Test gemacht hatte, wollte er in eine schöne Reha-Klinik an der Ostsee, endlich das tun, was Nele schon seit Langem einforderte und wahrscheinlich auch nötig war, schließlich spürte er weiterhin die Nachwirkungen. Er musste sich jetzt ein für alle Mal auskurieren.

Schnell verabschiedete er sich von seinen Eltern. Das Taxi zum Flughafen wartete und er versprach, schon bald mit der ganzen Familie zu kommen. Als er wenig später beim Check-in-Schalter stand und darauf wartete, seinen Koffer aufzugeben, rief ihm plötzlich jemand entgegen. »Jack! Was machst du denn hier?«

Jack drehte sich um und sah eine blonde, junge Frau. Es war Mary, seine Jungendfreundin. Er traute seinen Augen nicht, kam aus dem Lächeln nicht mehr heraus. Mit Anlauf sprang Mary in Jacks Arm. Der wusste gar nicht, was er machen sollte, entschied sich jedoch schließlich, sie einfach zu drücken. Wie lange hatte er sie nicht gesehen! Wie hübsch sie war! Mary gab ihm einen Kuss auf die Wange und konnte den Zufall gar nicht fassen.

»Mensch, Mary, wo kommst du denn her?«

»Ich komme gerade aus Chicago. Beruflich. Und du?«

»Gerade wieder auf dem Weg nach Deutschland. Mein Flug geht in zwei Stunden.«

»Zwei Stunden?« Mary schaute auf die Uhr. »Lust und Zeit auf ein oder zwei Getränke?«

Jack lächelte sie an. Sein Herz hüpfte. Was für ein Zufall. »Für dich habe ich immer Zeit.« Dann legte er den Koffer auf das Rollband, bekam seine Tickets und legte seinen Arm um seine Jugendfreundin. Insgeheim war ihm bewusst, dass er gerade Regeln brach. *Aber was soll schon passieren? Ich lasse mich in Deutschland ohnehin testen.* So ein glücklicher Zufall musste gefeiert werden!

31. Kapitel

24. September 2020

Juliette

Frederick sah aus wie der Tod. Als er gestern von seinem Termin nach Hause gekommen war, war er bleich gewesen und seine Augen gerötet. Er stank nach Alkohol und hatte keine Hoffnung mehr. »Was ist passiert, um Himmels willen?«, hatte sie gefragt.

»Alles in Ordnung«, war seine knappe Antwort gewesen.

Heute Morgen wollte er gar nicht aufstehen. Juliette verstand ja, dass es schwierig war, aber er musste doch weiterkämpfen. Aufgeben war keine Option! Bisher ging es doch ganz gut. Viele Reisen waren erlaubt, die Hotels waren meist wieder geöffnet und die Herbstferien standen bald an. *Oder erzählt er mir nicht die Wahrheit?* Sie entschied sich, ihn einfach in Ruhe zu lassen. Vielleicht brauchte er nur etwas Abstand. Heute würde auch sein Bruder kommen, sicher würde ihn das aufmuntern.

Juliette versprach, alles für den Besuch von Patrick und Elisa vorzubereiten. Die beiden hatten sich wieder ein Hotelzimmer mit Blick auf die Elbe reserviert und schon angekündigt, dass sie heute sicherlich nicht bis spät in den Morgen hinein bei Frederick und Juliette bleiben wollten, da sie den Ortswechsel und das schöne

Hotel seit langer Zeit mal wieder genießen wollten. Juliette war es egal. Sie konzentrierte sich darauf, endlich wieder eine perfekte Gastgeberin sein zu dürfen, und begann wenig später, die Wohnung zu putzen. Mal keine Horrornachrichten hören oder sehen.

Doch es war dieser Tage alles nicht so einfach. Ihr Smartphone klingelte, sie schaute auf das Display und sah die Nachricht einer Kita-Mutter. Keine lange, lediglich Zahlen und zwei Worte: *Bitte nicht!* Juliette schaute auf eine Nachrichtenseite und dort wurden die Zahlen bestätigt: *Zweitausend Neuinfektionen. Zweite Welle. Jetzt geht es wieder los!* Juliette schüttelte den Kopf. *Natürlich gehen die Zahlen wieder hoch! Es wird viel mehr getestet, die Reiserückkehrer bringen das Virus zurück ins Land, und vor allem haben die Menschen vielfach einfach keine Lust mehr auf die Beschränkungsmaßnahmen. Und Infizierte sind keine Kranken!* Juliette versuchte, sich nicht aufzuregen, und geriet in einen regelrechten Putzrausch.

Nach dem Putzen kam das Kochen. Ablenken, nicht nachdenken, was kommen könnte, nicht daran denken, dass solche Meinungen nicht erwünscht waren. Es nicht an sich herankommen lassen, dass man ein Aussätziger war. *Wenn man sich selbst ein halbes Jahr nach dem Lockdown dafür ausspricht, dass die Beschränkungsmaßnahmen endlich mal ein Ende haben sollten, dann wird man als Verräter angeschaut. Wie lange soll die Maskenpflicht noch gelten? Wann kann ich mal wieder normal mit Lisa zum Schwimmunterricht? Wann darf Karl mal wieder zum Fußballtraining? Und wenn die jetzt ernsthaft wieder damit anfangen, die Schulen schließen zu wollen, dann drehe ich durch.*

Sie begann, den Tisch zu dekorieren. Patrick und Elisa sollten sich einfach wohlfühlen, sollten den Abend in vollen Zügen genießen. Wer wusste schon, wann man in den nächsten Monaten noch einmal so beisammen sein konnte? Wer wusste schon, wann sie wieder mit Lockdown-Maßnahmen anfingen?

Genervt bemerkte Juliette, dass sie die Eiscreme für den Nachtisch vergessen hatte. Glücklicherweise kam Frederick gerade aus dem Schlafzimmer geschlurft. Er sah immer noch nicht besser aus, aber er hatte sich zumindest aufgerafft. »Ich habe das Eis vergessen.«

»Kein Problem, Schatz«, murmelte Frederick. »Ich kann es holen. Gehe nur schnell duschen.« Als Juliette Frederick hinterhersah, erinnerte sie sich an den Anblick von damals. Genau so hatte er ausgesehen. Genau die gleiche Körperhaltung, genau dieselbe Kraftlosigkeit in der Stimme. *Ich muss ihn zur Rede stellen. Es muss etwas passiert sein.*

Frederick

Keine Lust. Einfach keine Lust. Lasst mich alle in Ruhe. Schnell die Treppe herunter, rechts die Straße hoch, dann noch mal rechts und nach ein paar Hundert Metern kommt der Supermarkt. Eis holen und wieder raus. Ich habe keine Kraft, ist das anstrengend. Ich will doch nur ins Bett. Wie können die mich so hassen? Ich habe so hart gekämpft, so hart gearbeitet. Was wollen die von mir? Wollen die mich kaputt machen? Machen die das vielleicht mit Absicht? Ist das Methode, junge Unternehmer mit Herz fertig zu machen? Hätte ich einfach die Klappe halten sollen? Aber ich habe doch gar nichts Falsches ge-

sagt! Ich hatte Angst um Lisa und Karl! Um deren Zukunft! Die sollen normal aufwachsen und nicht in einem Umfeld der Angst. Und dieser Lautschläger spielt sich als der Retter auf. Der hat nur auf so eine Gelegenheit gewartet. Vorher war er doch ein Clown! Wurde von der Kanzlerin als Gesundheitsminister abserviert. Ein Posten, mit dem man keine Wahlen gewinnen kann. Was war der für ein laues Lüftchen, ein Fähnchen im Wind. Und jetzt spielt er den harten Hund?

Was guckt der mich so blöd an? Ich warte hier doch nur an der Ampel, dass es grün wird! Verpiss dich gefälligst und lass mich in Ruhe! Mit deiner dämlichen Maske! Mit diesem hässlichen Fetzen vor dem Mund. Wahrscheinlich trägst du den gerne, weil du so hässlich bist. Schnell weg von dem Typen. Aber sie sind überall. Tragen die Masken jetzt schon an der frischen Luft. Wie blöd kann man sein? Mist. Ich habe mein Tuch vergessen. Scheiße. Was mache ich jetzt? Ach, die können mich mal! Ich geh schnell rein und wieder raus.

Ich will hier weg. Irgendwohin, wo ich neu anfangen kann. Mit Juliette und den Kindern. Vielleicht nach Schweden. Da gibt es günstige Häuschen. Warum nicht? Einfach an einen See. In Freiheit. Ohne Panikmodus. Da ist der Supermarkt. Wenn mir einer blöd kommt heute! Das soll der sich zweimal überlegen. Lasst mich bloß in Ruhe.

Dann trat Frederick einfach ein. Ohne Tuch und ohne Maske. Er kochte schon jetzt innerlich. Jeder schaute ihn an. Mit bösen Augen. Voller Unverständnis und Wut. Mit provozierender Gestik ging er durch die Gänge. Plötzlich schrie ein Mann höheren Alters: »Was macht der Typ da? Der trägt keine Maske!« Alle anderen

Kunden schauten ihn an. Er fühlte sich gebrandmarkt. Als gefährliches Subjekt. Als der Tod persönlich. Doch Frederick war es leid. Er hatte keine Lust mehr, der Sündenbock zu sein. »Ihr könnt mein Unternehmen kaputt machen, aber mich zerstört ihr nicht!«, schrie er dem Mann entgegen und ging auf ihn zu. Der schrie zurück, ging ein paar Schritte rückwärts: »Abstand! Abstand!« Frederick verfolgte ihn, Mitarbeiter des Ladens kamen angerannt, andere Kunden riefen durcheinander, zeigten auf Frederick. Der ließ sich nicht von seinem Opfer abbringen, ging langsam weiter auf den alten Mann zu. »Was wollen Sie eigentlich von mir? Haben Sie keine anderen Probleme?« Der Mann war nun zwischen zwei Regalen eingesperrt, konnte Frederick nicht mehr entkommen. Aus dem Augenwinkel sah er zwei Mitarbeiter, die sich offenbar bereitmachten, ihn zurückzuhalten, da wurde er am Arm gezogen und weggeschubst. Als Frederick sich umdrehte, sah er in ein bekanntes Gesicht: Es war Jack. Schlagartig war er still.

»Mensch, Frederick, halt jetzt die Klappe!« Er zog Frederick weiter, entschuldigte sich bei den Mitarbeitern und dem Alten und sagte, dass er sich um den verwirrten Mann kümmern würde.

Frederick fiel in sich zusammen. Beiläufig merkte er, dass Jack ihm eine Maske überzog. »Was wolltest du hier kaufen?«

»Eis.«

Jack ließ Frederick nicht mehr los, aber er sagte kein Wort. Er holte die Eiscreme, bezahlte an der Kasse und schubste Frederick dann unsanft aus dem Supermarkt.

»Mensch, Frederick, was ist denn nur los mit dir?« Frederick sagte nichts, riss Jack das Eis aus der Hand, schmiss ihm einen Fünf-Euro-Schein vor die Füße. »Warum trägst du keine Maske? Warum driftest du so ab?«

»Ich drifte ab? Ich drifte ab? Ihr driftet alle ab! Tragt Masken auch im Freien! Haltet euch brav an die Regeln, ohne zu prüfen, ob sie Sinn machen! Akzeptiert alles, was der Lautschläger euch vorkaut!«

»Lautschläger ist der Grund, warum wir alle noch leben.«

Frederick lachte höhnisch. »Ich verstehe dich nicht mehr, Jack. Gerade du als Amerikaner.«

»Ja, gerade ich.«, gab Jack zurück. »Ich komme gerade von dort. Es ist verheerend da, wegen eines unfähigen Präsidenten. Und wegen Menschen so wie dir, die das alles nicht ernst nehmen. Da sterben Hundertausende von Menschen, Frederick. Hunderttausende!«

»Ja, weil sie es geleugnet haben. Ich leugne gar nichts! Ich wollte von Anfang an nur, dass man gezielt und differenziert handelt und nicht mit dem Holzhammer arbeitet. Und ich will, dass endlich die Parlamente wieder die Arbeit machen und nicht die Exekutivorgane. Selbst Verfassungsrichter schlagen ja schon Alarm. Und ich will, dass meine Kinder frei und unbeschadet von Angst aufwachsen.« Die Kraft schwand aus seinem Körper. Mit letzter Kraft fügte er an: »Und dass meine Firma nicht kaputt gemacht wird.«

Jack stützte seinen alten Freund und schaute ihn skeptisch an. Leise sagte er: »Du kannst doch nicht dein Unternehmen vor Menschenleben stellen.«

Frederick gab auf. Jack hörte ihm nicht zu. Oder vielleicht war er mittlerweile unfähig, sich richtig auszudrücken. Er wandte sich ab und ging wortlos.

»Und außerdem will die Mehrheit das alles hier. Das musst du akzeptieren!«

Da hatte Jack sogar recht. *Die Mehrheit will es. Du bist in der Minderheit. Und darfst nichts sagen. Vielleicht ist es wirklich an der Zeit zu gehen. Oder ich muss etwas ändern. Etwas Grundlegendes. Ein Zeichen setzen.*

Juliette

Es war nicht dasselbe wie beim letzten Mal. Angestrengt saß Juliette mit Patrick, Elisa und Frederick am Esstisch. Immer wieder blickte sie sorgenvoll ihren Mann an, der ein Schatten seiner selbst war. Karl machte noch Hausaufgaben, Lisa schlief schon tief und fest und Patrick und Elisa erzählten, wie es in Berlin die letzten Monate gelaufen war. Auf den ersten Blick war es beinahe eine Kopie des Treffens vom Anfang des Jahres. Patrick und Elisa sahen genauso erholt, fröhlich und entspannt aus wie damals. Der Unterschied war, dass Frederick und vor allem Juliette sich seitdem deutlich verändert hatten. Hatten sie im Frühjahr den Geschichten der beiden noch lachend zugehört, sahen sie nun wie ausgewechselt aus. Frederick amüsierte es nicht, als Patrick humorvoll davon erzählte, wie er in Berlin-Mitte eine seltsame Demonstration beobachtet hatte. Juliette fand es nicht wirklich witzig, als Elisa erzählte, dass sie noch nie so gut geschlafen hatte wie in den Monaten des Lockdowns und des Homeoffice. Patrick war der Erste, der die angespannte Stimmung bemerkte. »Sagt mal, ist irgendwas?«

Stille. Frederick schaute Juliette an. Die schaute zu Boden. Elisa legte nach: »Ja, wirklich. Können wir euch helfen?«

Es platzte aus Juliette heraus: »Nee, nichts ist. Wir schlafen auch wunderbar seit März. Die Kinder sind toll. Beschäftigen sich wunderbar alleine. Die Schule ist unheimlich super. Dass die Kinder nachts aufwachen und weinen, das muss Zufall sein. Meine Aufträge in meiner Agentur? Ach, dieser kleine Rückgang an Umsatz. Ich wollte doch schon immer mal etwas kürzertreten! Und Fredericks Firma? Na *blendend* läuft es da, wie ihr euch das vorstellen könnt!«

Patrick schluckte trocken, so beißend war die Ironie. Er wusste offenbar nicht genau, was er jetzt sagen sollte, schaute hilfesuchend Frederick an, der jedoch ins Leere starrte.

»Ja, was denkt ihr denn? Dass hier alles in Ordnung ist?«, schrie sie förmlich heraus. »Nichts ist in Ordnung! Alle sind überfordert. Seit Monaten leben die Menschen im Ausnahmezustand. Menschen gehen pleite. Millionen neue Arbeitslose. Suizide wegen Aussichtslosigkeit, die Kinder verlieren ein ganzes Schuljahr! Es wird Jahre dauern, das emotional bei den Kindern alles wieder aufzuholen. Frauen sind wieder dazu gezwungen, zu Hause zu bleiben.«

»Nun hör aber auf, Juliette«, unterbrach Patrick sie. »Wo sind Frauen denn zum Zuhausebleiben gezwungen? Du und Frederick, ihr wechselt euch doch ab, wie ich das so verstanden habe.«

»Ja, ich habe Glück. Aber was ist mit den ganzen anderen Frauen, die eigentlich ins Büro, in die Läden, in die Agenturen müssten? Die sitzen zu Hause, die Chefs werden ungeduldig, viele haben ihren Job schon verloren. Und warum? Weil natürlich die Frauen es sind, die sich um die Kinder kümmern müssen, die nicht in die

Schule oder in den Kindergarten können. Die Frauen sind es! Nicht die Männer!«

»Also, ich finde das jetzt auch echt ein wenig übertrieben.« Elisa schüttelte spöttisch den Kopf. »Als ob wir Frauen jetzt wieder unterdrückt werden.«

Und dann reichte es Juliette. Sie konnte nicht mehr an sich halten. Sie stand auf, stützte sich auf die Tischplatte und fixierte Elisa scharf. Sie wusste, sie hätte es nicht tun dürfen, doch sie konnte nicht mehr. Ihr Mann war ein Wrack, sie selbst kurz vor dem Durchdrehen. Alles, was sie in den letzten Monaten stillschweigend an Ungerechtigkeiten und Beleidigungen erfahren hatte, brach nun aus ihr heraus: »Das kannst du gar nicht richtig beurteilen. Du hast keine Kinder, du hast einen sicheren Beamtenjob.« Dann wandte sie sich auch Patrick zu. »Für euch ist das Jahr 2020 doch wie ein schöner, spannender Urlaub! Ihr habt während des Lockdowns in eurer heimeligen Wohnung gesessen, in Berlin mit eurer Dachterrasse, habt die Zeit genossen, habt gelesen, manchmal ein bisschen von zu Hause gearbeitet, Wein getrunken, lange geschlafen.«

»Juliette, es reicht.« Frederick nahm ihre Hand und versuchte, sie zu beruhigen.

»Nein, es reicht nicht! Ich kann es nicht mehr hören. Immer dieses ›Es geht um Leib und Leben. Um Leben und Tod!‹ Ja, stimmt, das geht es! Aber anders als immer gesagt wird.«

Patrick sah zu seinem Bruder, der blass den Ausführungen von Juliette lauschte, aber nichts sagte. »Du bist ziemlich arrogant, Juliette. Du richtest hier über unser Leben und weißt gar nichts. Wirklich gar nichts!« Elisa fing an zu weinen. Juliette wurde zunehmend irritierter.

»Du hast wohl all die Bilder vergessen? Aus Italien, aus Frankreich, aus New York?«

»Nein, das habe ich nicht, aber …«

Patrick unterbrach Juliette. »Dann wirst du sicher wissen, dass es bei uns auch jederzeit so kommen kann. Jederzeit! Vor allem bei den Alten und den Vorerkrankten. Dass du es immer noch einfach ignorierst.«

»Tue ich doch gar nicht! Aber habt ihr eigentlich mal von der Hongkong-Grippe von 1968 gelesen? Unglaublich, dass darüber in diesen Tagen fast nirgendwo berichtet wurde.«

»Was soll damit sein?«, fragte Patrick erbost.

»Damals zog die Grippe ebenfalls über die ganze Welt. Über eine Millionen Menschen starben an der Krankheit, alleine in Deutschland über vierzigtausend Tote. Doch damals gab es keine Schockwelle, keinen Lockdown, sondern lediglich ein paar wenige Schließungen, dort, wo es Sinn machte. Die Menschen sahen es als das an, was es war: als ein Naturereignis, das man bestmöglich bekämpfen, aber ansonsten über sich ergehen lassen musste. Die Menschen waren nicht so verweichlicht, die hatten den Krieg noch im Kopf! Und sahen Bilder aus Vietnam. Was war denn dagegen schon eine Grippe?«

Elisa schluchzte jetzt beinahe. »Du bist ein herzloses Miststück!«

»Was bitte?« Juliette traute ihren Ohren nicht. Auch ihr kamen nun die Tränen. Nicht vor Verletzung, sondern vor Wut. Sie konnte nicht mehr klar denken.

Patrick stand auf, sah Frederick an, schüttelte den Kopf und nahm Elisa an die Hand. Wortlos gingen sie zur Garderobe und zogen sich ihre Jacken über.

Frederick sagte nichts, blieb sitzen und starrte auf die Tischplatte.

Zum Abschied sagte Patrick zu Juliette: »Übrigens, wenn du wissen willst, was wir so gemacht haben in der schönen Lockdown-Zeit: Elisa hat Gebärmutterhalskrebs. Und war damit beschäftigt, ihre Todesangst in den Griff zu bekommen, dass sie sich nicht mit Corona infiziert. Das wäre nämlich ihr Tod gewesen. Aber du wirst sicherlich immer noch sagen, dass wir faulen, kinderlosen Beamten es uns gemütlich gemacht haben. Und dass wir verweichlicht sind, weil wir ihren Tod nicht einfach in Kauf nehmen wollten.«

Dann verschwand er im Hausflur und schloss die Tür. Juliette blieb mit Frederick zurück. Ratlos, emotional ausgeweidet. Beschämt und hoffnungslos. Karl kam rein, schaute ängstlich und fragte: »Mama, was ist denn los? Warum schreist du denn so?«

September 2021
Zola

War es Glück im Unglück, dass wir auf solche Menschen stießen? Auf so einen Kapitän? Vielleicht hat uns dieser Matrose gerade davor gerettet, dass der kratzende Mann uns alle zerfleischt.

Keiner wagte, etwas zu sagen, als der Matrose fragte, was passiert sei. Jeder hatte Angst, verantwortlich gemacht zu werden. Keiner wusste, was passieren würde. Doch ich wusste, wenn keiner etwas sagt, dann werden wir alle verhaftet. Und womöglich schnell wieder zurückgeschickt. Nach Afrika. Dem Kontinent ohne jede Zukunft.

Ich zeigte auf den kratzenden Mann, sagte ein paar erklärende Worte auf Englisch und kurze Zeit später bekam er Handschellen angelegt. Als er abgeführt wurde, blinzelte er mich mit teuflischen Augen an. Doch ich wusste, er kann uns nicht mehr gefährlich werden.

Das erste Mal seit der Abreise aus meinem Dorf spüre ich Vertrauen. Vertrauen in diesen Matrosen mit seinen freundlichen Augen, der wie ein Versprechen aussieht, dass jetzt alles besser werden könnte. Vertrauen in den weißbärtigen Kapitän, der zwar streng guckt, für mich unverständliche Worte zu seinen Offizieren sagt, uns dann aber mit eindrücklicher Gestik zwei Räume zuweist, die offenbar unsere Schlafräume für die nächsten Seetage sein sollen. Der Matrose zeigt uns den Weg. Während wir durch das riesige Schiff wandern, schauen sich die anderen mit großen Augen um. Doch ich habe anderes im Sinn. Ich hänge mich an den Matrosen, beschleunige meine Schritte, bis ich neben ihm bin. Er sieht mich an. Ich frage: »Amerika?« Er lacht, schüttelt den Kopf. »Amerika? No. Sweden. Goteburg.«

Schweden. Jetzt weiß ich, wohin es geht. Schweden, welch ein Glück. Ich klammere mich an meinen Beutel, nach wie vor mein wichtigster Schatz, und setze mich auf eine der Matratzen, die dort auf dem Boden liegen. Ich schnaufe durch, schließe die Augen. Denke an mein Dorf, den Duft der Erde, den warmen, afrikanischen Wind und das Kinderlachen, das durch die sandigen Straßen zieht. Ich schmecke das Maisbrot, die köstlichen Früchte, die Gewürze aus dem Hinterland. Ich sehe meine Eltern, meine Geschwister, fröhlich lächelnd. Dann schlafe ich ein. Zum ersten Mal seit Langem schlafe ich tief und ruhig.

Plötzlich rüttelt mich jemand wach. Panisch schnelle ich nach oben, taste nach meinem Beutel. Erleichtert fühle ich das kalte Plastik. Er ist unversehrt in meinen Händen. Der Matrose steht vor mir, lächelt mich an. Deutet mit seiner Hand an den Mund. Das kann nur Essen heißen. Ich will vor Glück weinen, kann es nicht glauben. »Essen?«, frage ich ungläubig. Der freundliche Matrose nickt wild und lacht dabei. Kann man mehr Glück verspüren als ich in diesem Moment?

32. Kapitel

30. September 2020

Jack

Müdigkeit übermannte ihn. Heute stand der zweite Corona-Test an, der erste direkt nach seiner Ankunft in Hamburg war negativ gewesen. Vorschriftsmäßig blieb er zu Hause, bis auch dieser Test bescheinigen würde, dass er nicht infiziert war. Morgen würde er Bescheid wissen, und Jack hatte alles so geplant, dass er dann übermorgen ohne Bedenken die Reha an der Ostsee antreten konnte.

Er schaute in den Spiegel der Besuchertoilette. Was er sah, gefiel ihm nicht. Seine kräftige lebensbejahende Gesichtsfarbe war verschwunden und die Augen fielen ihm beinahe zu. Die letzte Nacht war zum Vergessen gewesen. Liegt bestimmt noch am Jetlag, hatte Nele gesagt. Doch Jack wusste: Es war mehr als das. Die Augen brannten, der Druck hinter den Augenhöhlen war unangenehm. Es fühlte sich so an, als wäre sein ganzer Körper eine einzige Entzündung. *Mach dich nicht verrückt,* dachte Jack. Nach dem Test lege ich mich einfach noch mal hin, nehme eine Tablette und heute Nachmittag bin ich wieder fit.

Mit schlurfenden Füßen begab er sich in den Testraum, wo eine Ärztin ihm ein langes Stäbchen zuerst in den Rachen, dann tief in die Nase schob. Routiniert und regungslos ließ Jack diese Prozedur über sich ergehen. »Spätestens morgen bekommen Sie Bescheid.« Wortlos nickend verließ Jack den für Tests abgetrennten Teil der Praxis und setzte sich in sein Auto. Schweiß bildete sich auf seiner Stirn. Unter seinem Mundschutz, den er stets außerhalb seiner Wohnung trug, bildete sich heiße, unangenehme Luft. Als er den Motor startete, riss er sich den Mundschutz aus dem Gesicht und atmete schnell und tief frische Luft ein. Die Schläfen trommelten. *Ich muss ins Bett.*

Als er wenig später zu Hause ankam, ging er eilig ins Badezimmer und schluckte eine Grippe-Tablette herunter. Nele war im Krankenhaus bei der Arbeit und Ben würde erst in ein paar Stunden aus der Schule kommen. Daher brauchte er gar kein schlechtes Gewissen zu haben, wenn er sich jetzt einfach noch ein paar Stunden aufs Ohr legte. Langsam zog er eine Jogginghose an, kochte sich einen Tee und schloss Tür und Fenster. Die Tablette zeigte schnell Wirkung. *Das gute chemische Zeugs,* dachte sich Jack. *Ein Hoch auf die Pharmaindustrie.* Das Kopfdröhnen ließ nach, der Augendruck ebenfalls. Jack legte sich in das weiche Bett, schloss die Augen und versuchte, sich zu entspannen. Die Klimaanlage im Flieger war einfach zu kalt eingestellt gewesen. Und sie hatten zu wenig Decken. Wie häufig erkältete man sich im Flieger! Die Gedanken kreisten. *Komm zur Ruhe, alter Kerl. Es wird schon nichts sein. Es wird gar nichts sein. Und vor allem wird es nicht das sein, was du denkst.*

Doch er konnte nicht aufhören, daran zu denken. Zuletzt hatte es wieder mehr Infektionen in Hamburg gegeben. Im Nachbarland Frankreich und auch in Spanien explodierten die Zahlen erneut. War ja klar, dachte

Jack. *Wenn die Maßnahmen gelockert werden, die Leute die Sache nicht mehr ernst nehmen, kommt das Virus wieder. Es ist ja nicht weg, war es nie! Und die Menschen sind unvernünftig.* Auch in Hamburg strömten vor allem junge Leute zurück auf die Amüsiermeilen der Reeperbahn und ins Schanzenviertel.

Jack nahm sein Handy heraus und schaute auf die Nachrichtenseite des Lokalmagazins. Der Senat blieb ruhig. Die Zahlen waren in Hamburg noch unter denen von anderen Großstädten. Wenn das nicht mal die Ruhe vor dem Sturm ist, dachte Jack. Plötzlich ertönte im Handy ein Signal. Er sah den Namen Mary. Während er die Nachricht öffnete, spürte er eine gewisse Freude. Er konnte nicht leugnen, dass das Treffen am Flughafen eine gewisse Sehnsucht ausgelöst hatte. Nach Abenteuer und alter Liebe. Mal nicht der starke Versorger für eine übervorsichtige und fast schon bedürftige Ehefrau sein.

Ob Nele wohl sein Handy kontrollierte? Sie durfte niemals erfahren, dass er sich mit Mary getroffen hatte. Und dass sie ihm schrieb. Das würde sie wieder nur verrückt werden lassen. Es war ja nichts passiert und es würde auch nichts passieren. Dann las er die Nachricht. Und erstarrte. Sein Atem stockte, sein Körper wurde steif. ›*Jack, Darling. Ich habe Corona. Liege im Krankenhaus. Hoffe, du bist okay. Wird schon wieder und alles Liebe. Küsschen, Mary.*‹

Frederick

Es hatte keinen Sinn. Patrick und Elisa waren unversöhnlich. Eben hatte Frederick es noch ein letztes Mal bei seinem Bruder telefonisch versucht. Vergeblich. *Was soll's*, dachte sich Frederick, als er mittags das Treppenhaus zum Briefkasten herunterging, um die Post zu holen. Eine Zeit lang würde man sich schon aus dem Weg gehen können. Das wäre kein Drama. Schließlich hatten die beiden es ja auch gar nicht versucht, sich in ihre Lage zu versetzen. Klar war es blöd gewesen, dass Juliette die beiden so frontal angegriffen hatte und dabei alle Klischees über Beamte zum Vorschein kamen, aber ganz ehrlich: Woher hätte sie denn von Elisas Krebs wissen können? Und Juliette ein herzloses Miststück zu nennen ging zu weit.

Erst Jack und Nele, dann Elisa und Patrick. *Die Mauern im Herzen machen offenbar auch vor der Familie nicht halt*, dachte Frederick, als er den Briefkasten aufschloss. Er nahm den Stapel Post und ging anschließend gedankenversunken die Treppe wieder hoch.

Was konnte er tun? ›Fairreisen‹ war in einer kritischen Phase. Zwar hatte sich die Aufregung über seinen unvorteilhaften Fernsehauftritt ein wenig gelegt, doch war die Buchungslage nun fast gleich null. Seine App wurde so gut wie gar nicht mehr genutzt. Partner sprangen ab. Und jetzt standen die Herbstferien in Kürze an. Sie waren die letzte Chance des Unternehmens. Sollte Frederick diese nicht nutzen können, wären alle Barmittel aufgebraucht und er stände mal wieder vor dem Abgrund. *Was kann ich nur tun?* Heute hatte er sich vorgenommen, aus dem Homeoffice alte Kunden zurückzugewinnen und offensiv darum zu bitten, falls sie planten, in den Urlaub zu fahren, es doch über ihn zu buchen. So wie früher. Mit all dem Rundum-Service und den guten Ideen, die diese Kunden stets so gelobt und weiterempfohlen hatten.

Eine Telefonaktion war das Mindeste. Was konnte er noch tun? Er kehrte in die Wohnung zurück, ging ins Arbeitszimmer, legte den Stapel Post ungelesen auf seinen Schreibtisch und grübelte. Plötzlich hatte er einen Einfall: Sein Freund, der Public-Relation-Profi. Derjenige, der ihm damals auch das große Image-Interview vermittelt hatte, nach dem ›Fairreisen‹ durch die Decke gegangen war. Damals hatte er nicht viel bezahlen müssen. Es war ein ernsthafter Freundschaftsdienst, denn ansonsten hätte diese Agentur mehrere Tausend Euro gekostet. Sie war schließlich das, was man einen ›Big Player‹ in der PR-Branche nannte. Danach hatte sich Frederick die Agentur seines Freundes auch nicht mehr leisten können. Doch nun war die Zeit gekommen. Vielleicht nicht umsonst, aber wenn nicht jetzt, wann wäre dann der Zeitpunkt, echte Freunde um Hilfe zu bitten? Es musste nichts Großes sein. Vielleicht ein Bericht, der in vielen Tageszeitungen geschaltet werden könnte. Eine Art Unternehmensvorstellung und warum ›Fairreisen‹ gerade in der Corona-Zeit der richtige Ansprechpartner für nachhaltiges Reisen war: Kein Ferntourismus, persönlicher Kundenservice, Deutschland kennenlernen. Nachhaltige Hotels oder Pensionen. Innehalten in einer schweren Zeit. Eventuell würde ein solcher Bericht helfen und gerade diejenigen, die kurzfristig einen Urlaub planten, dazu bewegen, sich einmal Fredericks Angebot anzuschauen. Unentgeltlich würde er es nicht mehr machen können, aber etwas Geld war noch auf dem Konto. *Alles auf eine Karte setzen.* Das könnte die Rettung sein. Schnell schaute Frederick online seinen Kontostand nach und atmete erleichtert auf, als er den geringen, immerhin vierstelligen Betrag sah.

Das war zwar nicht viel. Aber vielleicht reichte es ja für diesen Freundschafts-Auftrag.

Eilig wählte er die Nummer des Freundes. Sie hatten sich lange nicht mehr gehört, doch kannten sie sich schon seit über fünfzehn Jahren. Und beide hatten sich stets für das Geschäft des anderen interessiert. Nach kurzem Freizeichen nahm sein Freund ab.

»Frederick. Moin.«

»Na, alter Kollege, wie geht's so?« Frederick merkte, dass er ein wenig aufgeregt war. Schließlich war das wohl seine letzte Hoffnung. *Jetzt bloß nichts verkehrt machen! Bloß nicht falsch an die Sache herangehen!*

Sein Freund antwortete seltsamerweise nicht. Frederick stutzte. »Also, hast du kurz Zeit?«

»Nicht lange. Bin kurz vor einem Zoom-Meeting.«

In Frederick machte sich zunehmend Unwohlsein breit. War es richtig gewesen, anzurufen? *Blamiere ich mich hier gerade?* »Also, nur kurz: Ich habe da eine Anfrage zu ›Fairreisen‹. Ich wollte …«

»Nimm es mir nicht übel, Frederick, aber ich glaube, wir können das hier abkürzen.«

Frederick erstarrte augenblicklich. Der Tonfall seines Freundes hörte sich abfällig und genervt an.

»Du hast deine Meinung zu Corona deutlich kundgetan. Und das öffentlich.«

»Aber ich habe doch nur …«

»Weißt du, das geht gar nicht. Ganz Deutschland strengt sich gerade extrem an, damit das alles mal ein Ende hat, und du schreist da vor laufender Kamera den Lautschläger an. Und dann noch ohne Maske.«

»Ich war doch weit genug weg von allen!« Frederick wehrte sich, wusste aber eigentlich gar nicht, gegen was.

»Das spielt doch keine Rolle, es geht ums Prinzip. Und so eine egoistische Haltung hätte ich dir nicht zugetraut.« Frederick verschlug es die Sprache. Gleichzeitig fühlte er sich beschämt, wehrlos, entwaffnet. Sein Freund gab ihm schließlich den Rest. »Nimm es nicht persönlich. Eine Zusammenarbeit kommt für mich nicht mehr infrage. Ich riskiere meinen Ruf, wenn ich etwas für einen Covidioten mache. Sorry für die Direktheit. Das geht für mich absolut nicht.«

»Na, dann Tschüss«, sagte Frederick leise ins Telefon und legte wie paralysiert auf.

Erschöpft und verletzt ließ er sich in seinen Schreibtischstuhl fallen. Sein Magen drehte sich um, Wut, Scham, Traurigkeit mischten sich, wechselten sich ab. *Okay, Frederick. Nimm es nicht persönlich. Nimm es bloß nicht persönlich! Aber wie könnte ich das nicht persönlich nehmen?* Beiläufig und in Gedanken blätterte er den Stapel Post durch, öffnete einen Brief vom Sportverein. Er klappte den Brief auf, dann las er die Überschrift: Außerordentliche Kündigung der Mitgliedschaft. Wie in Trance las er die Begründung. Eigentlich unnötig. Schließlich kannte er schon die Begründung. Es war eben die, die sein Freund ihm gerade an den Kopf geworfen hatte. Frederick ging in die Küche, holte den Rum und trank.

Juliette

Eilig zog Juliette Karl hinter sich her. Sie hatte Frederick nicht erreicht. Sein Telefon war ausgeschaltet. Daher ging sie schnellen Schrittes den kurzen Weg von der Schule nach Hause. Sie brauchte ihren Mann. Zu geschockt war sie, als dass sie der Schulleiterin Paroli bieten konnte. Karl rannte wie ein Häufchen Elend seiner Mutter die Dietmar-Koel-Straße hinterher, ins Treppenhaus, die Treppen hinauf, bevor sie schließlich die Wohnung betraten.

»Frederick?«, rief Juliette mit brüchiger Stimme. Doch keiner antwortete. Merkwürdig, er hatte doch angekündigt, heute zu Hause zu arbeiten. Außerdem war die Tür nicht abgeschlossen und seine Jacke hing am Haken. »Frederick! Wo bist du?«

Mit ängstlichen Augen zog sich Karl seine Schuhe aus und blieb auf dem Boden sitzen, während er seinen Kopf zwischen den Knien verbarg. »Frederick!« Juliette öffnete die Tür zum Arbeitszimmer, ging in die Küche, dann ins Wohnzimmer. Nirgendwo war ihr Mann. War er doch weg? Sie ging zum Schlafzimmer, öffnete schnell die Tür und sah ihn. Sie erschrak. Die Vorhänge waren zugezogen, nur ein leichter Lichtschein drang durch das Fenster. Da lag er. Im Bett, angezogen, blass, zerzaust. Es stank nach Alkohol. Und sie sah die Flasche in seiner rechten Hand. Frederick schnarchte, bekam nichts mit. Juliette schüttelte den Kopf. *Nein, nicht jetzt, Frederick. Bitte nicht jetzt.* Schnell überlegte sie und sah den kleinen Karl, der immer noch im Flur saß. Sie wollte ihm den Anblick ersparen. Leise ging sie zu ihm und beugte sich zu ihm hinunter. »Karl, Schatz, geh doch mal in dein Zimmer und mach dir ein Hörspiel an. Keine Angst, Schatz. Das wird alles wieder besser. Bald wirst du wieder in die Schule gehen dürfen. Und Ben spielt auch bald wieder mit dir.« Dann schickte sie ihn sanft in sein Zimmer.

Juliette schloss die Zimmertür und schnaufte durch. Das Schnarchen drang weiterhin aus dem Schlafzimmer. Sollte sie die brutale Methode anwenden oder die sanfte? Was war bloß passiert, dass er sich tagsüber so derart betrank? Das machte er nicht einfach so! Andererseits hatte sie, egal, was passiert war, keinerlei Verständnis für dieses Verhalten. Gerade jetzt brauchte sie ihn. Gerade jetzt war nicht die Zeit, sich zu betrinken. Es war die Zeit, klaren Kopf zu bewahren. Sie setzte sich ans Bett und schüttelte seinen Arm. Einmal, zweimal. Vergeblich. Dann rüttelte sie an seinem Kopf und endlich öffnete er die Augen. Frederick erschrak sichtlich, als er Juliette erblickte. Er schreckte hoch, schaute sich um und fragte: »Wie viel Uhr ist es?«

»Zwei Uhr. Was ist passiert?«

Frederick wischte sich den Mund ab, sah die Flasche in seiner anderen Hand und stellte sie eilig dahin, wo man sie nicht sehen konnte. Offensichtlich war ihm die Situation unangenehm. »Nichts, Schatz, alles so weit okay.« Er stand auf und wollte aus dem Zimmer gehen, doch Juliette hielt ihn zurück.

»Das glaube ich dir nicht. Aber es ist mir gerade auch egal. Du glaubst nicht, was heute schon wieder los war.«

Frederick blieb stehen und starrte sie an. Und dann erzählte sie. Dass heute Morgen in aller Frühe die E-Mail von der Schule kam. Dass die Kinder jetzt auch im Unterricht einen Mund-Nasen-Schutz zu tragen hätten, da sich die Infektionszahlen in Hamburg wieder erhöhten. Dass sie aufgrund des Stresses nicht groß darüber nachgedacht hatte und Karl heute Morgen sorglos in die Schule gebracht hätte. »Dann sah ich schon die ganzen Schilder und alle Kinder hinter ihren Masken.«

»Und Karl?«

»Hatte natürlich keine.«

»Das weiß ich ja. Aber was hat er gesagt?« Frederick schien bemüht zu sein, seinen Zustand zu verbergen.

»Er war unsicher. Wollte gar nicht hinein.«

Frederick schüttelte den Kopf.

Juliette fuhr fort: »Anfangs ging wohl alles gut. Doch am Ende kam seine Mathe-Lehrerin und forderte von ihm das Tragen eines Schutzes.«

Frederick setzte sich zu ihr. Unwillkürlich rutschte Juliette ein wenig von ihm weg. »Und kurz nach eins kam der Anruf. Ich war gerade bei einem Kunden. Ich solle sofort in die Schule kommen.«

»Und dort?«

»Bin ich zur Schulleiterin, wo Karl und die Mathe-Lehrerin saßen. Karl kam gleich zu mir und begann zu weinen.«

Frederick kniff wütend die Augen zusammen.

»Die Schulleiterin forderte auch mich auf, eine Maske aufzusetzen. Ich zeigte ihr mein Attest und sagte ihr, dass ich befreit sei. Dann sagte sie forsch, das gelte hier nicht und sie glaube solchen Attesten auch nicht. Es stünde ja in jeder Zeitung, dass die gefälscht sein können.«

»Oh Mann. Was passierte dann?«

Juliette kamen die Tränen. Sie wusste, sie hatte nicht perfekt reagiert, nicht die richtigen Worte benutzt. Sie konnte in solchen Situationen vor Wurt beinahe nicht sprechen. »Ich wusste nicht, was ich sagen sollte. Sollte ich ihr denn meine ganze Geschichte auf die Nase binden? Das geht sie doch gar nichts an!«

»Wenn du es getan hättest, hätte sie sich geschämt.«

Er hat recht. Wenn ich das erzählt hätte, wäre die Schulleiterin wahrscheinlich vor Scham im Boden versunken. »Ich weiß auch nicht.«

»Was sagte sie dann?«

»Dann meinte sie, dass Karl auch eine tragen müsse, sonst könnte er nicht mehr am Unterricht teilnehmen.«

»Zehnjährige Kinder? Ist es wirklich wahr, dass die so etwas machen wollen?«

»Wie du siehst.« Juliette stand auf, wischte sich ihre Tränen ab und schaute Frederick eindringlich an. »Schatz, wir müssen etwas machen! Ich halte das nicht mehr aus. Bitte tu was!«

Sie sah ihn an, wusste aber, dass sie nicht auf ihn zählen konnte. Er hatte keinen klaren Kopf, würde den ganzen Tag nicht zu gebrauchen sein. Und konnte ihr keinesfalls helfen, gegen die Schule vorzugehen. *Wie konnte er sich so besaufen? Warum lässt er mich jetzt im Stich? Irgendwann ist auch meine Geduld mal am Ende. Es geht nicht immer nur um seine Befindlichkeiten.*

Als Frederick jedoch kraftlos mit seinen Schultern zuckte, brach es aus ihr heraus: »Was heißt das? Willst du aufgeben, oder was?«

Frederick schaute sie verständnislos an. »Was willst du denn jetzt von mir?«

»Was ich will? Dass du etwas tust, statt hier rumzujammern.«

»Ich sag doch gar nichts!«, schrie Frederick zurück.

»Aber du hast dich besoffen! Mitten am Tag!« Und dann passierte es. Etwas, was sie nie aussprechen wollte. Noch nicht mal denken wollte. Doch jetzt konnte sie es nicht mehr zurückhalten: »Und warum zum Teufel hast du nicht damals deine Firma verkauft? Wir hätten weggehen, ein schönes Leben führen können. In Skandinavien ein schönes Haus kaufen können, am See, fernab der Hysterie. Wir hätten fliehen können!«

Versteinert schaute Frederick sie an. Juliette wusste, was sie angerichtet hatte.

Er stand auf, ging wortlos an ihr vorbei, nahm seine Jacke, zog seine Schuhe an und verließ die Wohnung. Juliette blickte ihm nach. *Das wollte ich nicht. Aber es ist doch die Wahrheit.*

Frederick

Es war vier Uhr morgens. Frederick war die ganze Nacht herumgeirrt, hatte in Kneipen gesessen, jedoch nur Wasser getrunken. Sie hatte recht. Wie immer. Wie hatte er in diesem Moment nur saufen können? Wie konnte er sie nur im Stich lassen, als sie wieder einmal gedemütigt wurde? Und wie hatte er damals das Glück der Familie aufs Spiel setzen und die Firma nicht verkaufen können? Nur weil er noch mehr wollte.

Als er nach Hause kam, schliefen alle. Er hatte Juliette eine Nachricht geschickt, dass sie sich keine Sorgen machen müsse. Er würde keinen Alkohol mehr trinken, aber er musste alleine sein.

»Geh mal zu dem Typen, wenn du es ernst meinst«, hatte der Wirt einer Spelunke auf der Reeperbahn zu ihm gesagt, als sie ins Gespräch kamen und Frederick ihm sein Herz über die Corona-Krise ausgeschüttet hatte. Schnell wurde klar, dass die beiden bei dem Thema auf derselben Wellenlänge funkten, und der Wirt erzählte ihm von Menschen, die etwas dagegen tun wollten. »Wenn schon keine vernünftige Partei mal auf die Idee kommt, dass diese Beschränkungsmaßnahmen irrsinnig sind, dann muss man eben außerparlamentarisch tätig werden.« Beide waren sich auch darin einig, dass sie mit Rechten nichts zu tun haben wollten. Nur weil die auf einmal wieder mal ein Thema für sich entdeckt hatten, hieß das nicht, dass man mit denen gemeinsame Sache machen könnte.

Als Frederick im Bett lag, dachte er lange über das Gespräch nach. Die Telefonnummer von dem Typen, den der Barkeeper ihm genannt hatte, hatte er eingespeichert. Juliettes Worte kamen ihm in den Sinn, wie sie ihm vorgeworfen hatte, nichts zu tun und nur zu jammern. *Ich und jammern. Das habe ich nie! Damals nicht und auch jetzt nicht.* Dass er nichts unternahm, stimmte zwar, aber er hatte einfach nicht gewusst, was er tun sollte. Was kann man gegen das alles tun? Er hatte keine Idee von einem Ausweg gehabt. Bis der Wirt von diesem Typen gesprochen hatte.

Als Frederick am nächsten Morgen aufwachte, war das Bett neben ihm schon leer. Er schaute auf die Uhr, es war neun Uhr dreißig. Juliette hatte ihn schlafen lassen, hatte Lisa zur Kita gebracht und spielte mit Karl am Esstisch ein Spiel. Langsam kam er ins Esszimmer. Frederick war müde und leer. Doch es kam noch schlimmer.

»Schatz, ich wollte dir das gestern Abend nicht mehr schreiben.« Sie kam auf ihn zu, zog ihn aus dem Esszimmer und in die Küche hinein. Dann holte sie aus einer Schublade einen gelben Umschlag. Mit Gerichtsvollzieherzustellungsvermerk. Frederick wurde schwindelig. Er konnte nicht glauben, was er vor sich sah. Nie wieder hatte er gelbe Umschläge bekommen wollen. Nie wieder wollte er seiner Frau so etwas antun.

Juliette hatte ihn schon geöffnet: »Kommt von unserer Bank. Die kündigen die Kredite.«

33. Kapitel

3. September 2020

Nele

»Das wird schon wieder«, hatte Jacks alter Freund und behandelnder Arzt gesagt. »Achtzig Prozent der Infizierten sind symptomfrei. Diejenigen, die krank werden, überstehen es mit nur leichten Erkältungssymptomen.« Nele hatte das nicht beruhigen können. Seitdem sie nach Bekanntwerden des positiven Corona-Testergebnisses ebenfalls in Quarantäne musste und nicht mehr arbeiten konnte, hatte sie keine Zeit für Ablenkung. Wenn sie sich nicht um Ben kümmerte, der ebenfalls nicht mehr aus dem Haus und zur Schule gehen durfte, malte sie sich aus, was in den nächsten Tagen passieren könnte. Sie kannte die typischen Verläufe von COVID-19. Minutiös beobachtete sie Jack daher und schrieb alles auf, was sie an ihm bemerkte. Bisher schien es tatsächlich glimpflich zu verlaufen. Doch war es nicht immer so? Erst harmlose Anzeichen und plötzlich ging es los?

Seit Tagen konnte Nele kein Auge mehr zutun. Wie seine persönliche Krankenschwester umsorgte sie ihren Mann, tat alles, was man als gelernte Fachfrau zu Hause machen konnte, und versuchte, ihm vor allem Ruhe zu geben. Vor zwei Tagen war es dann plötzlich schlechter geworden. Jack hustete deutlich mehr, sein Atem wurde flacher und schneller. Das Fieber stieg unvermittelt. Auch Fiebersenker halfen nicht. Doch Jack versuchte, gelassen zu bleiben. »Mein Herz ist vollkommen in Ordnung. Das hat der Arzt doch gesagt.«

Nele wusste, dass seine Zuversicht gespielt war. Keineswegs konnte er ignorieren, dass er zur Risikogruppe der Vorerkrankten gehörte. Daher hatte sie schon am gestrigen Tag darauf gedrängt, ins Krankenhaus zu gehen. Doch Jack winkte ab. »Morgen geht's mir besser. Wirst schon sehen.«

Doch in der Nacht ging es ihm immer schlechter. Er wurde apathisch und zitterte am ganzen Leib. Sein Fieber war durchgehend hoch, er nahm fast nichts mehr zu sich. Als er endlich eingeschlafen war, versuchte sie, kurz durchzuschnaufen. »Verdammte Krankheit!«, entfuhr es ihr leise, als sie alleine im Wohnzimmer saß, im Dunkeln, mit einer Tasse Tee vor sich. Als sie durch ihr Handy scrollte und Nachrichten las, stieg allmählich Wut in ihr hoch. Dass es immer häufiger feierwütige Jugendliche in den Großstädten gab, die sämtliche Hygieneregeln ignorierten. Großhochzeiten wurden gefeiert, Familienfeiern wurden zu Superspreader-Events. *Können die sich nicht an unsere Regeln hier halten?* Sie knallte das Handy auf den Tisch und dachte an Juliette und Frederick. Sie hatte seit Langem nichts mehr von ihren Freunden gehört. Insgeheim wünschte sie sich, dass die beiden sich Jack jetzt einmal angucken könnten. *Vielleicht schicke ich denen ein Foto von ihm, wie er im Bett dahinvegetiert.* Noch immer war sie zutiefst empört, dass Frederick den Lautschläger in dieser Form angegangen war. Ihn, der so viel für dieses Land getan hatte. Gerade zuletzt.

Was wäre denn gewesen, wenn er nichts gemacht hätte?, dachte sie. Er und die ganzen anderen Politiker? Wenn sie einfach abgewartet und gehofft hätten, dass es nicht so schlimm werden würde? *Absurd! Nur durch die Maßnahmen haben wir es in den Griff bekommen. Kein Mensch darf geopfert werden. Und schon gar nicht mein Jack.*

Nele schossen die Tränen in die Augen. Sie wurde verrückt vor Sorge. Sie faltete die Hände und betete, dass Jack morgen, wenn er ein paar Stunden geschlafen hatte, aufstehen würde, sie in den Arm nehmen und ihr sagen würde: »Guck, Schatz, ich habe es dir doch versprochen. Ich schaffe es und werde dich ab jetzt wieder beschützen.«

Doch das Gebet wurde nicht erhört.

Frederick

»Wirklich? Das ganze Hotel?« Frederick traute seinen Ohren nicht. Er saß im völlig verwaisten Büro am Telefon und konnte es nicht glauben. Sein Herz schlug schneller. Eilig kritzelte er ein paar Stichpunkte auf ein Papier und hörte seinem Gesprächspartner genau zu. »Sie können sich auf uns verlassen. So wie immer.« Dann bekam er parallel eine E-Mail zugeschickt. Frederick öffnete die Datei und fand einen bis ins kleinste Detail ausgearbeiteten Hygieneplan des Hotels. Maskenpflicht in den öffentlichen Räumen. *Maskenpflicht, immer diese Masken. So ein Quatsch, aber diese Kröte muss ich jetzt wohl schlucken.*

»Sehr schön! Ich schicke Ihnen noch heute ein Angebot, wie ›Fairreisen‹ die Buchungen handhaben würde. Wenn Ihnen das zusagt, steht einer Zusammenarbeit nichts mehr im Wege.« Frederick versuchte, nicht zu euphorisch zu klingen. Wahrscheinlich gelang es ihm nicht, aber auch das war ihm egal. Als er auflegte, jubelte er laut, schrie seine ganze Anspannung heraus, haute auf die Tischplatte. Das ganze Kongresshotel. Während der Messe für Nachhaltigkeit in Freiburg. Das bedeutete bestimmt Hunderte Gäste, Hunderte Buchungen! »Das sind vor allem Menschen aus den Städten, Berlin, Hamburg, Bremen und andere«, hatte der Hotelier gesagt und fügte lachend hinzu: »Die Städter wollen mal aufs Land.«

Die Anfrage war aus dem Nichts gekommen, wie ein Geschenk des Himmels. Und das in einem Moment, als Frederick vor dem Abgrund gestanden hatte. Es war nichts mehr da. Weder Barmittel noch Hoffnung. Und dann kam dieser Anruf. Schnell machte Frederick sich an die Ausarbeitung des Angebots, hielt dann jedoch für einen Moment inne und schickte Juliette eine freudige Nachricht. Er wusste ja, dass sie mindestens genauso verzweifelt war wie er. Er hackte in die Tasten seines Notebooks, kritzelte auf Papier, schaute sich das Kongresshotel genau an, telefonierte mit Mitarbeitern. Er machte seine Arbeit so wie in den letzten Jahren, nur noch besser und schneller. Er fühlte sich wie zu Beginn. Als er alles ganz alleine und mit persönlichem Herzblut durchführte. Auch damals hing oft alles vom Gelingen eines Projekts ab.

Dann kam eine E-Mail vom Hotelbetreiber. In der Annahme, dass ein weiteres Briefing gekommen war, öffnete er die Nachricht sofort. Was er las, haute ihn endgültig um: Ob sich Frederick eine Minderheitsbeteiligung an ›Fairreisen‹ durch den Hotelier vorstellen könne. Schließlich beobachte er das Unternehmen schon seit Langem. Frederick hatte Tränen in den Augen. Und wie er sich das vorstellen konnte! Niemals würde er sich noch einmal solch ein Angebot entgehen lassen. Niemals wieder würde er übermütig sein und zu viel wollen. Er antwortete schnell und möglichst nüchtern und zeigte seine Offenheit für das Angebot. Jetzt kam es darauf an, dass das Angebot für die Übernahme der Messebuchungen absolut perfekt wurde.

Juliette antwortete. Schickte lachende Smileys und Glückwünsche und er spürte ihre ehrliche Freude durch die wenigen Zeilen.

Dann piepste sein Handy erneut. Juliette hatte ihm eine knappe Nachricht von Nele weitergeleitet. Jack sei ins Krankenhaus eingeliefert worden, an COVID-19 erkrankt. Frederick starrte auf den kurzen Text. Er hielt inne, dachte an seinen alten Freund, der sich so von ihm entfernt hatte. Oder hatte sich Frederick von Jack entfernt? Doch dann riss er sich zusammen. Er hatte keine Zeit zu verlieren. Er musste sich mit aller Kraft um diese letzte Chance kümmern.

Am Abend feierten Juliette und Frederick dieses Licht am Ende des Tunnels überschwänglich. Sie tanzten zu lauter Musik mit den Kindern, sangen, tranken und umarmten sich. Wie lange hatten sie nicht mehr so eine unbeschwerte Zeit gehabt? Als die Kinder im Bett waren, setzte sich Frederick mit einem Glas Wein noch mal an sein Notebook. Der Hotelier hatte schnell geantwortet. Das würde alles sehr gut aussehen, er würde es morgen noch einmal genau prüfen und sich dann schnellstmöglich melden. *Perfekt,* dachte Frederick. *Welch ein perfekter Tag.* Er klappte den Laptop zu und drehte sich um. Juliette stand hinter ihm und schloss leise die Tür hinter sich. Sie hatte nur noch ihr Höschen an und schaute Frederick verführerisch in die Augen. Fredericks Herz begann, schneller zu schlagen, er ging Juliette einen Schritt entgegen. Dann stürzte sie in seinen Arm, küsste ihn leidenschaftlich. Stundenlang liebten sie sich und ließen sich keine Sekunde mehr los. Frederick vergaß alles. Er spürte nur die Frau, die er liebte. Die einzige Frau, die er haben wollte, ohne die er niemals leben könnte. Vorbei waren die schlimmen Gedanken. Er dachte nicht an die Zukunft, nicht an die Vergangenheit, genoss einfach nur diesen innigen Moment mit Juliette.

34. Kapitel

5. Oktober 2020

Nele

Seit zwei Tagen bangte sie um Jack. Seit achtundvierzig Stunden hatte sie keinen Schlaf mehr gefunden. Sie durfte nicht zu ihm, durfte ihn nicht sehen, nicht fühlen, seine Hand nicht halten. Immerhin durfte sie nach ihrem negativen Abstrich zumindest im Krankenhaus sein. So konnte sie wenigstens durch ein kleines Fenster einen Blick auf ihn werfen. Jetzt zu Hause in Quarantäne sitzen zu müssen hätte sie kaum ausgehalten.

Die Ärzte und Pfleger kämpften um jede Stunde. Je länger sich sein Zustand nicht verschlechtern würde, desto besser.

Die Ärzte hielten Nele so gut es ging auf dem Laufenden, doch Nele verstand, dass ihre ständigen Nachfragen sie lediglich aufhalten würden. Sie kannte es nur zu gut von der anderen Seite der Trennscheibe.

Sie hatte es sich nicht verkneifen können und Juliette eine kurze Nachricht geschickt. Hinterher wusste sie gar nicht, warum sie das getan hatte. Wollte sie Juliette verletzen? Genugtuung? Oder vielleicht insgeheim Beistand von ihrer alten Freundin? Juliette hatte trotz ihrer kurz angebundenen Nachricht sehr nett und mitfühlend geantwortet. Meinte sie es ernst? Oder ironisch?

Ben hatte sie zu ihrer Mutter gebracht. Das tat sie nicht gerne. Ihre Mutter war schlichtweg eine unfähige Frau. Jemand, den sie dafür verantwortlich machte, dass sie jetzt so viel Angst vor dem Alleinsein hatte. Doch in diesem Notfall war sie dankbar, dass Ben einigermaßen gut aufgehoben war.

Nele saß im leeren Flur der Station, starrte an die Wand, döste ein. Sie wusste nicht, wie spät es war, wie lange sie geschlafen hatte, als sie jemand sanft anstieß. Nele machte die Augen auf, sah den behandelnden Arzt. Ein Blick auf die Uhr zeigte ihr, dass es kurz vor einundzwanzig Uhr war. Der Arzt wirkte unruhig und schaute sie besorgt an.

»Nele, geh nach Hause. Du kannst hier nichts tun. Wirklich nicht.«

»Was passiert jetzt? Wie geht es Jack?«

»Wir verlegen ihn auf die Intensivstation. Es gibt keine Besserung, er atmet schwer, sein Herz vollbringt Höchstleistungen und das ist gerade der Grund, warum wir ihn nun verlegen. Bisher macht das Herz mit, aber ich will nichts riskieren.«

»Ich bleibe hier!«, stieß Nele panisch aus und begann zu weinen.

»Nele, in den nächsten Stunden wird nichts passieren. Geh nach Hause und schlaf ein wenig. Ich rufe dich sofort an, wenn sich etwas ändert. Ich habe hier heute Nachtschicht. Ich verspreche es dir.« Der Arzt hielt Nele mit beiden Händen fest und schüttelte sie sanft. Nele schaute ihm in die Augen und sah, dass er es ernst meinte.

»Okay. Ich bin bald wieder da. Nur ein paar Stunden schlafen.«

Wenig später schloss sie die Tür ihrer Wohnung auf, ging hinein, warf sich auf ihr Bett und brach zusammen. Die Angst um Jack brachte sie um. Sie weinte hemmungslos. Bis sie schließlich vor Erschöpfung einschlief.

Juliette

»Haben Sie noch eine andere Karte?« Die Abscheu stand der Kassiererin ins Gesicht geschrieben. Juliette war in diesem Supermarkt mittlerweile bekannt. Jedes Mal, wenn sie gefragt wurde, zeigte sie routiniert ihr Attest vor, dass sie aus medizinischen Gründen keine Maske tragen könnte. Die meisten Mitarbeiter akzeptierten es, aber mehr und mehr hatte sich eine Feindseligkeit eingeschlichen. Dennoch war dieser Supermarkt einer der letzten Orte, an den Juliette sich noch traute zu gehen. Vor der Corona-Zeit hatte sie sich immer wunderbar mit dem Filialleiter verstanden und sich bei Einführung der Maskenpflicht auch versichern lassen, dass sie weiterhin einkaufen dürfte. Doch das war mehrere Monate her und die öffentliche Berichterstattung über falsche Atteste führte offenbar dazu, dass nun jeder, der ein Attest vorzeigte, ungläubig beäugt wurde. *Wo ist eigentlich mein Schutz als Minderheit, der in Deutschland sonst immer so stark betont wird?*

Doch an diesem Tag hatte sie Kraft. Die Nachricht vom möglichen Deal mit ›Fairreisen‹ beflügelte sie und so sagte sie sich selbst, dass sie diesmal nicht mit gesenktem Haupt durch den Supermarkt gehen würde. Egal, was passierte. Tatsächlich dauerte es nicht lange und eine schlecht gelaunte Mitarbeiterin sprach sie in rüdem Ton an und forderte sie auf, eine Maske zu tragen.

»Ich habe ein Attest bei mir. Ich bin aus medizinischen Gründen befreit.«

»Kann ich das mal sehen?«

»Eigentlich nicht, aber weil sie so nett fragen, hier, bitte.« Juliette kramte ihren Zettel heraus und hielt ihn vor die Nase der Mitarbeiterin.

»Psychische Gründe. Kann ja jeder haben. Ich habe auch manchmal Probleme.«

Zum ersten Mal spürte Juliette das Bedürfnis, sich zu erklären. Innerlich blieb sie ganz ruhig, sie wusste, dass sie im Recht war. »Ja, das glaube ich Ihnen. Haben Sie denn auch das erlebt, was ich erlebt habe? Wurden Sie etwa auch mit zwei Jahren in einen Kofferraum gesperrt, in der Dunkelheit, ohne Mutter? Mussten Sie auch die Benzingase über mehrere Stunden einatmen und dachten, sie wären lebendig begraben? Waren Sie auch halb tot, als man sie befreite?«

Die Gesichtszüge der Mitarbeiterin entglitten, zwei Sekunden starrte die Frau Juliette an und sie spürte, dass sie auf ganzer Linie gewonnen hatte. Die Frau war bis ins Mark beschämt. Von ihrer Ignoranz, von ihrer unmenschlichen, empathielosen Ansprache. Wortlos drehte sich die Mitarbeiterin um und verschwand hinter einem Regal.

Juliettes Herz klopfte. Sie fühlte sich euphorisch. Doch an der Kasse kehrte sie schnell wieder auf den Boden zurück. Ihre EC-Karte wurde vom Gerät abgelehnt.

»Versuchen Sie es bitte noch einmal.«

»Ich sage Ihnen doch, die Karte geht nicht.« Die Kassiererin wurde zunehmend ungeduldig. Hastig zog sie die Karte durch das Lesegerät und grinste Juliette boshaft an. »Karte gesperrt.«

Das Triumphgefühl von vorhin war verschwunden. Sie kramte in ihrem Portemonnaie, sah auf den Endbetrag, sortierte die letzten Münzen und zählte auf dem Laufband ab. Die Kunden hinter ihr, die einen besonders großen Abstand von Juliette hielten, schauten sie böse an. Juliette wollte jetzt am liebsten im Boden versinken. Endlich hatte sie genug Geld zusammengekramt. Viel blieb im Portemonnaie nicht übrig. Egal, Hauptsache, sie konnte endlich verschwinden. Mit einem leisen Tschüss trug sie ihre Einkaufstüten aus dem Supermarkt, während sie auf den Boden starrte.

Warum ging die Karte nicht? Es war doch noch Geld auf dem Konto! Als sie um die Ecke zum Geldautomaten ging, die Karte einsteckte, um Bargeld abzuheben, schüttelte sie fassungslos den Kopf. Die Karte wurde eingezogen. »Bitte wenden Sie sich an Ihren Bankberater.«

Schnell rief sie Frederick an. »Schatz, die haben eben meine Karte eingezogen.«

»Was?« Frederick schien entsetzt.

»Weißt du, was da los ist?«

»Nein, ich habe absolut keine Ahnung.« Dann schwiegen beide für ein paar Sekunden. Juliette hatte das alles nie mehr erleben wollen. Sie war kurz davor, in Tränen auszubrechen, doch Frederick erinnerte sie: »Schatz, ich mache bald den Deal mit dem Kongresshotel klar. Und dann noch die Beteiligung des Hoteliers. Dann wird es bergauf gehen. Hab noch ein wenig Geduld!«

Fredericks Worte waren beruhigend. Sie durfte nicht vergessen, dass es Hoffnung gab. Egal, was mit dem Konto jetzt war, bald würde es besser werden. Zumindest hoffte sie es.

Bald bin ich am Ende meiner Kraft.

Als Frederick auflegte, atmete er tief durch. Er hatte Juliette nicht die ganze Wahrheit gesagt. Sein Bankberater hatte gestern angerufen, aber Frederick war nicht ans Telefon gegangen. Die Nachricht auf der Mailbox klang nicht gut. Es sei eine Pfändung eingegangen und er solle doch bitte mal schnell zurückrufen.

Bald kommt der Befreiungsschlag, bald haben wir wieder Geld, vielleicht reicht es dann auch für die letzte Rate unseres neuen Hauses. Und wir können endlich umziehen. Plötzlich klingelte sein Telefon. Es war Patrick. Überrascht nahm Frederick ab.

»Bruderherz! Schön von dir zu hören!«

»Hallo, Frederick.«

Frederick hörte an Patricks gedämpfter Stimme, dass etwas nicht in Ordnung war. »Hey, was ist los? Ist etwas passiert?«

»Ich hab gesehen, dass du ein paarmal angerufen hast, und ich wollte dir einfach persönlich sagen, dass du es künftig lassen sollst.«

Frederick war sprachlos, konnte nichts sagen. »Mit deinen Ansichten will ich nichts zu tun haben. Ich weiß zwar nicht, woher deine verschwörungstheoretische Seite kommt, aber wenn du mit deiner Art Menschenleben gefährden willst, dann ohne mich. Dann will ich mit dir nichts mehr zu tun haben. Vielleicht findest du woanders Gesprächspartner. Bei den Nazis oder so.«

»Du spinnst ja total!« Frederick wurde laut. »Was redest du denn da?«

»Ich habe dich im Fernsehen gesehen und einige deiner Postings gelesen, dann der Abend damals. Das reicht mir, Frederick. Es reicht wirklich.«

»Na, dann hau doch ab! Meinst du, ich will mit so einem Duckmäuser etwas zu tun haben?«

»Leb wohl.« Dann legte Patrick auf. Frederick schlug vor Wut sein Handy auf den Tisch, lief im Büro auf und ab. *Was glaubt der, wer er ist? Auf so einen Bruder kann ich verzichten! Nur weil Patrick alles schluckt, was man ihm vorsetzt? Der soll zum Teufel gehen!*

35. Kapitel

7. Oktober 2020

Frederick

»Der Deal steht, Herr Bauer. Sie haben hervorragende Arbeit geleistet. So wie immer!« In einem Videotelefonat erklärte der Hotelier, dass er den Auftrag an ›Fairreisen‹ vergeben werde. Noch heute Abend würden die Verträge per E-Mail verschickt werden. »Morgen habe ich dann ein Gespräch mit meiner Bank und danach können wir bestimmt die Verträge für die Beteiligung aufsetzen.«

Es war nicht viel. ›Fairreisen‹ war natürlich nur noch einen Bruchteil dessen wert, was vor einem knappen Jahr zu Buche stand. Doch eine zehnprozentige Beteiligung, dazu der Auftrag vom Kongresshotel, das würde sicherlich erst mal genügend Bargeld in die Kasse spülen, um alle Außenstände zu bezahlen, der Bank zu signalisieren, dass es wieder bergauf ginge, und ruhig in die nächsten Monate zu gehen. Außerdem würden garantiert Folgeaufträge kommen, die Herbstferien und dann die Weihnachtsferien halfen sicherlich auch. Alles in allem schien das Tal durchschritten zu sein.

Heute konnte er nichts mehr tun. Er klappte sein Notebook zu und nahm sich vor, sich nun voll und ganz um Juliette zu kümmern, vielleicht spazieren zu gehen, in einem Café zu sitzen, einfach beisammen zu sein. Er ging nach Hause, Juliette wartete schon auf ihn. Doch ihr Gesicht sah aschfahl aus. Sie sagte nichts, stand nur da, mit der Fernbedienung in der Hand, deutete auf den Fernseher.

»Was ist los, Schatz?«

»Ich habe es eben gehört.«

»Was gehört?«

»Schau selbst.«

Frederick blickte auf den Fernseher und sah ein bekanntes Gesicht. Ein Gesicht, das zurzeit quasi stündlich in den Medien war. Der künftige Kanzler, wie einige Zeitungen ihn schon nannten, Dr. Lautschläger, der Bundesgesundheitsminister, blickte mit ernstem Gesicht über die aufgebauten Mikrofone und sprach zu den wartenden Journalisten.

»Gib her!«, schrie Frederick Juliette an und forderte die Fernbedienung. Erschrocken gab Juliette diese an Frederick weiter. Er hörte zu, sackte zusammen, fiel auf die Knie, sah Juliette zu ihm hinspringen, spürte ihre Hände auf seinen Schultern, fühlte das Feuer in seinem Bauch.

Tränen traten ihm in die Augen und die Wut überrollte ihn, er warf die Fernbedienung Richtung Fernseher, verfehlte ihn jedoch. Sie knallte an die Wand und zerschellte. Juliette redete auf ihn ein, versuchte, ihn an sich zu drücken. Frederick schrie. Er schrie alles heraus, stand auf, drückte Juliette von sich, nahm eine Flasche Rum aus dem Schrank, stieß den Küchentisch um und verließ die Wohnung. Die Worte des Gesundheitsministers hallten in ihm nach.

›Die Ministerpräsidenten, die Kanzlerin und ich sind uns einig: Es kann so nicht weitergehen. Die Infektions-

zahlen sind einfach zu hoch. Daher müssen wir die Zügel wieder deutlich anziehen. Die Menschen sind unvernünftig geworden. Daher müssen wir eingreifen. Wir haben einstimmig entschieden, dass bundesweit für die nächsten Wochen ein Beherbergungsverbot für Menschen ausgesprochen wird, die aus Risikogebieten im In- und Ausland kommen. Bedauerlicherweise haben wir zurzeit viele Risikogebiete, gerade in den Ballungsräumen.‹

Nele

Einen Tag Hoffnung durfte sie erleben. Es wurde nicht besser, aber auch nicht schlechter. Doch die Hoffnung war vergebens. In der nächsten Nacht nahm das Unglück seinen Lauf. Nele stand gerade am Kaffeeautomaten, als der Arzt mit hektischen Schritten zu ihr kam und ihr sagte, dass es jetzt so weit sei. Nele würde es ja kennen. Jack müsse invasiv beatmet werden. Sein Herz brauche dringend Unterstützung, alleine würde er es nicht mehr schaffen. Nele ließ ihren Kaffeebecher fallen, rannte in die Station, wollte zu Jack. Schnell kamen zwei Pflegerinnen angerannt und hielten sie auf.

»Nele! Du darfst nicht. Es geht leider nicht!« Der Arzt war mit schnellen Schritten hinter ihr hergeeilt und nahm sie in den Arm. Nele trommelte auf seine Brust, wollte sich losreißen, weinte und schrie: »Ich muss ihn noch einmal sehen! Ich muss ihn noch einmal sehen!« Doch es ging nicht. Die Vorschriften zur Hygiene waren eindeutig. Es gab keine Ausnahme. Jack musste das ohne sie schaffen.

Mit ruhiger Stimme redete der Arzt auf sie ein. »Es hat ohnehin keinen Sinn, ihn zu sehen. Du kennst die

Bilder, Nele. Du wirst den alten Jack wiedersehen, wenn er wieder gesund ist und aus der Station kommt.« Dann ließ er sie los.

Nele stand im Stationsflur und fühlte sich leer. Wortlos ging sie Richtung Ausgang. Der Arzt rief ihr hinterher: »Ich melde mich, sobald es etwas Neues gibt!« Langsam verließ sie das Krankenhaus. Kalte Herbstluft blies ihr entgegen. Der Wind wirbelte ihre Haare durcheinander. Das Krankenhaus thronte auf einem Hügel hoch über der Elbe. Nele ging den steilen Weg hinunter zu den Landungsbrücken, sah niemanden, spürte nichts mehr. Sie fasste keinen Gedanken, hatte keine Tränen mehr und ging den Steg hinunter zur Elbe. Das Tuten der Ausflugsdampfer und Barkassen hörte sie nicht, die Touristen, die trotz des stürmischen Wetters an den Hafen gekommen waren, sah sie nicht, merkte nicht, wie sie aus Versehen zwei Menschen anrempelte. Nele ging weiter, an den Fischbrötchen-Buden vorbei, ließ die Nippes- und Souvenir-Geschäfte hinter sich, ging ganz ans Ende der Brücke. Sie starrte auf die Wellen, die auf der Elbe vom Herbstwind aufgepeitscht wurden. Bullige Schlepper fuhren an ihr vorbei, hinauf zur Nordsee, um die dicken Pötte abzuholen, die ohne sie auf der engen Elbe bei diesem Seegang verloren wären.

Nele ging nah ans Wasser, starrte leer auf das andere Ufer. *Jack, ich liebe dich. Du musst es schaffen. Sonst will ich auch nicht mehr. Du musst es schaffen.*

Frederick

Er irrte umher, wusste nicht, wo er war, es interessierte ihn auch nicht. Ziellos ging er durch Hamburg. Sein Telefon klingelte, es war Juliette. Frederick nahm nicht ab. Er ließ die klinisch reine Hafen-City hinter sich, ging immer schneller und schneller, wollte weglaufen, fliehen. Einfach nur raus aus dieser Stadt, aus diesem Land, aus diesem Leben. Es klingelte wieder. Doch er ließ das Handy in der Tasche. Der Wind wurde stärker, fegte einen Fahrradfahrer beinahe von der Straße. Es begann zu regnen, das Wasser schien von allen Seiten zu kommen. Frederick überquerte die Elbbrücken, Autos rasten an ihm vorbei. Die Spritzer, die dadurch auf ihn flogen, spürte er nicht. Es war ihm egal. Alles war ihm egal. Es war vorbei. Endgültig.

Das Handy klingelte erneut, jetzt nahm Frederick es aus der Tasche. Wieder überrollte ihn die Wut. Er wollte Juliette anschreien, brauchte ein Ventil. Er wollte ihr sagen, dass sie ihn in Ruhe lassen sollte. Das Display wurde nass, beiläufig las er den Namen des Hoteliers auf dem Display. Schlagartig schoss das Adrenalin in seine Adern. Er blieb stehen. Frederick wusste, was jetzt passieren würde. Ihm war klar, was der Hotelier verkünden würde. Machte es da einen Sinn, den Anruf entgegenzunehmen? Es klingelte abermals, der Anrufer ließ nicht locker. Dann ging Frederick ran.

»Herr Bauer, es tut mir wirklich herzlich leid. Sie können sich ja denken, warum ich anrufe.« Frederick sagte kein Wort. »Die Buchungen für die Messe. Nun ja, also, Sie haben es ja gehört. Die Messe wird nicht stattfinden.«

»Und unser Beteiligungsdeal?«, fragte Frederick mit hartem Ton nach.

»Müssen wir verschieben, lieber Herr Bauer.«

»Gut.«

Als Frederick auflegte, hörte er die Worte des Hoteliers gar nicht mehr: »Sie müssen mich verstehen! Auch ich habe …«

Ende. Feierabend. Foftein. Das war's. Und die Menschen applaudieren diesem Kerl auch noch. Diesem Lautschläger. Diesem Mörder. Diktator. Wie blind sind die Menschen? Dass die sich das alles gefallen lassen. Lassen sich zu Hause einsperren. Die Hotels lassen sich ihre Existenz kaputt machen. Und nur, weil dieser Kerl Kanzler werden will. Nicht mit mir. Das schwöre ich. Jetzt wird zurückgezahlt. Mit barer Münze und gleicher Klinge. Wenn dieser Mensch mich kaputt machen will, dann mache ich ihn auch kaputt. Und wenn es das Letzte ist, was ich tue. Jetzt ist Schluss.

36. Kapitel

8. Oktober 2020

Juliette

Er war die ganze Nacht nicht zu Hause gewesen, ging nicht ans Telefon. *Er muss doch an die Kinder denken! Ich muss das doch auch alles ertragen!* Frederick hatte sich immer weiter zurückgezogen. Das war nicht mehr ihr geliebter Mann! Schon seit Wochen machte ihr das Angst. Fast jeden Tag saß Frederick bis spät in die Nacht vor seinem Notebook und surfte auf Seiten von Corona-Maßnahmen-Gegnern und dubiosen Gruppen im Internet. Manchmal konnte sie dabei einen Blick erhaschen und teilweise schockierte es sie, was sie dort las: Die krudesten Theorien, aggressive Kommentare und absurde Bilder. Normale Nachrichten konsumierte er nicht mehr. Und jetzt war er wieder einfach weg. Juliette verstand es ja. Auch sie konnte die täglichen Meldungen von den nächsten Horrorszenarien in den Zeitungen nicht mehr hören. Die immer gleichen Leute standen vor der Kamera und wollten erklären, dass bald wieder solche Bilder drohten wie im Frühjahr dieses Jahres aus Italien oder Amerika. Stets an vorderster Front: Gesundheitsminister Lautschläger. Einhergehend mit einer großen Zustimmungsrate in der Bevölkerung, wurde ihm immer öfter die Fähigkeit zur baldigen Kanzlerschaft bescheinigt. *Frederick hat recht: Wenn der gewählt wird, wandern wir aus,* dachte sich Juliette, wenn sie wieder einmal eine der Lobeshymnen hörte.

Sie verstand Frederick ja. Aber dass er, ein aufgeklärter und kritischer Mensch, sich ausschließlich über dubiose Medien im Internet informieren wollte, behagte ihr überhaupt nicht. Und es tat ihm auch nicht gut. Schon seit Tagen wurde er immer gereizter.

Juliette nahm den Schlüssel und entschied sich, nach Frederick zu suchen. Sie hatte am Morgen die Kinder zu Freunden gebracht. Lisa und Karl hatten eigentlich Schulferien, aber an normalen Urlaub war ohnehin nicht zu denken. Daher war Juliette froh, dass die Freunde ihren Kindern diese Ablenkung bieten konnten. Natürlich bekamen Lisa und Karl alles mit. Auch wenn sie die Situation nicht komplett einschätzen konnten, merkte zumindest Karl, dass etwas Schlimmes seinen Vater beschäftigte.

Wie automatisch zog es Juliette zuerst an die Elbe. Ob es ihnen schlecht oder gut ging, stets schien dieses Wasser der Ort zu sein, an dem sie ihre Emotionen bewältigen konnten. Vielleicht war Frederick auch diesmal dahin gegangen. Sie stolperte die Stufen zur Elbpromenade hoch, schaute hektisch nach links und rechts, sah nur fremde Menschen. Dann entschied sie sich, Richtung Landungsbrücken zu gehen. Im Gehen nahm sie ihr Handy aus der Tasche und wählte zum wiederholten Male Fredericks Nummer. Freizeichen. Immerhin. Er hatte das Handy noch nicht abgeschaltet. Sie ging weiter, sah am Ende der Brücke jemanden, dessen Silhouette ihr bekannt vorkam. Plötzlich ging Frederick ran.

»Ja?«

Juliette schnaufte durch. »Schatz, mach so etwas nie wieder. Hörst du?« Sie schrie förmlich ins Telefon. Der Regen wurde immer stärker, das Handy nass. In die Erleichterung mischte sich nun auch Wut. Wut über seinen Egoismus.

»Ich bin in Ordnung.«

»Ich habe mir die ganze Nacht Sorgen gemacht.«

»Tut mir leid. Ich musste alleine sein.«

»Alleine? Du kannst mich nicht so ausschließen!«

»Juliette, es tut mir leid. Ich hätte eine Nachricht schreiben sollen.«

Langsam beruhigte sie sich. »Weißt du, du hast Kinder. Die machen sich auch Sorgen. Und es muss immer weitergehen. Es wird weitergehen.«

»Und wie?« Jetzt schrie Frederick ins Telefon. »Sag mir, wie es weitergehen soll? Alles weg, kein Geld, keine Aufträge und der Deal mit dem Hotelier ist auch geplatzt.«

Juliette hatte es geahnt. Sie konnte eins und eins zusammenzählen. Beherbergungsverbot für Risikogebiete, das kam im Grunde den Reisebeschränkungen aus dem Frühjahr gleich, als der Tourismus das erste Mal vor dem Zusammenbruch stand. Und jetzt gab die Politik den Hotels und Gaststätten den Todesstoß. Sie schwieg, wusste nicht, was sie sagen sollte, und starrte trüb auf die Landungsbrücken. Durch den Regen sah sie nur undeutlich, doch etwas an der schemenhaften Gestalt da vorne ließ sie aufmerksam werden. Sie blinzelte und wischte sich den Regen aus dem Gesicht.

»Komm bitte nach Hause, Frederick. Dann reden wir in Ruhe. Ich muss aufhören. Wir sehen uns gleich, okay?«

»Gut, okay. Bis gleich.«

Nachdem sie aufgelegt hatte, sah sie zu der Frau auf der Brücke. Sie stand ganz nah am Rand. *Die wird doch nicht springen?* Juliette begann zu laufen, den langen Weg zum Brückenzugang, dann die Gangway, links und rechts die vertäuten Hafenbarkassen. Schnell links die Brücke entlang ganz bis zum Ende. Juliette stoppte, erkannte sie nun ohne jeden Zweifel. Wie sie klitschnass dastand, mit leerem Blick auf die Elbe.

»Nele!«, schrie sie. Keine Reaktion »Nele! Ich bin's! Juliette!«

Nele drehte langsam ihr Gesicht in Juliettes Richtung. *Mein Gott, sieht sie fertig aus.* Kreidebleich, die Wangen eingefallen, gerötete Augen. Langsam ging Juliette näher an Nele heran. Bloß nichts falsch machen. Würde sie wirklich springen? In der aufgewühlten Elbe mit den Strömungen wäre sie verloren. Juliette könnte sie nicht retten.

»Nele, was ist passiert? Ich bin da. Ich kann dir helfen.« Nele starrte sie nur an. »Nele, ich bin doch deine Freundin. Werde ich immer sein.« Dann brach Nele zusammen, ihr Gesicht zuckte und die Tränen kamen. Schnell packte Juliette Nele und nahm sie fest in den Arm, während sie sie auf den Boden herunterzog. Bloß weg von der Wasserkante. Dann hielt sie schützend ihre Jacke über Nele. Sie weinte hemmungslos.

»Juli. Jack. Er wird …«

»Was ist mit Jack? Wie geht's ihm?«

»Er wird sterben.« Juliette begann, Nele zu streicheln. Sie hatte es geahnt, als sie Nele erkannte, wie sie regungslos auf der Brücke stand. *Nele kann ohne Jack nicht leben.* Das war ihr schon immer klar gewesen. Aber dass es Jack tatsächlich erwischt hatte! Das hätte sie niemals gedacht. In diesem Moment war es Juliette egal, welche politischen Auffassungen sie zu der Krise hatte, wer welche Einschätzung zum Risiko oder zu Maßnahmen hatte. In diesem Moment war ihr klar, dass dieses Virus so oder so viel Leid über viele Menschen gebracht hatte. Leid und Angst. Und egal, welche Angst einen umgab, jeder Mensch hatte das Recht auf Trost.

Juliette drückte Nele eng an sich. Und weinte mit. Sie weinte um Jack, um Nele, um Frederick. Um all das, was so viele Menschen verloren hatten. Sie konnte Nele nicht ihren Jack zurückgeben. Und Frederick nicht seine Firma. Das Einzige, was sie tun konnte, war jetzt bei Nele zu sein und gemeinsam mit ihr zu weinen.

Inmitten des prasselnden Regens, der Wellen und der Schiffshörner klingelte ein Telefon. Es konnte nur Neles sein. Nele schaute Juliette an. »Geh ran!«, drängte Juliette.

Nele kramte in ihrer Tasche und schaute auf das Display. »Das Krankenhaus. Ich will nicht.«

Juliette verstand ihre Freundin. Dennoch sagte sie: »Geh ran. Ich bin bei dir.«

Nele nickte resigniert und tippte auf den grünen Hörer. »Hallo?«

Nele lauschte einer Stimme. Dann entglitten ihr die Gesichtszüge. Sie begann zu schluchzen, hielt sich eine Hand vors Gesicht, vergrub sich in Juliette, die ebenfalls zitterte und weinte. Nele hörte der Stimme weiter zu. Weinte immer lauter. *Mein Gott. Warum?*, dachte Juliette verzweifelt. Nele befreite sich aus Juliettes Arm, stand auf, hörte weiter zu. »Danke, danke, danke!«

Danke? Juliette hielt den Atem an.

Nele legte auf, sprang in Juliettes Arm. »Er lebt! Er lebt! Und ist wieder bei Bewusstsein! Er ist über den Berg! Danke, lieber Gott, danke, danke!«

Juliette traute ihren Ohren nicht. Ein großer Stein fiel ihr vom Herzen. Wie grausam und gemein konnte das Leben mitunter sein! Und wie dankbar konnte man gleichzeitig über das Leben sein!

»Ich muss sofort zu ihm.«

»Natürlich. Ich freue mich so für dich!«

Nele nahm Juliette noch einmal in den Arm. »Danke für alles. Ich melde mich.«

»Alles in Ordnung, Nele. Bis bald.«

Und dann war Juliette alleine. Alleine an der Elbe. Und ihr wurde klar, dass sie noch viele Kämpfe aushalten musste. Doch sie und ihre Familie hatten das *Leben*. Etwas, das man nicht kaufen konnte und nicht durch eine Pleite verlieren konnte. *Ich muss zu Frederick. Ich muss ihn retten.*

Oktober 2021

Zola

Tage vergehen. Ich bin im Paradies. Wie lange es anhalten wird, weiß ich nicht. Vielleicht ist es morgen vorbei, vielleicht in ein paar Stunden. In diesem Moment ist es mir egal. Ich weiß nicht, was mich in Schweden erwartet. Viele sagen, es wäre der Garten Eden. Mit freundlichen Menschen, mit Frieden, Schulen und Universitäten. Viele wollen dorthin.

Mir war es eigentlich immer egal, wo ich landen würde. Überall kann es nur besser sein als in meinem Heimatland Simbabwe. In den Stunden der Ruhe denke ich oft daran zurück. Wie es wohl in meinem Dorf aussieht? Sind die Menschen dort noch am Leben? Oder wurde geplündert, geraubt und gemordet?

Als ich mit dem Matrosen kurz alleine bin, setze ich alles auf eine Karte. Ich will nicht betteln, will keine Almosen, doch der Drang, Informationen von zu Hause zu bekommen, ist unermesslich stark. Wir stehen an Deck und betrachten das Land, an dem wir vorbeifahren. »England«, sagt er und zeigt darauf. Als ich ihn frage, ob ich für einen Anruf mal sein Handy benutzen könne, lächelt er nur und nickt bereitwillig. Ich bin ihm so dankbar. Mit zitternden Händen tippe ich eine mir bekannte Nummer ein. Es ist meine beste Freundin Nana aus unserem Dorf. Die ich zurücklassen musste. Die nicht mitwollte, weil sie sich um ihre Eltern kümmern musste. Ich weiß bis heute nicht, ob das wirklich der Grund war oder ob sie sich einfach nicht traute. Ich würde ihr keinen Vorwurf machen. Jeder weiß, wie gefährlich so eine Flucht ist. Etwa die Hälfte der Frauen, die so eine Reise antreten, überleben nicht. Da kann kein Virus der Welt mithalten.

Ich lausche. Und seufze erleichtert, als ich ein Freizeichen höre. Die Nummer stimmt noch. Dann geht sie ans Telefon.

»Nana! Hier ist Zola!«

Nana beginnt zu weinen. »Zola? Ich glaube es nicht!«

»Ich bin es. Ich bin in Sicherheit!« Nana weint und weint. Ich kann sie nur schwer beruhigen, ich habe schließlich nicht ewig Zeit. Der Matrose steht ein wenig entfernt von mir an der Reling und lässt mich nicht aus den Augen. Ich erzähle, was ich erlebt habe und dass es jetzt nach Schweden gehen würde.

»Schweden? Wie schön! Du kommst ins Paradies!«

»Nana, erzähl doch bitte, wie es bei uns zu Hause ist. Sind alle wohlauf?«

Und dann erzählt sie. Weinend, doch diesmal nicht aus Freude. Mir stockt der Atem, auch ich kann meine Tränen nicht zurückhalten. Nana berichtet, dass die Regierung weiterhin alles im Land geschlossen hat. Jedes Geschäft, jeden Markt. Keiner darf aus dem Haus. Die wenigen Schulen sind geschlossen. Nana hat ihre Arbeit als Verkäuferin verloren. Die Betriebe, die sich in den letzten zehn Jahren mit so viel Kraft hochgearbeitet haben, können sich die Menschen als Arbeiter nicht mehr leisten, gehen pleite. Menschen werden verfolgt, weil sie draußen sind. Das Militär wird auf die Straßen geschickt, um die Ausgangssperren zu kontrollieren. Alle Rechte sind beschränkt, stets unter dem Vorwand der Pandemiebekämpfung. Kinder werden krank, Alte sterben. Weil auch die Krankenhäuser und Arztpraxen größtenteils geschlossen sind. Alles aus Angst, dass das Corona-Virus sich verbreiten und die Menschen töten würde. Nach der Angst vor dem Virus kommt der Hunger. Hilfsgelder aus den reichen Ländern kommen nicht mehr dort an, wo es wirklich nötig ist, verschwinden in dunklen Kanälen. Medikamentenlieferungen werden eingestellt, kostenlose Impfungen für Kinder abgesagt. Und nach dem Hunger kommt die Wut.

Nana berichtet nichts, was ich nicht schon weiß oder erwartet habe. Aber dann erzählt sie von unserem Dorf. Der Matrose kommt ein paar Schritte näher, mit besorgtem Gesicht, als er mich weinend am Telefon sieht.

»Das Dorf ist vollkommen zerstört. Nichts ist mehr, wie es war. Alle wurden vertrieben oder verhaftet. Es war die Regional-Regierung. Eines Abends kamen sie. Behaupteten, es gäbe hier unzählige Kranke. Und wir hätten uns nicht an die Hygiene-Vorschriften gehalten. Vollkommener Blödsinn. Alle müssten weg. Wer sich wehrte, wurde eingesperrt. Oder sofort umgebracht. Und das alles nur, weil unser Dorf sich in den letzten Jahren immer wieder mit der Regional-Regierung angelegt hat, wie du ja weißt.«

»Oh, Nana. Wie grausam. Die ganzen Menschen. Wo sind sie jetzt alle?«

»Verhaftet. Vertrieben. Oder tot.«

Mir gefriert das Blut in den Adern. »Nana. Oh nein! Das ist so unsagbar grausam.«

»Wer fliehen konnte, ist geflohen. Und nicht nur aus unserem Dorf. Aus den Städten, aus allen Ländern, wie ich hier immer wieder höre. Die Menschen wollen Essen und Sicherheit. Keiner weiß, wie er überleben soll. Überall herrscht Krieg.«

Dann höre ich durch das Telefon merkwürdige Geräusche. Lautes Hupen, Motorengeräusche. Eine fremde Sprache. »Nana, wo bist du?«

»In Moria.«

»Griechenland?« Ich bin fassungslos. Sie hat sich auch auf den Weg gemacht. Aber was macht sie dort?

»Ja. Hier sind Tausende von Menschen. Abertausende. Aus aller Herren Länder. Es gibt viel Elend, Hunger, Krankheiten, Vergewaltigungen. Die zwängen uns in dreckige Lager, lassen keinen mehr raus. Ich befürchte, das wird hier nicht gut enden. Letztes Jahr ist das Lager abgebrannt und seitdem ist alles noch viel schlimmer. Viele Menschen sind einfach weggelaufen, den Rest von uns haben sie in ein noch engeres Lager gezwängt. Viele sind verhaftet worden. Und die Einheimischen wollen uns hier auch nicht haben.«

»Nana. Sobald ich in Schweden angekommen bin, hole ich dich da raus. Dort soll es anders sein. Da gibt es nette Menschen.«

Nana schweigt. Sie glaubt mir nicht. Und ich muss zugeben, ich kann es ihr nicht verdenken. Ich wüsste gar nicht, wie ich sie retten sollte. Ich will ihr noch so viel sagen, Tipps geben, doch dann bricht die Verbindung ab. Und Nana ist weg. Ob ich sie jemals wieder hören werde? Ob sie es schaffen wird? Ich weiß bereits die Antwort darauf. Wortlos gebe ich dem Matrosen sein Handy zurück und schleiche mich in meine Kabine. Wie schnell aus dem Paradies die Hölle werden kann.

37. Kapitel

10. Oktober 2020

Frederick

Beiläufig nahm Frederick die Nachricht zur Kenntnis. Er wusste, dass er sich zu einem anderen Zeitpunkt gefreut hätte, zutiefst erleichtert gewesen wäre, doch er spürte nur Wut, die ihn wie ein Panzer zu umgeben schien. *Menschen wie Jack, die diese Corona-Maßnahmen stillschweigend dulden oder sogar befürworten, sind doch überhaupt erst schuld an allem. Die sehen zu, wie wir in den Ruin getrieben werden. Es geschieht ihnen ganz recht, wenn sie krank werden. Ich werde alles verlieren. Aber nicht kampflos. Das verspreche ich. Das bin ich meinen Kindern schuldig.*

Juliette kam ständig zu ihm hin, stellte Fragen. Ob alles okay sei. Ob er nicht etwas essen wolle. Es nervte ihn. Er war in seinem eigenen Film gefangen. Da es in der Firma nichts mehr zu tun gab, schloss er sich stundenlang im Arbeitszimmer ein, surfte endlos im Internet und in den sozialen Netzwerken. Seit einigen Wochen hatte er sich bei unzähligen Gruppen angemeldet, um noch mehr Informationen zu bekommen. Dort gab es Menschen, die Ähnliches erlebt hatten, skeptisch waren, um ihre Existenz bangten. Und er las immer häufiger die ungeheuerlichsten Geschichten. *Warum steht das nicht in den normalen Zeitungen? Hier wird doch etwas totgeschwiegen! Stecken die Mainstreammedien tatsächlich alle unter einer Decke?*

Die normalen Medien ersparte er sich. Frederick konnte es nicht mehr ertragen, als ›dumm‹, ›psychopathisch‹ oder ›egoistisch‹ bezeichnet zu werden, wie seit Monaten fast täglich in den Zeitungen über die Leute geschrieben wurde, die sich gegen die Corona-Maßnahmen der Regierungen stellten.

Karl und Lisa schauten ihn in letzter Zeit immer trauriger an. Doch auch das nahm er nur zur Kenntnis, es berührte ihn nicht wirklich. Es war, als wäre er endgültig gefangen. In einem Strudel von Gefühllosigkeit und Härte. *Ich werde es zu Ende bringen. Ich brauche einen Plan. Ich brauche eine Idee. Es muss ein Zeichen gesetzt werden. Aus dem vielleicht eine Welle entsteht. Wenn ich anfange, dann folgen mir sicher immer mehr Gleichgesinnte, die sich jetzt nicht trauen. Die Angst haben, weil sie gar nicht wissen, dass es dort draußen Millionen Menschen gibt, die genauso denken.*

Dann erinnerte er sich an die Telefonnummer, die er vor einigen Tagen in der Spelunke von dem Wirt bekommen hatte. Kurz überlegte er, was das wohl für ein Typ war. Aber was hatte er schon zu verlieren? In diesem Moment klingelte es an der Tür. Frederick lauschte. Juliette machte auf. Frederick hörte eine Männerstimme, Juliettes Stimme wurde brüchig. Er konnte nicht hören, was gesagt wurde. Der Mann antwortete etwas, dann wurde die Tür geschlossen. Es folgten ein paar Sekunden Stille, die Tür zum Arbeitszimmer ging auf, Juliette erschien mit Tränen in den Augen. Und Frederick wusste, was passiert war, wer der Mann war: der Gerichtsvollzieher.

Er soll aufhören. Frederick, hör doch auf! Ich ertrage es nicht. Ich will das alles nicht mehr. Juliette rannte aus dem Zimmer, schloss die Tür, war froh, dass die Kinder nicht zu Hause waren, wieder bei ihren Freunden spielten. Dass sie nicht mitbekamen, wie ihr Vater durchdrehte. Aus dem Arbeitszimmer hörte sie Krachen, Poltern, das Klirren von Glas. Sie wusste, Frederick war am Ende. Er war jetzt unberechenbar. Niemals würde er ihr oder den Kindern etwas antun, da war sie sicher. Aber sich selbst? Oder anderen?

Der Gerichtsvollzieher hatte gleich zwei Schreiben dabeigehabt. Einen Vollstreckungsauftrag der Bank und einen Zustellungsauftrag des Hausbauunternehmens. Das Haus war weg, der Vertrag gekündigt. Alles brach zusammen. Und jetzt auch Frederick. Sie musste ihm helfen. Ihre letzte Möglichkeit war der Rechtsanwalt. Vielleicht hatte er ja Neuigkeiten. Vielleicht war der Eilantrag ja positiv beschieden worden. Und dann könnte sie Frederick aus seinem Strudel retten! Und sich selbst auch. Schnell rannte sie zu ihrem Handy, hörte weiterhin den Lärm aus dem Arbeitszimmer. Frederick schrie jetzt auch noch herum. Juliette hielt sich die Ohren zu, bis sie in der Küche war.

»Herr Dr. Pfeifer? Juliette Bauer hier.« Juliette konnte ihre Tränen nicht zurückhalten. Bei der Stimme des Rechtsanwalts fühlte sie sich immer sofort geborgen. Wie viele Kämpfe hatte er schon für sie und vor allem für Frederick ausgefochten! Bis zuletzt war er an ihrer Seite gewesen.

»Ich mache mir große Sorgen um meinen Mann. Sagen Sie, haben Sie schon etwas vom Eilantrag gehört?«

Doch die Worte des Rechtsanwaltes zerschlugen ihre Hoffnungen. »Nein, Frau Bauer, leider noch nicht. Aber machen Sie sich bitte nicht allzu große Hoffnungen. Die Gerichte stützen fast all ihre Urteile auf die Einschätzung des RKI. Und wenn das sagt, es liegt eine medizinische Notlage vor, dann dürfen die Politiker zurzeit quasi machen, was sie wollen.«

Im Arbeitszimmer war es plötzlich ruhig geworden. »Danke, Herr Dr. Pfeifer. Halten Sie uns bitte auf dem Laufenden.« Juliette ging vorsichtig von der Küche in den Flur. Frederick kam aus dem Arbeitszimmer, sah Juliette nicht an und nahm sich Jacke und Schlüssel. »Ich werde etwas tun. Jetzt«, murmelte er.

»Wo gehst du hin?«

»Zur großen Demo morgen in Berlin.« Dann schloss er die Tür.

Juliette wusste, dass es keinen Sinn hatte, ihn zurückzuhalten. Er musste gehen. Und sie betete, dass er unversehrt zurückkommen würde. Vorsichtig wagte sich Juliette ins Arbeitszimmer. Alles war durcheinander. Aktenordner lagen auf dem Boden, zwei Gläser lagen zersplittert auf dem Boden. Das kleine Regal war umgekippt. Und im Fernseher lief der Nachrichtensender. Unten lief das Breaking-News-Laufband:

›GESUNDHEITSMINISTER LAUTSCHLÄGER MACHT KLEINUNTERNEHMEN ABSAGE FÜR WEITERE STAATSHILFEN. DER STAAT KÖNNE ES SICH NICHT MEHR LEISTEN.‹

Danach folgte eine weitere Nachricht:

›JETZT AUCH LUFTHANSA GERETTET. MILLIARDEN-HILFEN FÜR DAX-UNTERNEHMEN.‹

38. Kapitel

11. Oktober 2020

Jack

Tat das gut. Frei atmen. Ohne Gerät, einfach den Brustkorb heben und senken. Er fühlte sich wie neu geboren. Noch sehr schlapp, aber glücklich. Jack wusste, ihm war ein zweites Leben geschenkt worden. Er hatte Glück gehabt. Und war den Ärzten und dem Krankenhaus unendlich dankbar. Wie haarscharf es war, erläuterte ihm sein alter Freund und Arzt, nachdem er vom Beatmungsgerät genommen werden konnte.

»Mann, Jack, das war wirklich knapp. Dein Herz war kurz vor dem Kollaps. Hätte deine Lunge nicht irgendwann wieder Kraft getankt, dann hättest du einen Infarkt gehabt.«

»Also hätte mich COVID-19 gar nicht dahingerafft, sondern mein schwaches Herz?«

»Ja und nein. Das ist die ewige Diskussion, die du ja auch kennst. Mit oder an Corona. Ganz ehrlich, wäre dein Herzproblem besser ausgeheilt gewesen, wärst du nach der OP damals in Reha gegangen, dann hättest du vielleicht nicht solche Schwierigkeiten gehabt. Aber dieses Virus ist ein Biest. Das kann man nicht anders sagen.«

Diese Worte machten Jack nachdenklich. *Da war ich so unendlich vorsichtig mit allem, was mit Corona zu tun hatte, habe mich vorbildlich an alle Hygienemaßnahmen gehalten, habe dafür gesorgt, dass alle in der Familie inklusive Ben eine Maske tragen, habe mich über die Menschen geärgert, die es nicht ernst nehmen und dann habe ich mit meinem Herzen genau das Gegenteil gemacht. Wie blind konnte ich sein!*

Nele lag neben ihm im Krankenbett und kuschelte sich an ihn. Gemeinsam schauten sie auf den Fernseher. Beiläufig, ohne genau hinzusehen, sah Jack den Bericht über die Demonstration in Berlin, die am heutigen Tage ablief. Nele sagte: »Unglaublich, dass die immer noch glauben, dass Corona harmlos ist. So viele Menschen.«

Jack schwieg. Er dachte an seinen Freund Frederick. *Ob er wohl auf der Demonstration mitläuft?*

Frederick

Es war überwältigend. So viele Menschen, so viele Gleichgesinnte. Ein buntes Völkchen stand bei der großen Abschlusskundgebung, die Frederick nicht sonderlich interessierte. Er war hier, um sich mit ein paar bestimmten Menschen zu treffen. Neben sich sah er einige Nazis laufen. Früher hätte er sich von denen ferngehalten, hätte sie abschätzig angeschaut, sich vielleicht mit ihnen angelegt. Aber jetzt war es ihm egal. *Sollen sie doch. Es ist eh alles zu spät.* Diese Menschen hier demonstrierten umsonst, sie hofften wohl immer noch, dass sie gehört werden würden. Dabei standen die Presseberichte ohnehin schon wieder fest. Und keine Partei der Welt würde sich mit ihnen solidarisieren. Außer den Schmuddelkindern von den Rechten, mit denen sich anständige Menschen nicht sehen lassen wollten.

Nein, das alles hatte er hinter sich gelassen. Er hatte jetzt eine Mission. Nur wenn die Gerichte endlich aufwachen würden und diesem Durchregieren ein Ende bereiten würden, hätte er noch Hoffnung. Aber bis dahin spulte er seinen Plan ab.

Etwas abseits der Kundgebung stand Frederick mit zwei Männern zusammen. Einer mit kurz geschorenen Haaren, der andere hätte der perfekte Schwiegersohn sein können, mit Brille, blonden Locken und freundlichem Gesicht.

»Komm mit«, sagte der Schwiegersohn-Typ. Die drei setzten sich in Bewegung und gingen hinter einen großen Stromkasten.

»Mir ist völlig egal, was du vorhast. Ich kenne dich auch nicht. Aber solange es unserer gemeinsamen Mission dient, helfe ich dir gerne.« Frederick nickte stumm. »Also, Bernie hier, der hat etwas für dich. Frisch eingetroffen. Gestern Nacht erbeutet. Die blöden Bullen merken ja manchmal gar nicht, dass ihnen eine Dienstwaffe fehlt.«

Dann zog Bernie etwas aus einer Tasche, einen eingewickelten Gegenstand. Er zog den Stoff kurz zur Seite und Frederick sah etwas schwarz Glänzendes. Er nickte und wollte die Waffe nehmen.

Da intervenierte der Blonde. »Moment! Nicht so schnell. Geld hast du?« Frederick fasste in seine Tasche, holte Juliettes Portemonnaie heraus und zog ohne zu zögern ein paar Scheine heraus. »Mehr habe ich nicht.«

»Okay, okay. Ich bin ja kein Unmensch.« Der Blonde deutete Bernie an, dass er die Waffe übergeben solle, und Frederick machte, dass er davonkam. Wenig später stieg er ins Auto, schaute auf sein Handy und las eine Nachricht. Ein Mitglied aus einer der Gruppen, bei denen Frederick sich in den sozialen Medien angemeldet hatte, hatte ihm etwas geschickt. »Kleiner Tipp. Der dicke Hund wohnt Elbchaussee 612.«

Frederick hatte alles, was er brauchte. Nichts konnte ihn aufhalten. Gar nichts. Nur sein Rechtsanwalt. Aber wer glaubte noch daran?

Oktober 2021
Zola

Die Tage vergehen. Seit meinem Anruf bei Nana ist die Ruhe vorbei. Ich kann nicht schlafen. Ich weiß, Nana ist in großer Gefahr, doch ich kann nichts tun. Diese Ohnmacht bringt mich um. Trotz allem muss ich mich jetzt erst mal um mich selbst kümmern. Der Matrose schaut immer wieder nach mir. Ich glaube, er ist ein bisschen in mich verliebt. Doch ich will allein sein. Ich muss einen klaren Kopf bewahren. All die Tage und Wochen der Flucht war ich damit beschäftigt, mich zu retten. Jetzt quälen mich meine Gedanken, ich habe keine Ablenkung mehr. Was wird mit mir in Schweden passieren? Wie konnte es zu all dem nur kommen? Wird Nana überleben? Die Gedanken bringen mich beinahe um den Verstand.

Und dann endlich kommt die Erlösung. Es klopft an der Tür. Schüchtern schleicht der Matrose mit seinen freundlichen Augen ins Zimmer. Meine Zimmerkameradinnen schlafen schon und er deutet mir an, dass ich mitkommen soll. Etwas widerwillig folge ich ihm an Deck. Und dann sehe ich es, die Felsen, die aus dem dunklen Wasser ragen, die kleinen roten Holzhäuser, einen kleinen Leuchtturm auf einer Insel. Schiffe, Fähren, Segelboote. Wir fahren unter einer riesigen Brücke durch. Der Matrose zeigt nach vorne: »Göteborg!«

Ich bin am Ziel. Meine lange Reise ist beendet. Und ich habe überlebt.

Es ist eiskalt. Ich wickele meinen Körper in die warme Decke, die ich mit an Deck genommen habe. Werde ich hier glücklich sein? Werden die Menschen so sein, wie wir es gehört haben? Freundlich, höflich und hilfsbereit? Werde ich einen Job bekommen? Wo werde ich wohnen können? Wie sieht diese Stadt aus? Werde ich jemals wieder nach Simbabwe zurückkehren können? Ich schwöre mir: Ich werde nicht aufgeben. Egal, was kommt, ich werde es schaffen. Ich habe bisher alles geschafft, habe so viel erlebt. Was kann mir denn noch passieren?

Ich lächele den Matrosen an, aufgeregt und neugierig.

»Ten minutes«, sagt er und zeigt auf eine Anlegestelle. Ich gebe ihm einen schnellen Kuss auf die Wange, der Matrose läuft rot an, dann gehe ich unter Deck, um mich bereit zu machen. Bereit für mein neues Leben.

39. Kapitel
12. Oktober 2020

Juliette

Dieser bösartige Mensch. Nutzt die Angst der Menschen, um seine Kanzlerkandidatur zu befördern. Dass die Menschen das nicht begreifen.

Juliette saß auf dem Sofa und wartete. Auf eine Nachricht von Frederick, auf eine Fügung des Schicksals. Doch nichts davon kam. Stattdessen wurde es immer schlimmer. Gesundheitsminister Lautschläger trat in Hamburg bei einer Kundgebung auf, gab sich staatsmännisch, als würde er die alternde Kanzlerin schon morgen beerben. Als wäre dafür nicht mal eine Wahl nötig. Juliette verfolgte die Kundgebung live im Fernsehen. Warum tat sie sich das eigentlich immer wieder an? Doch sie konnte ihren Blick nicht von diesem bösen Menschen abwenden. Sie musste hinschauen. Wie bei einem Autounfall.

Lautschläger inszenierte sich als Krisenmanager. Keine Maßnahme konnte hart genug sein. Alles würde zugunsten der Gesundheit der Menschen passieren. Schließlich stünde man ansonsten tatsächlich wieder vor einer Katastrophe wie damals in Italien. Eine Fragestellerin wollte wissen, ob er auch mal einen Tag frei hätte, so viel, wie er immer unterwegs sei, um den Menschen zu helfen. Lachend antwortete Lautschläger bereitwillig: »Na, da haben Sie ja ein gutes Gespür. Gerade heute und morgen wollte ich mir mal freinehmen. Ein paar Tage in meiner Heimatstadt, hier im schönen Hamburg verbringen, zusammen mit meiner Familie.« Das Publikum lachte. Und Juliette wurde beinahe übel, dass dieser Mensch aus derselben Stadt stammte wie sie. Schnell knipste sie den Fernseher aus.

Juliette schaute auf ihr Handy. Sie hatte ihn nicht erreicht. Wieder einmal war er nicht an sein Handy gegangen. Nur eine kurze Nachricht hatte er geschrieben: Sie solle sich keine Sorgen machen, er würde am nächsten Tag zurückkommen. Doch Juliette hatte endlich einmal Neuigkeiten, die nicht ausschließlich schlecht waren, und die wollte sie ihm mitteilen. Der Bauunternehmer hatte Erbarmen gehabt. Juliette hatte ihn unter Tränen angerufen und ihn gebeten, die Kündigung zurückzunehmen. Vielleicht gäbe es noch eine Lösung, sagte sie, und sie könne noch etwas aus der Erbschaft ihrer Mutter erwarten. Die gab es zwar nicht, aber immerhin ließ sich der Bauunternehmer darauf ein, sich vor Ort in Wedel noch einmal mit den beiden zu treffen, um eine Lösung zu finden. Schließlich hatte er auch kein Interesse daran, Frederick und Juliette als Kunden zu verlieren.

Juliette schrieb Frederick eine Nachricht und bat ihn, um halb sieben in Wedel bei der Baustelle zu sein. Natürlich kam keine Antwort zurück, aber er hatte die Nachricht zumindest gelesen. Das gab Juliette Zuversicht. Sie musste jetzt all ihre Kraft zusammennehmen, um die Familie wieder in die Spur zu bekommen. Es gab doch immer eine Lösung. Juliette ging ans Fenster, schaute Richtung Elbe. Die Herbstsonne strahlte von

Süden über den Hafen, spiegelte sich auf dem Wasser. *Ein schöner Tag*, dachte sich Juliette. *Ein wunderschöner Tag für einen Neuanfang.*

Frederick

»Ihre Frau sorgt sich um Sie.« Frederick saß im schweren Besuchersessel der altehrwürdigen Anwaltskanzlei und blickte Dr. Pfeifer mit starrem Blick an.

»Ich komme schon klar. Wie sieht es aus?«

Der Anwalt schwieg für ein paar Sekunden. An seinem Blick erkannte Frederick schon, dass er keine guten Nachrichten hatte. »Abgelehnt.«

Frederick nickte kühl. Dr. Pfeifer ergänzte: »Zurzeit kann man nichts machen. Die Infektionszahlen steigen wieder deutlich. Gesundheitsschutz hat Vorrang. Das Hauptsacheverfahren dagegen kann in ein paar Wochen ganz anders ausgehen.«

»Ich habe keine paar Wochen.«

Der Jurist räusperte sich. »Ja, das weiß ich.«

Frederick stand auf und wollte sich verabschieden. »Was wollen Sie jetzt tun, Herr Bauer? Geht es Ihnen wirklich gut?«

»Bestens.« Dann verließ Frederick die Kanzlei.

Das war's. Jetzt gilt es, ein Zeichen zu setzen. Die Welt muss sehen, dass es Menschen gibt, die sich wehren. Und zwar nicht nur auf Demonstrationen oder in Gerichtsverfahren. Es ist Zeit für den Widerstand. Ich weiß, was ich zu tun habe.

Ein paar Stunden später stapfte Frederick durch das bunte Laub. Hin und her. Immer und immer wieder. Er würde kommen. Frederick wusste es. *Es wird vielleicht dauern, bis der fette Sack sich genügend Sekt hineingeschüttet hat, um sich dann von seinem Fahrer in die Bonzengegend fahren zu lassen und in seiner Villa noch mehr Champagner zu schlürfen. Während hier draußen die Menschen krepieren. Nicht an Corona, sondern an Angst, Depressionen und Armut.*

Er musste nur Geduld haben, dann würde er kommen. Fredericks Handy klingelte. Es war Viertel vor sieben. Am Telefon war Juliette. *Sie muss warten. Sie wird es verstehen. Irgendwann wird sie es verstehen.* Frederick stellte den Ton seines Handys aus. Er musste sich jetzt fokussieren.

Und dann kam er. Die schwarze S-Klasse mit angebrachtem Blaulicht und Berliner Kennzeichen ohne Mittelnummer rollte die Elbchaussee heran, blinkte und bog in eine Einfahrt. Frederick ging schnellen Schrittes Richtung Einfahrt. Noch schien ihn keiner bemerkt zu haben. Lautschläger ließ das Tor aufgehen, rollte langsam hinein. Ahnungslos. Frederick kam näher, beschleunigte seinen Schritt. Er hatte vielleicht noch zehn Meter vor sich. Plötzlich ließ Lautschläger das Fenster runter und schaute in Fredericks Richtung. Der zuckte zusammen, drehte sich um und sah aus dem Augenwinkel durch eine Lücke in der riesigen Hecke, dass Lautschläger ausstieg, gefolgt von zwei Personenschützern. Er ging zu einer Pflanze und begutachtete sie. Frederick ging weiter, leise, wie auf Samtpfoten, huschte schnell durch das Eingangstor und versteckte sich hinter einem Baum, der direkt links hinter dem Tor stand. Lautschläger sah Frederick nicht. Frederick spürte, wie Glücksgefühle in ihm aufstiegen. Sein Herz pochte schnell und laut. Er war im Kampfmodus. Hohe Frequenz, klare Gedanken, eiskalter Blick. Lautschläger lachte kurz für sich selbst auf, schüttelte merkwürdigerweise den Kopf, blickte noch einmal in Richtung Pflanze und begab sich wieder zu seinem Auto. Frederick sprang hinter dem Baum hervor.

»Dr. Lautschläger.« Der Politiker drehte sich zu ihm um, der Blick genervt. Und erstarrte dann, als er auf Fredericks Hand sah. Die Personenschützer setzten zum Sprung an. Frederick spannte seinen rechten Arm an, umfasste mit einem eisernen Griff die Waffe und zielte auf den großen Körper des Gesundheitsministers. Er spürte nichts mehr. Er war innerlich leer. Ausdruckslos. Hoffnungslos. *Doch ich weiß genau, was zu tun ist.* Lautschlägers Gesicht verzerrte sich. Sein fetter Körper schien zusammenzusacken, doch er hielt sich auf den Beinen. Die Personenschützer kamen näher. Frederick zielte, entsicherte mit dem Daumen und spannte seinen rechten Zeigefinger an. Dann drückte er ab. Krähen kreischten auf und suchten das Weite.

Im nächsten Moment war Frederick unter zwei breitschultrigen Männern begraben. Er spürte eine Faust an seiner Schläfe, sein Arm wurde verdreht. Er brüllte, sein Knie bekam einen fürchterlichen Tritt ab, schmerzte, dann schlug einer Frederick die Waffe aus der Hand, richtete diese anschließend gegen ihn. »Gesichert!«, schrie er. Frederick konnte sich nicht mehr bewegen. Er schloss die Augen. Keine Gedanken, kein Plan mehr. Wieder ein Tritt in den Rücken. Doch Frederick spürte nichts. Er öffnete kurz die Augen, sah zum Haus, sah Lautschläger auf der Treppe stehen, unversehrt, geschockt auf ihn starrend. Kein Blut war zu sehen, keine Verletzung. Die Personenschützer stemmten ihn hoch. Er hatte nicht getroffen.

Er sah Lautschläger, mit Tränen in den Augen, kreidebleich, der Frederick immer noch fixierte. Frederick schaute dem Mann ins Gesicht, sah seine Angst, seine Ohnmacht, sah nicht den Gesundheitsminister, sondern einfach nur den großen, dicken Mann, der nicht wusste, was passiert war. Dann fühlte er es. Sein Herz schmerzte, sein Magen rebellierte. Er spürte die Scham, die Wut, die Trauer. Und die Angst. Frederick hatte Angst. Angst vor sich selbst, er hatte sich verloren, war hineingeraten in einen Strudel voll Wut und Hass. Als er Lautschläger anschaute, erkannte er es genau: Der voluminöse, große Mann ihm gegenüber hatte auch Angst, genau wie er. Frederick musste sich übergeben. Die Personenschützer lockerten den Griff, er verlor die Kraft in seinen Beinen, ihm wurde schwindelig, er bekam keine Luft mehr.

»Lasst ihn los!«, hörte er Lautschläger rufen. Die Personenschützer schienen irritiert zu sein, sahen den Minister fragend an. Der wiederholte: »Verdammt noch mal, lasst ihn los!« Diese gehorchten und Frederick fand sich nun frei auf den Knien wieder. Er musste würgen und würgen. Frederick hechelte nach Luft, sein Mund war ausgetrocknet. Lautschläger kam langsam auf ihn zu. Er hatte wieder einen aufrechten Gang, wieder Farbe im Gesicht, aber seine harten, hanseatischen Gesichtszüge, die er stets vor der Kamera in Szene setzte, waren weich geworden. Er sah freundlich aus. Lautschläger half Frederick hoch, zog ihn zur Eingangstür und setzte ihn auf die große Steintreppe. »Bringt ihm ein Glas Wasser, sofort!« Einer der Personenschützer eilte ins Haus, der andere blieb in Reichweite der beiden. Frederick vergrub sein Gesicht unter seinen Händen, schluchzte hemmungslos.

»Wer sind Sie?«, fragte Lautschläger schwer atmend. »Was ist Ihnen passiert?« Der Personenschützer reichte Frederick ein Glas Wasser, guckte ihn grimmig an, doch schien ihm und auch Lautschläger längst klar zu sein, dass von Frederick keine Gefahr mehr ausging.

Frederick trank hastig und zitternd das Wasser, sah den Politiker dann mit leerem Blick an, hörte die Sirenen heulen, Autoreifen quietschen, bemerkte Blaulicht. Frederick wusste, alles war verloren. Er hatte sich selbst verraten und eine Grenze überschritten.

Juliette

Weinend schmiss sie ihr Handy auf den Beifahrersitz. Es war sieben Uhr. Frederick war nicht gekommen. Juliette brüllte, schrie alles heraus, was in ihr steckte. Wie von Sinnen trommelte sie dabei auf das Lenkrad. Er hatte sie alleine gelassen. Allein mit ihrer Angst und allein mit dem Bauunternehmer. Sie war gar nicht richtig bei der Sache gewesen, als dieser ihr mitteilte, dass nichts mehr zu machen war. Dass die Kündigung bestehen bleiben müsste, der Zahlungsausfall sei einfach zu hoch. Es berührte sie nicht großartig, denn in diesen Momenten fühlte sie, dass etwas unwiederbringlich zerstört war. Sie hatte ihr Urvertrauen zu Frederick verloren.

Wie paralysiert hatte sie den Worten des Bauunternehmers gelauscht, doch ihre Gedanken waren bereits woanders, sie zogen wie in Lichtgeschwindigkeit an ihr vorbei. Als sie den langen Weg von Wedel zurückfuhr, nahm sie den Verkehr um sich herum gar nicht wahr.

Ich kann nicht mehr. Ich habe alles gegeben. Alles. All die Jahre. Immer und immer wieder. Alles habe ich mit ihm durchgestanden. Nichts war mir zu schwer. Jahrelang war ich bei ihm. Bei seinem Examen, dem Aufbau seiner Selbstständigkeit, seiner Pleite. Ich habe etwas anderes verdient. Ich brauche Luft. Ich muss wieder atmen können, will wieder lachen. Will nicht mehr kämpfen. Ich habe meine Mutter verloren, Wahrheiten über mich und meinen Vater erfahren. Und mir wurde keine Luft gegeben, das zu verarbeiten, zu trauern. Corona hat alles verändert. Hat die Mauern aufgebaut. Oder vielleicht waren sie schon immer da. Unsichtbar. Zwischen den Menschen, zwischen Brüdern. Und vielleicht auch zwischen Frederick und mir. Ich liebe ihn, ich liebe ihn aus tiefstem Herzen. Aber Liebe reicht nicht mehr. Ich habe ihn immer wieder aufgebaut, habe mich für ihn gefreut, habe ihn geliebt, habe mich selbst verleugnet. Und habe mich verloren. Wieso tut er mir das an? Er sollte für mich da sein! Wieso hat er mich verraten? Wieso hat er uns verraten? Ich brauche Zeit. Ich brauche Raum. Ich muss gehen. Es tut so weh. Es wird ihm vielleicht endgültig den Boden unter den Füßen wegreißen, aber ich kann nicht mehr. Ich bin am Ende. Es ist nicht mehr da, das Vertrauen. Ich muss gehen.

Sie fuhr die langgezogenen Kurven der Elbchaussee entlang, die dunkle Straße war bereits von den Straßenlaternen erleuchtet. Und plötzlich sah sie es. Die Straße schien gesperrt. Dort vorne musste etwas passiert sein. Sie erkannte unzählige Polizeiwagen, mehrere Krankenwagen, schwer bewaffnete Polizisten, die vor einem Haus Stellung bezogen hatten. Sie wusste, dass Lautschläger dort wohnte. Gegen jede Vernunft spürte sie, dass Frederick etwas damit zu tun hatte. Juliette wurde übel, sollte sie aussteigen? Kurz überlegte sie, einfach weiterzufahren. Dann stellte sie den Motor ab, stieg aus, ging ein paar Schritte zur Absperrung, misstrauisch beäugt von den Polizisten, doch das war ihr egal. Sie versuchte, einen Blick zu erhaschen. Und dann sah sie ihn. Und sie wusste in dem Moment, dass er etwas wirklich Schlimmes getan hatte. Sie sah ihn an und spürte: Es war zerschnitten. Das Band war zerstört. Egal, was passiert war, sie musste weg. Sie konnte ihn nicht mehr retten. Er war verloren. Für Juliette gab es nur noch die Möglichkeit zu gehen. Um sich selbst zu retten. Und um eine starke Mutter für ihre Kinder zu sein.

Wortlos stieg sie wieder in ihr Auto und fuhr zurück ins Portugiesenviertel, hörte im Radio von einem missglückten Mordanschlag auf den Gesundheitsminister, über den Täter sei nichts bekannt. Sie betrat das Haus, ging die Treppen hinauf, dann in ihre Wohnung. Juliettes Kraft war aufgebraucht. Seit seinem Wutausbruch auf dem Rathausmarkt während Lautschlägers Interview hatte Frederick eine Seite von sich gezeigt, die sie noch niemals an ihm gesehen hatte. Er war unberechenbar geworden. Sie wusste nie, was er als Nächstes tun würde. Er war nicht mehr der Frederick, den sie geheiratet hatte. Er war voller Hass und Wut. Es war keine Liebe mehr in ihm vorhanden. Und keine Zuversicht. Doch Liebe und Zuversicht waren die einzigen Dinge, die Juliette zum Atmen brauchte. Sie konnte nicht mehr weinen. Juliette hatte keine Tränen mehr übrig. Es war nichts mehr da. Und es war egal, was jetzt passieren würde.

Juliette ging ins Schlafzimmer, holte einen großen Koffer hinter dem Schrank hervor.

Gleich bringt eine Freundin die Kinder zurück. Ich werde dann mit ihnen wegfahren. Ich weiß noch nicht wohin, aber ich muss Luft holen. Ich brauche Raum. Dann ging sie in die Kinderzimmer und packte weiter. *Ich muss gehen. Ich muss.*

Epilog

Oktober 2021

Es ist einer der letzten Oktobertage, die Sonne steht tief über dem Wasser des Göteborger Hafens. Frederick und Juliette haben einen Einkaufsausflug in die Stadt unternommen, genießen die Freiheit, nicht angestarrt zu werden, weil sie keine Masken tragen, und essen einen Snack am Hafenbecken. Ein riesiges Containerschiff liegt an der Kaimauer und Karl schaut mit großen Augen den Hafenarbeitern zu, die mit schweren Kränen beschäftigt sind, um die großen Container vom Schiff zu transportieren. Überall poltert es, summt es. Lastwagen fahren vor und wieder weg, wenige Menschen bewegen sich auf dem riesigen Hafengelände. Noch immer kommt Juliette die Idylle unwirklich vor, nach all den albtraumhaften Wochen, die sie im Herbst des vergangenen Jahres erlebt hat.

»Wo ist denn Papa?«, hatte Lisa gefragt, damals, als Juliette mit zwei Koffern und ihren Kindern die Wohnung in der Dietmar-Koel-Straße verließ.

»Im Gefängnis!«, fauchte ihr großer Bruder Karl zurück. Juliette hatte ihn daraufhin streng angeschaut. Lisa war einfach noch zu klein für die Wahrheit. Aus den Augen ihrer Tochter sprachen Furcht und Ratlosigkeit. Doch Juliette hatte nichts gesagt, hatte nur ihre Kinder ins Auto gepackt und war losgefahren. Ohne Ziel. Einfach weg.

Es hatte eine ganze Weile gedauert, doch schließlich hatte sie es erkennen, wieder spüren können: Das Band war nicht zerschnitten. Juliette hatte Luft holen können, atmen können und hatte dabei erkannt, dass keine Mauer zu hoch war, um sie zu überwinden. Frederick brauchte Hilfe. Und die musste er sich ganz alleine suchen, doch sie wollte und konnte nicht ohne ihn sein. In der Tiefe ihres Herzens war sie sicher, dass irgendwann alles gut werden würde.

Frederick war sofort verhaftet worden. Doch bei seiner Aussage hatte der Gesundheitsminister Lautschläger darauf gepocht, dass ihm nichts passiert sei. Er bat sogar um Milde, da der Angeklagte wirklich einiges durchgemacht hatte. Gleichzeitig war festgestellt worden, dass Frederick offenbar nur eine Schreckschusspistole in der Hand gehabt hatte. Zwar wusste er es nicht, doch führte vor allem dieser Umstand dazu, dass Frederick nur die Mindeststrafe von einem Jahr Gefängnis bekam. Nach einem halben Jahr wurde er vorzeitig freigelassen.

Während des Prozesses saß Juliette an jedem der Verhandlungstage im Zuschauerraum. War während der Urteilsverkündung an seiner Seite. Danach schrieben sie sich Briefe, Juliette besuchte Frederick im Gefängnis, so oft sie konnte. Und bereitete die gemeinsame Zukunft vor.

Den beiden war klar, dass sie in diesem Land nicht mehr leben wollten, nicht mehr leben konnten. Zu viel war passiert, zu viele Verletzungen würden nicht mehr heilen können. Sie brauchten einen Neuanfang. Während des Prozesses im Herbst schossen in fast ganz Europa die Infektionszahlen wieder in ungeahnte Höhen und obwohl die Krankenhäuser und Intensivstationen zunächst bei Weitem nicht in die Notlagen kamen wie während der ersten Welle, läuteten die Politiker und Medien erneut die Alarmglocken. Ein Horrorszenario nach dem nächsten wurde an die Wand gemalt und die Maßnahmen zur Eindämmung der Corona-Pandemie wurden bis in den Frühling verlängert und verschärft. Schulen wurden immer wieder geschlossen, viele Kinder zum Lernen zu Hause gezwungen, Altenheime teilweise wieder abgeriegelt. Es bot sich in fast ganz Europa dasselbe Bild mit ähnlichen Reaktionsketten. Nur wenige Politiker stellten Fragen, ob das alles verhältnismäßig sei, und der Gesundheitsminister Lautschläger war plötzlich sogar einer von ihnen.

Nach Fredericks Freilassung ging alles ganz schnell. Frederick und Juliette waren sich auch ohne viele Worte einig. Juliette hatte weiterhin ihre Kunden, ein hinreichendes Einkommen. Was sie zum Arbeiten brauchte, waren ein Laptop, Internet und ein Telefon. Sie konnte auf der ganzen Welt arbeiten. Frederick war sich sicher, er würde immer etwas finden, womit er ein wenig Geld verdienen konnte. ›Fairreisen‹ war verloren. Doch diesmal hatte Frederick nicht denselben Fehler wie vor ein paar Jahren gemacht und sich mit hohen Fixkosten gebunden. Er musste Mitarbeiter entlassen, blieb dabei auf einigen Gehaltszahlungen sitzen, kam auch aus dem Mietvertrag des Ladens in Ottensen nicht ohne Weiteres heraus. Doch im Gegensatz zu seiner Insolvenz vor einigen Jahren waren die Schulden überschaubar. Und die Gläubiger zu Ratenzahlungen bereit. Juliette und Frederick schworen sich, dass sie auch diese bis zum letzten

Cent zurückzahlen würden. Und wenn es bis zu ihrem Lebensende dauern würde.

Die Pandemie war noch nicht vorbei. Auch über ein Jahr nach dem Ausbruch des Virus in Europa war eine Normalität nicht absehbar. Die ersten Impfstoffe waren auf dem Markt, doch wer bekam die ersten Dosen? Reichten sie für alle? Waren sie eine Frage des Geldbeutels? Und halfen sie überhaupt? Welche Nebenwirkungen würden sie hervorbringen?

Nach Fredericks und Juliettes Empfinden gab es nur ein Land, in dem sie frei leben konnten. In dem sie Luft holen konnten. Ein Land, das sie schon seit Jahren liebten und schon oft im Urlaub besucht hatten. Daher waren Frederick und Juliette sich schnell einig gewesen, dass sie nach Schweden ziehen würden. Sie mieteten sich ein kleines, günstiges Haus auf dem Land, nicht weit weg von Göteborg, organisierten die Formalitäten, nahmen das letzte Geld, das Juliette noch übrig hatte, packten die Koffer und fuhren los. In ein neues Leben.

Juliette steckt einen Bissen in den Mund und bemerkt dann eine Frau, die nicht in die Szenerie zu passen scheint. Es ist nur zehn Grad warm, doch diese Frau ist in eine Decke gewickelt, sie scheint lediglich ein Sommerkleid zu tragen. Ihre Sandalen sind durchgetreten und sie sieht müde und verloren aus, trägt nichts bei sich außer einem kleinen Beutel. Juliette stößt Frederick an und zeigt auf die Frau. Sie wirkt orientierungslos, offenbar weiß sie nicht, wohin sie gehen soll. Frederick ist sofort klar, dass sie eine Geflüchtete sein muss. Es steht ja in den Zeitungen. Dass sie nun alle kommen. Dass der Ansturm an der Grenze unterbunden werden müsse, notfalls mit Gewalt. Dass Europa ansonsten zusammenbrechen würde. Doch diese Frau muss es geschafft haben. Irgendwie. Sie muss eine Geschichte haben. Genau wie er.

Frederick schaut Juliette an und weiß, sie denkt genauso wie er. Sie steht auf, geht zu der Frau hin, sagt etwas zu ihr. Die Frau schaut Juliette zögerlich und ängstlich an. Dann kommt sie zur Bank herüber. Frederick gibt ihr die Hand, stellt sich vor. Er weiß, er muss etwas tun. Etwas zurückgeben von dem, was er bekommen hat. Ihm ist in den letzten Tagen klargeworden, dass er Glück hatte. Dass es unzählige Menschen gibt, die schlechter dran sind als er. Er muss der Frau helfen.

»Wir sind Frederick und Juliette. Und das sind Karl und Lisa«, sagt er auf Englisch.

Die Frau nickt. »Ich bin Zola.«

»Wo kommst du her?«

Schüchtern antwortet sie: »Afrika, Simbabwe.«

»Weißt du, wo du wohnen kannst?«

Zola schüttelt den Kopf. Sie zittert vor Kälte. »Ich habe nur dieses Papier hier bekommen, das ich nicht verstehe. Und ich soll mich an diese Stelle hier wenden.« Zola zeigt auf eine Adresse, die auf dem Papier mit einem Kugelschreiber eingekreist ist.

Frederick schaut Juliette an, die nickt nur lächelnd. Dann sagt er zu Zola: »Wenn du willst, kannst du erst mal mit zu uns kommen. Wir haben ein kleines Häuschen, nicht groß, aber wir haben noch ein Zimmer frei. Da könntest du erst mal schlafen.«

Zolas Augen weiten sich. Kann sie den weißen Menschen trauen? Doch wenn sie sich auf ihrer langen Reise stets auf eins verlassen konnte, dann war das ihre Menschenkenntnis. Sie sieht Frederick und Juliette in die

Augen, sieht ihre Herzen, schaut ihre Kinder an und weiß, dass diese Menschen gute Menschen sind. Zola nickt und bedankt sich immer und immer wieder.

»Kommt, Kinder, wir müssen los. Das hier ist Zola. Sie wohnt jetzt ein paar Tage bei uns. Und ihr ist kalt, also fahren wir jetzt nach Hause.«

Während sie Richtung Auto gehen, schaut Karl die schüchterne Zola an, mustert sie genau, schaut auf ihre Füße, ihre Hände und ihr Gesicht.

»Zola?«, fragt er. Zola schaut ihn fast erschrocken an. »Darf ich dich etwas fragen?« Nachdem Juliette die Worte übersetzt hat, nickt Zola. »Was ist denn mit dir passiert?«

Juliette und Frederick schauen sich skeptisch an. Ob sie wohl überhaupt etwas erzählen will? Sollte sie nicht erst mal ankommen?

Doch dann sagt Zola. »Das ist eine lange Geschichte, Karl. Wenn du willst, erzähle ich sie dir.« Juliette übersetzte wieder und Karl nickt eifrig. »Also, ich wachte auf und alles tat weh …«

ENDE

Kai Lüdders

Der Politologe und Jurist Kai Lüdders ist in Hamburg geboren und aufgewachsen. Der verheiratete Vater zweier Kinder liebt es, die Geschichten des Lebens mit seinen Dramen, Widersprüchen und Verwerfungen zu erzählen – immer mit einer großen Prise Fantasie und viel Tempo. Kai Lüdders wohnte und arbeitete lange Zeit in Berlin und lebt jetzt in Hamburg-Blankenese.

Mehr Information zum Autor und seinen Romanen finden Sie unter *www.kai-luedders.de*.

»Männerfreundschaft, durchgeschüttelt«

Hamburger Abendblatt

»Tempo und Energie«

DIE ZEIT Hamburg

285 Seiten
ISBN 978-3 947424-02-3
auch als E-Book erhältlich
www.velumverlag.de

Kai Lüdders verfasst in seinem Roman ›Hamburg Schulterblatt‹ eine liebevolle, aber auch kritische Hommage an seine Heimatstadt. Vor authentischer Kulisse beschreibt er in einem rasanten und tiefgründigen Roadmovie menschliche Ängste, Gefühle und Emotionen, spricht gesellschaftliche Tabus an und setzt dem Leser in seiner bekannten Art den Spiegel vor.

VELUM